dtv

Was bedeutet es, seit der Schulzeit einen besten Freund zu haben, mit dem man Reisen plant, gemeinsam träumt, die ersten Liebeserfahrungen teilt und später Pläne fürs Leben schmiedet? Einen Freund aus alten Tagen, den man dann im Erwachsenwerden immer mehr aus den Augen verliert, der irgendwann seine Arbeit aufgibt, der immer melancholischer wird, krank, und unversehens, gerade 58-jährig stirbt? Bodo Kirchhoff erzählt von seiner lebenslangen Freundschaft zu einem tragisch Begabten, der es am Ende vorzog, sich mit all seinem Wissen und all seiner Anziehung einzuschließen. Er erzählt von frühen Höhepunkten und Krisen, die bis in die Gegenwart reichen, und von dem Sterben des Freundes zu einem Zeitpunkt, als die alte Intensität noch einmal Auftrieb bekam. Ein großer Freundschaftsroman, der zwei Leben ebenso bewegend verbindet wie zwei Zeiten.

Bodo Kirchhoff, geboren 1948 in Hamburg, lebt in Frankfurt am Main und am Gardasee. Sein umfangreiches Werk umfasst Romane, Erzählungen und Novellen, Theaterstücke und Drehbücher. Er wurde u. a. mit dem Deutschen Kritikerpreis (2002), mit der Carl-Zuckmayer-Medaille (2008) und dem Deutschen Buchpreis (2016) ausgezeichnet.

Bodo Kirchhoff

Eros und Asche

Ein Freundschaftsroman

dtv

Von Bodo Kirchhoff
sind bei <u>dtv</u> erschienen:
Infanta (14029)
Erinnerungen an meinen Porsche (14062)
Die kleine Garbo (14173)
Parlando (14225)
Die Liebe in groben Zügen (14317)
Schundroman (14358)
Verlangen und Melancholie (14517)

**Ausführliche Informationen über
unsere Autoren und Bücher
www.dtv.de**

3. Auflage 2016
2012 dtv Verlagsgesellschaft mbH & Co. KG, München
Lizenzausgabe mit freundlicher Genehmigung der
Frankfurter Verlagsanstalt
© Frankfurter Verlagsanstalt GmbH, Frankfurt am Main 2007
Umschlagkonzept: Balk & Brumshagen
Umschlagfoto aus dem Privatbesitz des Autors
Satz: Fotosatz Amann, Memmingen
Druck und Bindung: Druckerei C.H.Beck, Nördlingen
Gedruckt auf säurefreiem, chlorfrei gebleichtem Papier
Printed in Germany · ISBN 978-3-423-14129-1

Michael Päselt gewidmet

1

Ich hätte mehr auf mich hören sollen, auf mein Bangen um ihn in diesen Minuten, die so wenig von letzten Minuten hatten, statt zu glauben, es würde einfach immer so weitergehen mit unserer lebenslangen ungeklärten Freundschaft. M.s plötzliches Erzählen von dem versteckten See, auf dem zu rudern für ihn wohl noch einmal das Glück war – wir telefonierten spät abends, ich sah auf meinen völlig unversteckten italienischen Lago –, hatte nämlich etwas Erschütterndes, wie das Erzählen von einem Garten, der verschlossenen Kindern das Herz öffnet, weiter als je danach. Und ihn, der schon immer für sich war, hatten Stille und Schönheit dieses Sees geöffnet, die Farben im Ton der Ufer, flaschen- und salbeigrün, sagte er, je nach Wald oder Schilf, und der Geruch von Harz, wo Bäume bis ans Wasser reichten, oder nach Moder, wo Äste und Laub im Flachen trieben. Er klang süchtig nach der Reinheit eines Sommermorgens, dem leisen Klatschen der Ruderblätter, von dem er sprach, oder der frühen, über Kiefern und Birken schießenden Sonne. Sein versteckter See schien das letzte, für ihn erreichbare Stück Welt zu sein, das ihn noch staunen ließ, obwohl er dort alles kannte, aber nichts davon in sich zerpflückt hat, wie er es sonst mit allem und jedem tat; und so war es die richtige Umgebung, um dort das Leben zu lassen, oder, wie es auch heißt, den Geist auszuhauchen – animam efflare, schon damals in Lateinstunden nur allzu gern von ihm aufgegriffen.

Unsere erste Begegnung war an einem offenen Fenster, dritter Stock, ich hatte etwas kühn auf der Kante gesessen, schon im Schlafanzug, und zum Sportplatz hinter dem Schlossheim geschaut, zu dieser Stunde am Anreisetag nach den Osterferien – einst der Beginn des Schuljahrs –, im letzten Licht, und er kam zur Tür herein. Mit der einen Hand trug er seinen Koffer, in der anderen hielt er Zigaretten und Feuerzeug, schlecht verborgen, weil die Hand zu schmal war; dafür hatte sein Blick etwas, das einen Fünfzehnjährigen schon wie den Mann auf verlorenem Posten aussehen lässt, wenn er nicht einen Gegenstand der Überheblichkeit mit sich führt, ein Buch, eine Kamera, eine Brille oder eben Zigaretten und Feuerzeug. Und nur Sekunden später – er hatte fast das Fenster erreicht, ohne etwas zu sagen – tauchte auch noch ein handliches Tonbandgerät auf, seinerzeit sensationell, wie nebenbei aus dem Koffer geholt und vor mir auf das Fensterbrett gestellt, während er für die Verspätung – eigentlich sollten alle Neuen bis zum Abendessen da sein – Worte fand, die damals nicht von dieser Welt waren: Zu viel Verkehr. Dann gab er mir die schmale Rechte, den Daumen angelegt, um meinem Druck auszuweichen, in der anderen Hand nun offen die Zigaretten, und mit einer kurzen geübten Bewegung ließ er eine einzige Zigarette zur Hälfte aus der Schachtel schnellen, ohne die anderen mitzuziehen. Willst du? fragte er und hielt mir die Zigarette mit ihrer Spitze vor die Lippen, damit ich mich unmittelbar,

8

als sei's eine Übung fürs Küssen, bediene. Gleichzeitig nannte er Vor- und Nachnamen, als wollte er mit mir ein Geschäft abschließen, und brachte mich dazu, auch meinen vollen Namen zu nennen, bevor er den Überheblichkeitsgegenstand Nummer eins aufschnappen ließ und erst mir und dann sich hinter schützender Hand Feuer gab. Beide standen wir jetzt am Fenster, weit hinaus gebeugt, so konnte man den Rauch ins Freie blasen und die Zigaretten jederzeit in den Hof fallen lassen. Zwischen uns, genauer gesagt, seiner Hüfte und meiner – er trug nagelneue, nur über den Schenkeln schon bearbeitete Levis und ein weißes, offenes Hemd, das den Flaum auf seiner Brust zeigte –, war nur das Tonband, auf dem er etwas Bestimmtes suchte, die passende Begleitung für unser verbotenes Tun. Und als schließlich ein italienisches Lied kam, das ich noch nie gehört hatte – die alte Partisanenhymne *Bella ciao* –, fragte er mit Blick aus dem Fenster, ob ich schon einmal in Ravello gewesen sei. Nein, sagte ich, und er zeigte mir, beim langsamen Ausblasen des Rauchs, im Ansatz schon das Lächeln, das er sich bis zum Ende bewahrt hat, um die Welt auf Abstand zu halten. Und der Junge, der mir wieder nah wird, wenn ich heute von diesem Abend erzähle, machte sich Gedanken, was das Lächeln wohl bedeuten könnte, ohne zu ahnen, dass es auch gar nichts bedeuten kann und nur deshalb hinter den Rauchspiralen erscheint, weil einer dazu imstande ist, so fein seinen Mund in die Breite zu ziehen, mit Zigarette zwischen den Lippen. Ach, sagte er schließlich, ich käme da schon noch mal hin. Dann bat er mich, ihm die Funktion des Klappbetts zu erklären.

Und M.s letzte Worte, Worte am Telefon, bevor seine Verflüchtigung an mir vorbeiging, waren mehr ein Aufruf als eine Bitte: Pack unsere Dinge in einen Roman. Und halt die Ohren steif – eine Formel, die er schon immer bei Abschieden gebraucht hatte, um den Gegenwind anzudeuten, der für ihn das Leben selbst war. Seine Ohren und auch alles Übrige sind bald darauf zu Staub geworden, nur der Aufruf blieb bestehen; und unsere Dinge, das waren die einer Freundschaft von absurder Tiefe, bis in die Blutgefäße des Denkens, absurd, weil das spätere Leben diese Zeit überschrieben hat, auch wenn die alten Buchstaben noch bei jeder Gelegenheit durchscheinen. Ein Roman müsste das sorgfältig trennen, für den Übriggebliebenen eine Arbeit, bei der er nur das Beste versuchen kann und das vorläufig auch nur von Hand, nach einer Augenoperation, die jeden Bildschirm zur Sonne macht. Ein Schreiben in verdunkelter Wohnung, ohne recht zu sehen, was da aufs Papier kommt – klar ist nur, worum es geht, um eine lang zurückliegende, unerledigte Liebe. Also geht es nicht weniger um das Heute, um eine Chronik der laufenden Erinnerungen entlang des laufenden Geschehens. Erst vor kurzem nahm mich nach einer Lesung ein Mann beiseite und kam gleich auf M. – sie seien Kollegen gewesen, im alten Klinikum Steglitz (jetzt Benjamin Franklin), Abteilung Neurochirurgie. Und ich erfuhr, dass M. in Zigarettenpausen gern meine Postkarten von sonstwo gezeigt hatte, die Grüße seines Schriftstellerfreundes. Eine ebenso gute wie schmerzliche Neuigkeit, eingeklemmt zwischen vollendeter Vergangenheit und unvollkommener Gegenwart, wie dieses Buch.

Als vorige Woche – in der Woche nach Ostern – ein Päckchen aus Berlin mit einigen von M.s Lieblingsbüchern und einer meiner alten Karten als Vorhut oder Probesendung in Frankfurt eintraf, kam ich gerade mit einem Verband über dem linken Auge aus dem Krankenhaus Höchst, Abteilung Mikrochirurgie. Es war schon der zweite Eingriff an diesem Auge, nach einer ganzen Augenöffnung vor einigen Jahren, um eine abgelöste Netzhaut anzulegen, und auch auf das andere ist kein Verlass mehr – M. hatte meine Augen früher, aus seinem Instinkt für Schwächen, mit Vergnügen heruntergemacht, etwa nach Trinknächten, wenn ich in unserem Zweierzimmer wie blind war vor Übelkeit, während er schon eine rauchte und sein Tonband lief. Vierzig Jahre später, bei einem unserer letzten Telefonate – er im Krankenhaus, als Patient, ich an meinem See –, hat er das Urteil revidiert, aufgrund eines Zeitungsfotos, das den Autor ohne Brille in günstigem Licht zeigt: mit zwei Augen, die nichts taugen – und sein Lachen auf diese Selbsteinschätzung hin war nur noch ein raues Keuchen, bis er wieder Luft hatte und von Bastardaugen sprach. Tatsächlich taugen sie momentan kaum zum Lesen meiner alten Karte (aus Paraguay), da jedes Licht zu viel ist. Bleibt nur ein Blick auf die zugesandten Bücher, vier Ausgaben von Hölderlins *Hyperion*, zwei Fassungen von Jüngers *Abenteuerlichem Herzen* und eine Erstausgabe von Benn-Gedichten, das alles, ohne dass ich darum gebeten hätte. M.s Gefährtin seiner letzten zwanzig Jahre wusste um unsere ruhelos ruhende Freundschaft, die ihren Grund nur in dem Scheinprivileg hatte, dass wir gemeinsam jung waren und nebeneinander den Geist und das Lieben entdeckt haben, all das sehr früh, zerstörerisch früh, heilbar erst *Spät im Jahre*, wie es bei Benn heißt, in einer Strophe mit M.s doppeltem Ausrufezeichen am Rand. »Spät im Jahre, tief im Schweigen / dem, der ganz sich selbst gehört, / werden Blicke niedersteigen, /neue, Blicke, unzerstört.«

2

Mehrmals in der Woche jetzt mein Trommeln mit den Fäusten gegen die Schlafzimmerwand, die auch Schlafzimmerwand der Nachbarwohnung ist, seit einigen Monaten von einem Unternehmen für Sprachreisen im Haus für ausländische Schüler und Schülerinnen angemietet, mit der Folge nächtlicher Feiern bei jeder Gelegenheit. Gut ein Dutzend junge Leute, Mexikanerinnen, Spanier, Koreaner und das Lauteste, was Italien zu bieten hat, amüsieren sich nebenan nach Kräften, bis ich trommle oder in den Flur trete und in drei Sprachen erst um Ruhe bitte, dann um Ruhe brülle und einer von ihnen den Kopf zur Tür hinausstreckt, um den Alten im Hausmantel zu beruhigen; und heute Nacht ist es besonders schlimm, dazu noch ohne jede Möglichkeit, M. davon zu erzählen. Seit unserer räumlichen Trennung, jeder noch das Leben vor sich, gab es mehr Telefonate als Begegnungen, aber nicht sehr viel mehr. Es konnte auch vorkommen, dass wir ein Jahr nichts voneinander hörten, bis völlig unerwartet ein Anruf kam. Zwischen Berlin und Frankfurt lagen Welten, die Welten zwischen dem Schlaflosen eines gewollten Exils und dem Wachhaltenden eines Schreiblebens mit Familie im Hintergrund; und für M.s Gefährtin blieb der Frankfurter Freund ein Phantom, dem sie die Todesnachricht, weil sie ihn anders nicht erreicht hatte, auf die Mailbox sprach.

Schon das weiße Papier blendet, die Augen lassen den Benutzer zusehends im Stich. Als Spätfolge der Netzhautablösung ergab sich, um Jahre verfrüht, ein grauer Star, und der Eingriff (Katarakt-Operation) war nicht das versprochene Kinderspiel. Das Gewebe erwies sich als sehr weich, der Linsensack wurde schließlich mit einer gewissen Ungeduld, da andere vor der OP-Schleuse bereits auf den Eingriff warteten, herausgerissen, ausländische Schwestern – Korea, Balkan, lebensfrohe Stimmen – gaben der Operateurin Empfehlungen für das Annähen der Kunstlinse, und eine Anästhesistin spritzte ein so beruhigendes Mittel, dass es schon wieder beunruhigend war. Ein grünlicher Raum voller Frauen, alle bemüht um das Augenlicht des abgedeckten männlichen Patienten. Und das vorläufige Resultat: einer, der nicht mehr vor dem Bildschirm arbeiten kann. Daher der Rückgriff auf die Handschrift und ein Notizbuch, wie sonst nur beim Unterwegssein, erstmals erprobt auf einer der wenigen Reisen mit M. – mehr waren es nur in Träumen, da haben wir alle möglichen Orte besucht, Pamplona, wenn sie dort die Stiere loslassen, oder Segesta, wo wir allein zwischen den Säulen saßen, um uns die verbrannte Erde Siziliens; wir waren auf dem Ätna und sind durch Tanger gelaufen, wir haben in Bolivien Che Guevara gesehen, in Träumen, die nach M.s Tod einfach ausblieben.

Und eine der wenigen Reisen, die nichts mit meinem Schlaf zu tun hatten, verdient diesen Namen eigentlich gar nicht und war doch eine Reise, als hätten wir unerforschte Regionen durchquert. Nach dem Abitur verbrachten wir im Spätsommer achtundsechzig einen Monat auf Teneriffa und unternahmen in dieser Zeit auch eine wirkliche Bergbesteigung, nämlich die des Pico del

Teide, der sogar dem unerschrockenen Humboldt einiges abverlangt hatte. Fast ohne Proviant waren wir in leichtester Kleidung und nur mit Turnschuhen an den Füßen in Höhe der Lavafelder aufgebrochen und hatten uns, nach kurzer Rast in einer Hütte, morgens um drei bei Dunkelheit und Kälte einer spanischen Gruppe angeschlossen. Wir stolperten mehr bergauf, als dass wir gingen oder gar marschierten, bald abgeschlagen von den Spaniern, immer nur einem gewaltigen schwarzen Dreieck im Meer der Sterne entgegen, der Bergkuppe. Wir verfluchten einander und stießen uns gegenseitig Meter für Meter vorwärts, jeder sah im anderen den Anstifter zu diesem Ausflug, den wir dennoch zusammen bestehen wollten. Die letzten zweihundert Höhenmeter, einen Sandkegel hinauf, haben wir uns gegenseitig gezogen, in eisiger und schon etwas dünner Luft, und schließlich hat M. den Sonnenaufgang über dem Meer fotografiert, und wir rauchten noch eine (nur physikalisch waren es zwei), bevor es wieder hinunter ging, ein schweigsamer Abstieg. Erst abends im Hotelzimmer machte er mir eine Szene, weil ihm alles wehtat und die Nase lief, und ich konterte mit Husten und Schüttelfrost und gab die Vorwürfe zurück, worauf wir zwei ganze Tage im Bett verbrachten, jeder mit seinen Büchern, ohne ein Wort zu reden. »Wir schweigen mal wieder«, steht im Notizbuch dieser Reise unter dem Datum achter September. »Er liest seinen Trotzki und ein Buch von Jünger, *Afrikanische Spiele*, und unterstreicht dauernd was, ich lese meinen Genet, *Tagebuch eines Diebes*. Sein Schnupfen ist längst in Ordnung, aber er bleibt im Bett, raucht und blättert und sagt kein

Wort.« Und der zehnte September beginnt mit den Sätzen: »Blauer Himmel, und schon beim Frühstück nähern sich zwei Pfauen. M. nennt den schöneren Marcello und fordert mich auf, dem anderen auch einen Namen zu geben, und ich nenne ihn James. Wir reden wieder.« Unser Hotel hieß Taoro und lag in einem Park mit exotischen Tieren, ein feines altes Haus, längst abgerissen. M.s wohlhabender Vater hatte die Reise für zwei Personen gebucht – die eine Person bekam alles geschenkt, die andere musste sich das Geld dafür auf dem Bau verdienen.

Oft war es der Anblick von etwas Schönem, der uns wieder reden ließ, oder auch nur ein Wort, das dafür stand und M. aus der Reserve holte; und manchmal kam beides zusammen, wie in dem Namen Ravello, der schon bei unserer ersten Zigarette gefallen war. Diese Ortschaft, hoch und steil über der Küste von Amalfi, eine Reihe alter Villen und kleiner Hotels mit Sicht auf das Meer wie auf einen herabgeholten Himmel, zählt bekanntlich zum Schönsten, was das an Schönheit reiche Italien zu bieten hat; Ehepaare, die sich noch bei der Fahrt auf gewundener Straße angeschrien haben, sitzen nach der Ankunft stumm auf ihrer Terrasse, überwältigt von etwas Drittem. Und die zwei Schulfreunde saßen einige Jahre nach Teneriffa nachts auf dem Dach einer Pension und wagten es nur flüsternd, einen Streit, der sie schon seit Tagen beschäftigte, fortzusetzen. Der eine – der auf keinen Fall vorhatte, im Leben zu scheitern – sagte zum anderen – dem es letztlich nur ums Scheitern ging –, es sei idiotisch, Medizin zu studieren, wenn man sich für andere Dinge weit mehr interessiere. Werde Journalist, flüsterte ich (in meiner Erinnerung), Fotoreporter in Vietnam oder Südamerika, mach gute Bilder, zeig das Leben, retten können es auch andere. Und M., mit Zigarette im Mund, ohne sie anzustecken, sah nur aufs schimmernde Meer hinunter und stieß in kleinen Schüben Luft aus der Nase, anstelle eines Lachens; und mehr denn je erschien er mir als einer, der auch ganz ohne Licht in jeder beliebigen Richtung seinen Schatten wirft.

Heute, beim wöchentlichen Einkauf, landeten Zigaretten im Korb, die unveränderten Roth-Händle (unverändert bis auf den neuen Sterbehinweis), und nun riecht der Käufer an ihnen, um etwas vom Aroma dieser Jahre aufzunehmen; ich rauche noch keine, das hat Zeit, im Moment genügt der Tabakkrümel auf der Zunge und das Haften des Papiers an der Unterlippe, wenn man zu lange zögert mit dem Anzünden. M. hatte immer Reval geraucht, aber gelegentlich auch meine Roth-Händle, vor allem in der Zeit, als wir unsere Köpfe am dichtesten zusammengesteckt hatten: für das erste und einzige Exemplar einer Schülerzeitung mit dem Bildungsnamen *Hermes* (heute würde man wohl an Mode denken), ein dem Gott der Diebe gewidmetes Blatt, das sich immer noch sehen lassen könnte. M. hat sich dort, keine drei Jahre nach dem Mauerbau, für zwei deutsche, mit ihren verschiedenen Gesellschaftsformen wetteifernde Staaten ausgesprochen, für einen gegenseitigen Respekt, der die deutsche Wiedervereinigung überflüssig machte – ein Gedanke, den ihm die geflüchteten Ostlehrer an der Schule noch jahrelang heimgezahlt haben. Und der damals schon schreibende Freund hat sich in einem Artikel für die nicht bevormundete Liebe ins Zeug gelegt, ohne erfahren zu haben, was Liebe ist; diese Erfahrung kam erst nach den Worten, ebenfalls wetteifernd, und in jeder Phase begleitet von den Zigaretten, in deren Päckchen immer ein Zehnpfennigstück lag, um das Günstige des Preises hervorzuheben und damit auch irgendwie, wenn man ein Roth-Händle-Raucher war, das Erschwingliche der Liebe.

Die beiden Freunde gingen in der Schülerzeitungszeit mit den Töchtern eines katholischen Apothekerpaars, das sich geweigert hat, die neue Pille zu verteilen, den Mädchen aber erlaubte, mit uns in den Osterferien nach Rom zu fahren, sofern wir dort in einem Kloster Quartier beziehen würden. Und so wohnten wir mit zwei weniger frommen Schwestern bei den ganz frommen Schwestern auf dem Gianicolo, Via Fratelli Bandiera dodici, und tauschten des Nachts, internatsgeschult, hinter dem Rücken der betenden Nonnen, die Kammern. Die Betten waren schmal, die Räume waren kalt, unsere Erfahrungen beschränkten sich auf Bücher und Berichte; die befleckten Laken versuchten wir eigenhändig zu waschen und brachten sie später, noch nass und in unsere Mäntel geschlagen, zu einer Wäscherei, wo man sie nicht annehmen wollte. Daraufhin kauften wir neue Laken, die aber den Klosterlaken nicht glichen, und nannten es den Nonnen gegenüber eine Spende, il dono. Wir dachten, damit seien alle Probleme erledigt, nur fingen sie ein paar Wochen später erst an, und unsere Bergbesteigung Nummer eins fand dann in der Ebene statt: als Canossafahrt zu dem Apothekerpaar, um die Schwangerschaft einer der Töchter zu gestehen, als hätten wir sie gemeinsam verursacht. Der Erzeuger hockte mit wippendem Knie da und rauchte, und sein Freund hatte schon damals die Worte zu finden, gegenüber einem Paar, das kerzengerade auf seinem Sofa saß, zu Füßen des Mannes ein Dackel. Ich hatte vorher nur kurz angerufen und gesagt, wir müssten sie sprechen, und sie waren von der Apotheke nach Hause geeilt. Nun rechneten sie aus ihrer Sicht mit dem Schlimmsten – dem Schulversagen einer der Töchter oder gar beider –, das wir beauftragt wären, schonend beizubringen. Doch die Hände sprachen eine andere Sprache, besonders die der Mutter mit weißen Knöcheln, aber auch die ihres Mannes, der pausenlos den Hund kraulte, bis ich die Dinge endlich in einem einzigen Satz vorbrachte und die Hand im Hundefell erst innehielt, um sich dann hineinzukrampfen oder festzuhalten an dem schon betagten Dackel, für den ja (wie für jedes Haustier) galt, dass der einzige Schmerz, den er einem je zufügen kann, sein Tod ist, während die jüngere der Töchter gerade mit neuem Leben diesem Schmerz zugefügt hatte, mehr aber noch der Überbringer der Nachricht, der klar auf der Verursacherseite stand. Es tue uns sehr leid, sagte ich abschließend, dann folgte ein entsetzliches Schweigen und irgendwann der Satz, wir sollten jetzt gehen. Und so ging es per Anhalter wieder zurück zum Bodensee, und es gab nur noch ein paar meiner Roth-Händle, weil alle Revals geraucht waren; die letzte teilten wir, filmreif, auf der Sitzbank eines LKW der Firma Schiesser eingeklemmt neben dem Fahrer – und im Augenblick steigt er mir gerade wieder in die Nase, dieser alte, würzige Tabakgeruch nach etwas unfassbar Jungem.

3

Der Sohn hat einen neuen Laptop, viel besser als der seines Vaters, und er hat sich auch gleich ein neues Spiel besorgt, *Gothic 3*, ein Spiel, für das man ein ganzes Handbuch benötigt, um am Ende als eine Art Ritter gegen Monster und Ritter zweiter Klasse mit Erfolg in die Schlacht ziehen zu können; seitdem er sich mit *Gothic 3* befasst, haben wir nur wenige Sätze gewechselt. Das Spiel lässt ihn nicht los, wie zuvor schon andere Spiele, etwa *Counterstrike Source*, die Blutversion. Der Sohn ist achtzehn und macht im nächsten Jahr Abitur, sein Abitur wird viel besser als das des Vaters, trotz *Gothic 3*, das er mit einem Freund oft bis tief in die Nacht spielt. Und er weiß auch auf seine Weise mehr, als wir damals wussten, es bedeutet ihm nur weniger; irgendetwas macht er in seinem jungen Leben also richtig, richtiger als sein Vater in diesen Jahren, auch wenn der oft glaubt, der Sohn würde mit solchen Kindereien vor dem Bildschirm alles falsch machen. M. lebte im selben Alter auf andere Weise in den Tag; seine Zukunft, das war die bevorstehende Nacht, das nächste Päckchen Zigaretten, die nächste Seite in einem Buch. Er war schon mit siebzehn ein Geistesvagabund, ein Verführer, der auch sich selbst verführt hat, ein Herrenloser – zu seinen Leib- und Magenbüchern, die auch meine Leib- und Magenbücher wurden, zählten Malapartes *Die Haut* (das der Sohn gerade liest, beglückend für den Vater) und Joseph Roths *Radetzkymarsch* und sein *Stummer Prophet*, Romane, die vom Verlust aller Wurzeln und Bindungen handeln, aber auch, wie bei Malaparte in Gestalt des Colonel Hamilton, von der Suche nach einer Wurzel im Humanismus.

Herrenlos – das Wort, das auf beide Freunde zutrifft, auch wenn der eine Familie und eine gewisse Bekanntheit hat, und der andere lange Zeit Angestellter war; es bleibt etwas Asoziales trotz dieser Bindungen, mehr Treue zu sich selbst als gegenüber dem anderen. Bei unserem vorletzten Gespräch sagte M. auf einmal – er hatte gegen Mittag angerufen, um mir für Büchersendungen zu danken, in die Klinik, in der er mit einem Lungenemphysem seinem Ende noch einmal ausgewichen war –, eigentlich würde er mich gern sehen, am liebsten gleich. Er war noch nicht wieder ganz bei Stimme, alles klang leiser und weicher als sonst – und überhaupt hätte er mich gern öfter gesehen, sagte er noch, und ich gab dieses Gefühl zurück, und beide mussten wir damit fertig werden, dass wir wohl etwas versäumt hatten und schon wieder im Begriff waren zu versäumen. Denn ich hätte mich ja in den nächsten Zug setzen können, und er hätte mich vier Stunden später abgeholt, und wir wären in seinem Auto, einem kleinen verwahrlosten Japaner, eine Nacht durch Berlin gefahren und hätten morgens noch im Bahnhof Zoo gefrühstückt. Aber wir haben es bei der Idee von dieser Nacht belassen (und die letzte Gelegenheit ausgeschlagen, uns noch einmal zu sehen); wir haben über unsere seltsamen Wünsche gelacht und aufgelegt.

Das zweite Päckchen oder Paket, das M.s Gefährtin – mir fällt kein besseres Wort für sie ein – aus dem Nachlass für mich zusammengestellt hat, liegt geöffnet auf dem Boden. Neben weiteren Büchern, alten Rilke-, Fontane- und Heine-Ausgaben mit feinen Anstreichungen (Bleistift), findet sich eine Mappe mit Fotos von M., aufgenommen von der Gefährtin. Man sieht ihn, wie H. in einem formlosen Brief erläutert, einen Tag vor seinem Ende im Ruderkahn auf dem See, ernst bis in die Haarspitzen, und eine Stunde nach dem Tod vor einer Waldhütte auf dem Boden, schon mit einem Tuch bedeckt, nur die nackten weißen Füße stehen hervor. Und in dem zweiten Päckchen fand sich auch eine von H. zusammengestellte Liste aller gebundenen Bücher, die er hinterlassen hat, neben Tausenden von Taschenbüchern und dreißig Kartons mit Kunst- und Fotobänden, und der Empfänger fängt auf Vorschlag der Absenderin damit an, seine kleinen Kreuze an den Rand der mehrseitigen Liste zu machen, als sollte damit der Tod des Freundes noch einmal und gleich vielfach bestätigt werden. Und nach einigen Kreuzen will ich diese Bestätigung auch nicht fortsetzen, die Verwalterin der Bücher soll die Auswahl treffen, sie weiß genug über das Phantom aus Frankfurt, sonst hätte sie keine so gute Zusammenstellung alter und neuester Fotos von M. geschickt, alle mit dem Blick, der mir schon bei unserer ersten Zigarette am Fenster unnötiges Kopfzerbrechen bereitet hatte. Ein oft unbeteiligter oder gegenläufiger Blick, wenn er gelächelt hat mitsamt seinem Schnurrbart: nahezu lebenslanger Tribut an den Vater. Und über dieser Bürste seine pfeilförmige Nase, passend zu den angeschrägten Augen in der Farbe von Harz; darüber eine breite Stirn, die mit den Jahren immer höher wurde. M.s Haar war früher dunkel und kraus, am Ende waren es nur noch krause weiße Reste, um so dichter dafür der Bart; seit Mitte Dreißig kam er vom Unrasiertsein immer weniger los. Als sein Bart noch schwarz war, glich er den Abenteurern in John-Huston-Filmen (und Männer, die auf Verwegenes standen, liebten ihn, wie ich hörte); später, mit weißem Gestrüpp an den Wangen, hatte er etwas von einem Astronomen, der die Sternwarte kaum noch verlässt. Aber sein Aussehen war für ihn nie ein Freibrief zur Flachheit, im Gegenteil; erst die böse-gescheite Art, damit umzugehen, sicherte ihm die Vorteile daraus. Er fiel auf, ohne aufzufallen, er musste sich nie in Szene setzen, sein Dünkel hatte auch mit dieser Wirkung zu tun, ebenso der Argwohn gegenüber jeglichem Lob. Der Blick in den Spiegel konnte ihn aufrichten, aber nie letzte Zweifel ausräumen, ob er das auch wirklich sei. Und so hat er bis heute mein Freundesschema geprägt – gute Figur, wacher Verstand.

Die eigene Ungeduld ist so groß, dass sich kaum ein Wort lesbar zu Ende schreiben lässt, meine Gedanken sind flinker als die Hand; dazu die vielen schwebenden Punkte aus der Tiefe des Auges – und dann und wann kein weißer Elefant, aber eine Art grauer Flugzeugträger, der durchs Bild zieht. Der Schreibende sieht nur, was er gerade schreibt, und auch das noch verschwommen, nachmittags auf einer im Erdboden verankerten Bank, gestiftet von der Allianz-Versicherung, einer Sitzgelegenheit am Schweizer Platz, Frankfurt, Sachsenhausen. Die neue Linse – künstliches Teil Nummer zwei im Auge, nach einem Silikonpfropfen, der die Netzhaut andrückt – kann sich leider nicht mehr an die alte gestützte Netzhaut anpassen, und das gesündere Auge will nicht die Gesamtarbeit verrichten, ganz zu schweigen von einem Hirn, das sich gegen das Neue instinktiv auflehnt. Die Kunstlinse ist gleichsam der Fremde im Auge, und das Hirn antwortet derzeit schon nach zwei Stunden Schreiben mit Kopfweh. Die Tabletten liegen bereit, sie liegen gleich neben dem kleinen silbrigen Stick, der alles enthält, woran der Autor im Moment nicht arbeiten kann; er ist kleiner und leichter als die Tablettenschachtel und könnte ein Lebenswerk aufnehmen oder in sich verschwinden lassen, und um dem irgendwie Rechnung zu tragen, hat der Besitzer ein Stück Papier mit der E-Mail-Adresse seiner Frau auf die Oberseite geklebt.

Auf dem Rückweg in die Schreibwohnung von weitem Herr N., beliebter junger Lehrer an dem Gymnasium, das unsere Kinder besuchen, doch für den Vater zeichnet ihn etwas ganz anderes aus, eine schon gespenstische Ähnlichkeit mit M., als der im selben Alter war. Wie vom Marasmus seiner letzten Jahre reingewaschen, kommt M. als Herr N. auf mich zu, nur das Freundliche des Blicks stört den Eindruck; der Doppelgänger befindet sich ganz auf der Seite des Lebens, auf der M. nur Gast war. Und unvergesslich, wie Herr N., noch ehe er als Lehrer am Schiller-Gymnasium offiziell in Erscheinung getreten war, zum ersten Mal auf mich zukam, vor meinem Wohnhaus, und ich augenblicklich annahm, M. sei wahnsinnig geworden und gehe, ohne zu grüßen, dort auf und ab. Ich rief seinen Namen, zweimal sogar, aber der Angerufene reagierte nicht, er schaute bloß leicht erschrocken (weil er den Rufenden als Autor kannte, wie ich später erfuhr) und hielt wohl mich für den Wahnsinnigen, träumend am helllichten Tag. Und nun geht Herr N. nach kurzem Hallo – wir haben nie über den Vorfall gesprochen – wahrscheinlich zu seiner Schule, während der Autor die Begegnung in einem Vokabelheft, das ihm lieber ist als jedes Notizbuch, noch im Stehen festhält.

Und in der folgenden Nacht ein tatsächlicher Traum, so zwingend deutlich, wie nur Glücks- oder Albträume sein können, in beiden Fällen das Erwachen halb Enttäuschung, halb Erlösung. M. lebte wieder, er war nicht tot, er lief mir in einem Ort am Meer über den Weg, und ich wollte von meinen Notizen erzählen, dem Versuch eines Buchs über ihn und mich oder über uns beide, doch er hatte keine Zeit dafür, er musste weiter, und ich begriff, dass mein Buch jetzt keinen Sinn mehr hatte; den hatte es nur, als er tot war. Also freute ich mich auch nicht, ihn noch am Leben zu wissen und dennoch suchte ich ihn überall in dem Ort und fand ihn endlich am Strand, er saß da und rauchte eine, mit sich allein, deshalb hatte er keine Zeit gehabt, und ich erwähnte mit ein paar Worten das Buch über ihn und uns beide, ein Buch, das auch in der Gegenwart spiele, während er schon aufstand und langsam davonging, sich aber noch einmal umdrehte. Er fuhr durch seine Haare, die voll und dunkel waren, und entschuldigte sich für die Rückkehr ins Leben. Und dann schlug er mir vor, diese Rückkehr in das Buch aufzunehmen – erst sei er tot, und ich könnte darüber schreiben, und im letzten Drittel tauche er wieder auf, dadurch würde es auch ein Roman. Dieses Wort sagte er mit dem üblichen Lächeln, ohne Beteiligung der Augen, die neue Zigarette in der Hand, und als er sie ansteckte in einer Kehrtwendung, um sich dann rasch zu entfernen auf dem Strand voller Seetang, wollte ich ihm den Traum erzählen, wie wir es früher manchmal getan hatten, in unserem Zweierzimmer, doch war er schon zu weit weg, in seiner alten Lederjacke mit dem hohen Kragen, und mir kam der Gedanke – bereits als Teil meines Aufwachens –, dass man nicht von Dingen reden kann, die noch andauern, schon gar nicht, wenn man selbst in den Dingen steckt, und ich folglich sitzen bliebe auf dieser Geschichte.

Das gegenseitige Erzählen von Träumen ist eine typische Zwischenbeschäftigung von Liebenden oder sehr zugetanen Freunden; der, der zuhört, nimmt ein Stück weit am Wahn des anderen teil, um ihm letztlich beim Erwachen zu helfen. Wenn M. am Telefon mit einem Traum von uns beiden herausgerückt war, rückte auch ich mit einem Traum dieser Sorte heraus, und wir machten uns lustig über die Bilder, die jeder für sich – ich bestimmt – nicht lustig fand. Mit Deutungen hielt man sich zurück, und wenn, dann waren sie simpler Art (wir waren uns schon früh darin einig, dass den niederen Motiven mehr zu trauen sei als den höheren, die gab es allenfalls im Angesicht des Todes, bei unseren Helden aus Befreiungskriegen). Der eine glaubte sich in der Psychoanalyse auszukennen, der andere in der Neurologie, wir misstrauten einander; mein Ziel war das Verstehen, seins das Entlarven. Am Ende unserer Nacht von Ravello hatten wir auf dem Dach der Pension, mit Blick auf ein graublaues Meer in der Tiefe, gefroren und gegähnt, aber keiner wollte sich die Blöße geben, schlafen zu gehen. M. lag in einem Liegestuhl und rauchte, und ich saß auf der Brüstung, etwas kühn wie auf der Kante des offenen Fensters zehn Jahre zuvor, und las im ersten Licht in einem Buch über Semantik, das ich auf dieser Reise stets griffbereit hatte. Und als alle Zigaretten aufgeraucht waren, sagte M. plötzlich, die Neurologie werde die Semantik überflüssig machen! Damit stand er auf, um irgendwo im Ort Zigaretten zu holen, und ich tat, als würde ich weiterlesen, folgte ihm aber nach einer Minute. Auf der Straße war er dann schon verschwunden, ich fing an, ihn zu suchen, und fand ihn in der ersten Café-Bar, die geöffnet hatte. Er trank im Stehen einen Doppio, die Zigarette in der Hand, die auch die Tasse hielt, und kaum hatte ich mich zu ihm gestellt, erzählte er von einem ihm bekannten Neurologieprofessor, Privatdozent auch für Philosophie und Kunstgeschichte, der offenbar dem Sinnlosen des Lebens gleichwohl einen Sinn gegeben hat, und den es selbst, als Mensch aus Fleisch und Blut, vermutlich gar nicht gab. Denn weder nannte M. einen Namen, noch einen Ort; und er war auch später nie mehr auf diese Figur zurückgekommen. Aber an dem Sommermorgen in der kleinen Bar von Ravello hatte er seinen Helden beschrieben.

4

Eine Arbeitswohnung, nachts; seit bald einem halben Menschenleben das Schlafen und Schreiben in zwei Räumen plus Küche, neunter Stock, in einem eher häßlichen Klotz in der Gartenstraße. Und doch gibt es dort, auf der rückwärtigen Seite, die Wohnungen mit dem schönsten Blick auf Frankfurt, vom Dom über die Hochhäuser bis zum Messeturm; links vor der Fensterfront der Schreibsessel (für bessere Zeiten, den Laptop auf den Knien), rechts davor ein alter Tisch. Und auf dem Tisch ein handgeschriebener, nicht abgeschickter Brief an M. aus der Ravello-Zeit, bis heute in einer Lade verwahrt, neben den Tagebuchheften aus der Schulzeit. Manche Worte lassen sich nur raten, die Schrift wäre eine Zumutung an die Freundschaft gewesen, ebenso der Inhalt; denn es geht da um eine geplatzte Urlaubsreise nach Griechenland, die über Ravello geführt hatte. Der Brief ist eine Antwort auf den Streit über das richtige Studium oder richtige Leben, der am Ende ein Streit über Schreiben oder Handeln war, in einer Zeit, die M. nicht des Schreibens für wert hielt, jedenfalls nicht in unseren Breiten. Egal, was man dort schreibe, sagte er – der Brief zitiert das –, man bleibe klein, weil alles um einen klein sei, auch Leute, die über das Geschriebene befinden würden. Und dann hatte er über diejenigen hergezogen, die als Autoren noch von einer großen Zeit profitiert hätten, jetzt aber wie die Maden im Speck lebten, und ihre frühere Schärfe zum Theater machten. Er ließ nicht einen deutschsprachigen Autor der damaligen Gegenwart, Anfang der Siebziger, gelten, und grub auch einem heimlich Schreibenden damit das Wasser ab. Die Antwort konnte nur schriftlich erfolgen, als Brief von neun Seiten, und blieb dann doch im Rucksack, nachdem wir uns auf Korfu, gleich nach Ankunft der Fähre aus Brindisi, getrennt hatten (der eine fuhr in seinem roten Volvo mit der Schwester des Freundes weiter, der Briefeschreiber setzte per Bus mit seiner Begleiterin die Reise fort). Eine formulierte, aber nie erteilte Antwort über das Schreiben in kleiner Zeit, denkbar nur durch Rücksichtslossein gegenüber sich selbst und allen, die einem nahe seien. »Vom Eigentlichen als dem Unmöglichen erzählen, ist auch ein Handeln«, steht da; und zuletzt ein Satz, der uns wieder zusammenbringen sollte nach dem nächtlichen Streit: »Die wahren Schweine sind die Schicksalsschwindler, die Leute mit der falschen Tiefe!«

Vielleicht war es das weit unter uns liegende mattschwarze Meer, darauf die Lichtpunkte von Fischerbooten wie flüchtige Sternzeichen, das den Streit auf dem Dach in eine falsche Höhe getrieben hatte, die Höhe, in der einem jeder Gedanke wichtig erscheint, und je weiter die Nacht vorrückt, umso wichtiger; und am Ende war alles in den Wind gesprochen. Bei einem seiner wenigen Anrufe von einem Krankenhausbett aus kam ich noch einmal auf diese Nacht zurück, und er konnte oder wollte sich daran nicht erinnern. Statt dessen zitierte er den zentralen Satz aus dem Roman *Wo das Meer beginnt* und bewies einmal mehr sein Talent zum Lesen, »Das Verlangen ist der Ort, an dem wir uns ruinieren, die Spielbank der Seele.« Er wollte wissen, wie sehr oder unheilbar auch ich

29

mich ruiniert hätte, das Unheilbare war der entschei-
dende Punkt, und ich sagte, meine frühen Erzählungen
seien ein Ausdruck dieses Unheilbaren, und ruiniert hätten sie den Ruf des Autors, aber das ließ er nicht gelten:
einer, der am Ende mit diesem Ruf und von diesem Ruf
leben könne, sei ja nicht ruiniert, meinte er, und irgendwie
waren wir damit doch bei der Nacht von Ravello. Ich erinnerte ihn zum zweiten Mal an den Streit auf dem Dach,
für nichts und wieder nichts im Rückblick, und er sagte,
ihm sei damals schon klar gewesen, dass die Neurologie
den Menschen nicht retten werde, aber besser, der Arzt,
der nichts ausrichten kann, als der Retter, der so tut – ein
Ethos des Scheiterns. Und dann wechselte er scheinbar
das Thema und kam auf einen Hundehalter, mit dem er in
letzter Zeit öfter in einem Stehcafé geredet habe: philoso-
phischer Kopf, der nur für die Schublade oder Festplatte
schreibe, verschroben, brillant, von unberechenbarer
Freundlichkeit (Letzteres wie er selbst). M. klang schon etwas müde, das Sprechen strengte ihn an, aber er schwärmte
von diesem getarnten Schopenhauer mit Hund, einem
alten Spaniel, so, wie er morgens in Ravello von seinem
Neurophilosophen geschwärmt hatte, und mir wurde
klar – oder wird es mir erst jetzt im Zuge des Schreibens
klar? –, was ich an ihm geliebt habe und immer noch liebe.
Er gehörte zu den wenigen, die ihr Leben vollständig auf
eigene Art leben und es auch vollständig so erzählen.

Kauf eines teuren Augenvitamins, Lutein, Tipp einer
schwermütigen Frau, die mir gelegentlich auf der Straße
begegnet, früher Fotografin (sie hat vor vielen Jahren das

30

Autorenfoto für ein Buch gemacht, ein Foto, das neben dem Inhalt, der Geschichte eines Journalisten und eines jungen Soldaten, zu Missverständnissen über die Sexualität des Autors geführt hatte). Und in der nahen Familienwohnung, Morgenstern-Straße, wird gleich eine der Vitaminkapseln mit Wasser geschluckt; der Sohn spielt in seinem Zimmer *Gothic 3*, ist aber ansprechbar, und wir reden über ein Skript, an dem er sitzt. Er macht Filme mit seinen Freunden, es geht darin blutig zu, die Intelligenz liegt in den Bildern, nicht in der Geschichte; nebenbei lernt er für eine Arbeit über die Weimarer Republik und geht auch noch das Abendprogramm im Bezahlfernsehen durch, ob da ein Film für uns dabei wäre. Oder bist du schon blind?, fragt er beim Abschießen eines Ritters zweiter Klasse, eine Frage, die auch M. hätte stellen können (leider haben sich Freund und Sohn nie kennengelernt, ein unverzeihliches Versäumnis). Und wieder einmal ein Anlauf des Vaters, von M. zu erzählen, und einmal mehr das müde bis schroffe Abwinken.

Je mehr und klarer man die Abwesenheit des anderen ausspricht, je öfter und deutlicher man dessen Fehlen beklagt und sich mit dem Abwesenden befasst, desto mehr bringt man die weibliche Seite in sich zum Vorschein. Der sehnende Mann ist der verwandelte Mann, auf eine für Außenstehende unter Umständen unheimliche Weise feminisiert, als Teil einer Eucharistie, bei der Brot und Wein zu Erinnerungen an den Freundesleib werden. Und ein Vater, der sich so verhält, vom Freund erzählen möchte, macht sich verdächtig, jedenfalls für einen Sohn, der es nicht gewohnt ist, Romane zu lesen, die ja immer, wenn sie uns weiterbringen, eine Beschwörung des Abwesenden sind, ein Sieg des Weiblichen (mit den Mitteln des Männlichen: das Buch in Angriff nehmen, durchstehen, dafür trommeln usw.).

In der Wohnung neben meiner wieder der Lärm von den Schülern des sogenannten Sprachcafés im Haus; im Flur ein Kommen und Gehen, das der Nachbar spät abends durch den Spion verfolgt. Die fremden Jungs haben alle etwas Träges, Überfüttertes, besonders die Chinesen, während die Mädchen aus Spanien oder Osteuropa vor Neugier auf alles Deutsche – zu dem nur nicht ihr Nachbar zählt – geradezu brennen. Wieder einmal muss ich die Tür öffnen und als mürrischer Alter in drei Sprachen Ruhe brüllen. Und eine der jungen Frauen antwortet auf russisch, nicht eben freundlich im Ton, um dann in der Sprache, deretwegen sie hier ist, etwas ganz anderes zu sagen: *Tut mir leid* – aber was, kann man sich fragen. Tut es ihr leid, den Nachbarn geweckt zu haben oder am Schlaf zu hindern? Oder tut es ihr leid, wie er da als Typ im gestreiften Bademantel, das graue Haar zerzaust, barfuß im Flur steht und womöglich nicht nur seine Ruhe will, sondern auch oder lieber noch einen Anteil am Leben in der Sprachschülerwohnung? Tut es ihr am Ende also eher leid, auch einen solchen Wunsch geweckt zu haben?

Der Zerzauste geht auf jeden Fall wieder ins Bett, nur ist er jetzt hellwach. Die Worte der jungen Russin haben etwas in ihm aufgestöbert: die Panik, die ein anderer Kurzsatz beim ersten Hören in mir ausgelöst hatte, auch nur aus drei Worten bestehend und auch nur von Bedeutung, wenn er gesagt wird, ohne etwas anderes als das Gesagte zu meinen, und genau in dieser Beschränktheit so alarmierend, besonders in einer Klosterzelle. Und an dieses Gefühl schließt sich das Bild an, wie ich mit M. am nächsten Tag darüber geredet habe, während die zwei Schwestern in einem Laden am Anfang der Via Condotti waren, der damals schon ein Kettenkleid und andere dekadente Stücke in der Auslage hatte und den zu betreten für uns nicht in Frage gekommen war. Ich erzählte ihm von den drei Worten, wie man von einem Zauber oder Bann erzählt, und M. – wahrscheinlich hatte er in der Nacht dieselben Worte gehört – führte sie darauf zurück, dass wir Stunden zuvor Mut gezeigt hätten. Wir waren nämlich zu spät nach Hause gekommen, das Kloster war schon von innen abgeriegelt, und er und ich sind über die Regenrinne in ein offenes Fenster gestiegen, um die Schwestern unten hereinzulassen. Das war seine Theorie, und ich schloss mich ihr nur vorsichtig an, sie schien mir nicht alles zu erklären: so einfach, nach dem Prinzip von Ursache und Wirkung, wollte ich die Liebe nicht erklärt wissen. Wir standen also auf der Via Condotti und sahen durch die Scheiben des dekadenten Geschäfts, darin die beiden Schwestern, etwas verloren mit den Kettensachen, die man ihnen vorgelegt hatte, und sprachen darüber, welche Ursache die Worte Ich-liebe-dich haben könnten. Er sah die Dinge aus Kinosicht, als Reaktion auf eine Tat, ich sah darin eher etwas Religiöses, eine Art Segen, dem man sich nicht entziehen durfte, und erst das heftige Winken der Schwestern hat den Disput beendet. Die beiden wollten unseren Rat, wir sollten in den Laden kommen, und

M. überwand seine Bedenken, die nur gespielte Bedenken waren; denn er betrat dann den Laden wie einer, der dort täglich einkauft, prüfte die Qualität der Kettenhemden und Miniröckchen und sagte Scheiße, und schon waren wir alle vier wieder auf der Condotti. Und sein ersticktes Lachen legte sich erst, als wir die Spanische Treppe hinaufliefen, es ging vermutlich in Keuchen über, weil diese Treppe bekanntlich viele Stufen hat, und oben angekommen, zog ich ein Buch aus der Tasche, den einzigen Roman von Tennessee Williams, *Mrs. Stone und ihr römischer Frühling*. Während M. auf dieser Reise für die Kunst zuständig war, war ich es für die Literatur und las darum die Stelle vor, die an der Spanischen Treppe spielt, wenn Paolo, der Held, seinen Mantel öffnet, um Mrs. Stone, die dort eine Wohnung besitzt, mit seiner Blöße zu verwirren. Und nach der Lesung lag das, was nachts gesagt worden war – auch bei ihm, ich bin sicher –, sozusagen in der Luft; zu viert Hand in Hand wie eine Kindergartengruppe, die sich lieb hat, gingen wir Richtung Villa Borghese, um uns dort die Skulpturen anzusehen, vor allem den David mit der Schleuder – M.s strenges Kulturprogramm, dem wir uns unterworfen hatten, wie man sich heute einer Soap unterwirft.

5

Der Sehinvalide und für sein Empfinden Arbeitslose ist dankbar über jeden Termin, der den Tag ordnet, zum Beispiel eine neuerliche Sitzung beim Optiker, elf Uhr, und später am Tag das DFB-Pokalfinale, Eintracht Frankfurt–Bayern München. Und der Optiker spricht aus, was Klinikärzte lieber verschweigen: wie sehr die Kunstlinse das Gesamtsehen stört. Die gewonnene Sehschärfe vergewaltigt das Hirn, das die Geschmeidigkeit der natürlichen Linse gewohnt war. Man müsste also auch das Hirn ersetzen oder mindestens Teile davon umtrainieren, wie man nach dem Verlust eines Menschen bemüht ist, die inneren Dinge neu zu sortieren, damit die Abwesenheit erträglicher wird oder der Verlust am Ende zu einer Art Gewinn, künstlich wie das Sehvermögen durch die implantierte Linse und dennoch ein Vorteil.

Nachmittags etwas Arbeit, erste Wiederannäherung ans eigentliche Schreiben, Gedanken zu einer Novelle, die seit Tagen das Einschlafen erschweren. Der unehrenhaft in den Ruhestand verabschiedete Politiker oder Vorstand, im Nebenberuf auch Ehemann, Vater und Großvater, ein Dompteur ohne Manege, der zum ersten Mal nach Jahrzehnten wieder einen Geburtstag im kleinsten Kreis feiert, nur mit Frau und Tochter und einem achtzehnjährigen Enkel, den er kaum kennt. Während Frau und Tochter für den Jubilar ein Geschenk kaufen, fahren der Hausherr und sein Enkel – ein Junge, der später Filme machen will und dem illustren Großvater nur mit einem Camcorder

gegenüber tritt – in einem Motorboot auf meinen unversteckten italienischen See, und der Jubilar deutet vor der
Kamera sein großartiges versautes Leben um. Die ersten
Sätze auf dem Papier: und gleich das bekannte Gefühl des
ganz und gar Sinnlosen.

Abends ein Anruf nach Rottach-Oberhof am Beginn
des Kreuther Tals, deutsches Sibirien in diesen Wochen
und ganzjährig Tal der Stille, wo die besseren Altenanla-
gen halb verborgen zwischen den Tannen liegen; am anderen Ende meine Mutter. Sie hat den Winter auf ihre Weise
überstanden, mit Spaziergängen im Keller, weil draußen
der Schnee zu hoch war. Ihre Stimme klingt aufmun-
ternd, hell – ich höre meist schon beim ersten Wort, wie es
ihr geht, wie sie die Balance hält. Wir besprechen einen in
den nächsten Wochen möglichen Besuch; dazwischen liegen noch einige Reisen meinerseits, die sie beunruhigen.
Am Schluss dann die Erwähnung der Freundschaftsno-
tizen und von ihr nur ein Muss das sein. Viel hatte sie nie
für M. übrig, sie sah ihn als Verführer ihrer Tochter, der
auch mich umgarnt hat, als den Geist der stets verneint
und andere in seine Netze zieht, sie mit Hirngespinsten
ködert und zu Komplizen macht. Ich weiß das, und wir reden darüber nicht weiter; ich wünsche ihr, dass der Schnee
endlich schmilzt.

M. hatte immer nach Gleichgesinnten gesucht, oder besser gesagt, nach Leuten, die sich vielleicht zum Gleichge-
sinntsein anstiften ließen, nur um mit ihnen dann eine
dunkle Idee zu teilen, nicht um sie in die Tat umzusetzen,
und an Leuten, die nicht nach dunklen Ideen aussahen,

lag ihm besonders. Neulich kam nach einer Lesung in Freiburg unser letzter Internatsleiter auf mich zu, damals auch der evangelische Schulpastor, inzwischen ein alter Herr, der sich mit Naturheilkunde befasst. Ich erwähnte M.s Tod und wollte ihn gerade daran erinnern, von wem ich überhaupt sprach, da kam er mit einer eigenen Geschichte, die mir M. nie erzählt hatte. Die beiden waren sich in Freiburg auf der Straße begegnet, M. Ende zwanzig, kurz vor dem Examen, und der gute Herr von H. noch immer im Kirchendienst, aber an anderer Stelle. Man ging dann zu ihm nach Hause, erfuhr ich, und dort sei unser Freund nur hin und her getigert, pausenlos rauchend und mit einem Stock oder Regenschirm in der Hand, und habe ihn dafür gewinnen wollen, gemeinsam ein Haus in die Luft zu jagen, zum Beispiel eine Kirche. Und schließlich sei ihm diese Idee zwar nicht naheliegend oder gar richtig erschienen, aber irgendwie logisch.

Tagsüber Arbeit an einer Rede für den Impresario L. zu dessen Sechzigstem, den wir in einer Woche in Venedig feiern werden. Er hat ein großes Herz und will dafür von aller Welt geliebt werden, jemand, der für das Maßlose eine Form gefunden hat, im Gegensatz zu dem, der schreibt und am Ende immer das Unvollkommene vor sich hat, wie es zum fließenden Wesen des Schreibens gehört, Festschriften eingeschlossen, auch wenn man sie auf feinem Papier drucken lässt. Ich mag den Impresario, seine Herzlichkeit kann mich überwältigen, ja gelegentlich kommt sogar der Wunsch auf, mit seinem Leben zu tauschen und zur Not der Sklave von Madonna zu sein.

Meine Frau (von mir kaum so genannt und hier mit dem U. abgekürzt, das schon die warme Hälfte ihres Namens enthält) liest abends die Rede und weint eine Träne: Sie bekäme so etwas nie. Falsch, sage ich, es ist nur umständlicher formuliert.

Die Liebeserklärung in einer Ehe ist die uferlos oder lebenslang kommentierte Art und Weise dieser Beziehung, die außer den Beteiligten niemand versteht. Immer wieder unser Ausholen und Erklären, wer der andere für einen sei – mit einer einmaligen Liebeserklärung ist es in der Ehe nicht getan. Die Erklärung, weshalb man zusammen ist und zusammen bleibt, ist die dauernde Begleitmusik dieses seiltänzerischen Zustands, sie verleiht ihm künstliche Stabilität mit einer ständigen Liebesrede, mal leiser, mal lauter, mal zärtlicher, mal ruppiger, ein verbaler Coitus ohne Ende, ohne Höhepunkt; der Höhepunkt, das ist die Dauer. Und nichts schreckt den Ehegegner oder Eheflüchtling mehr ab als die Dauer. Er glaubt, die Masse der gemeinsamen Zeit müsse ihm den Atem rauben, ihm fehlt jedes Empfinden für den Raum, den diese Masse öffnet. Ich kenne U., seit ich vom Schreiben lebe (dreißig Jahre) und kann nur mit dem Schreiben leben, weil ich U. kenne. Wir waren in meiner Arbeitswohnung, als sie ihre Träne geweint hat, sie hat mich besucht, das kommt an Sonntagen vor. Solche Stunden sind das Ende und zugleich der Anfang aller Erklärungen in einer Ehe; das Intime mit dem uns Nächsten hat etwas Reines und Wüstes zugleich und folglich auch etwas Unsagbares, darin liegt seine Kraft. Eine stumme heftige Rede.

Abends das Familienessen in der Küche – Sohn und Tochter kamen im letzten Moment an den Tisch, wie immer, und nach dem letzten Bissen verschwanden sie wieder, wie immer. Und doch sind diese Abendessen innig, weil nichts Inniges verlangt wird. Die Eltern trinken Wein, die Kinder heben ihre Wassergläser, und man achtet darauf, nichts zu sagen, das den Familiensee, auf dem alle treiben, unnötig in Bewegung bringen könnte, und versucht doch, etwas loszuwerden. Dem Vater fällt dieser balancierte Umgang schwer, besonders mit seiner Tochter (13), und M. wäre schon an solchen familiären Vorsichtsmaßnahmen gescheitert, nur dass er in dem Bereich gar nicht scheitern wollte, also hat er ihn links liegen lassen – mehr ein Ehe- und Familienvermeider als Gegner. Das Äußerste war für ihn die eheähnliche Verbindung, letztlich sogar ohne Vollzug. M. wollte seine Wünsche nicht im Körper der eigenen Frau oder Gefährtin vergraben, bis in Ausnahmeminuten die Saat aufginge, er wollte diese Ernte mit einer Geliebten im Handstreich einfahren, was ihm auch lange geglückt ist. Und am Ende, als es nicht mehr glückte, hat es nur Stille hinterlassen, die Stille in einem Theater nach dem letzten Schrei. Bei einem der Telefonate, die er vom Krankenbett aus führte, nicht sicher, ob er wieder auf die Beine käme, sprach ich von Havanna, der Stadt, die wir schon zu Schülerzeiten hatten ergründen wollen und die ich jetzt vorhatte zu besuchen – was ich ihm aber nicht sagte, nur schien er es zu wittern; denn auf einmal bat er mich, mit dem Havanna-Gerede Schluss zu machen, scheinbar im Spaß, aber es war kein Spaß. Ich hörte ihn atmen in seinem Zimmer, das tragische Atmen von einem, der nicht mehr machen kann, was ihm sein Gesicht früher alles erlaubt hat, und ich erzählte von einem Roman, den ich in Havanna vorantreiben wollte, eine Ehegeschichte sei das, von der ich nur den Anfang hätte, hundert Seiten, aber M. hörte gar nicht zu, er hatte das Gefühl, ich würde ihn schonen, mit dem Erzählen von einem Buch statt vom Leben, obwohl er ja selbst um Schonung gebeten hatte, und ich musste versprechen, falls ich je nach Havanna käme, ihn von dort anzurufen. Dann wieder sein Atmen, bis er sagte, er sei jetzt müde – den Satz, auf den ich früher im gemeinsamen Zimmer immer gewartet hatte, während er noch rauchte und las und ich zur Wand gedreht wachlag. Er fügte dem kleinen, ungewohnten Satz allerdings noch etwas hinzu: Tragisch aber wahr – drei Worte, die schon fast untergingen in seinem Lachen über sich selbst.

Er und die Müdigkeit, das passte nur im Innersten zusammen, sein waches Gesicht sprach bis zuletzt eine andere Sprache. Zum Lebenstragischen von M. gehörte im Grunde und etwas dahergesagt also auch eine genetische Tragik – der Begriff hätte ihm gefallen –, die sich darin gezeigt hat, dass er nach etwas aussah (Kriegsreporter, Schatzgräber, Arzt zwischen den Fronten etc.), was er weder mit Leib und Seele war noch mit aller Kraft anstreben konnte. Er musste damit leben, einerseits überschätzt zu werden und andererseits, in dem *was* er war – geistesgegenwärtig wie kaum ein anderer –, verkannt zu bleiben; seine Tragödie war die eines begnadeten Schauspielers, der es nie auf eine große Bühne und nie auf eine Leinwand geschafft hat (während die eher zweitrangige Tragödie oder genetisch bedingte Lebensironie des schreibenden Freundes darin besteht, dass man ihm sein Tun nicht ansieht: Ich gleiche nicht dem, was ich schreibe und auch nicht dem, wie ich schreibe). M. hatte die beste Voraussetzung zum Schwindeln, man hätte ihm ein Dutzend Biografien abgenommen, aber als Schicksalsschwindler war er nie unterwegs; seine Tiefe war echt, er musste keine falsche vortäuschen (und er brauchte auch meinen Brief mit dem Schlusssatz zu diesem Punkt nicht). Ihm reichten die Legenden um sich, wie die des ewigen melancholischen Fahnenflüchtigen, der so gern an der richtigen Front wäre, aber leider den Krieg durchschaut hat.

Nachmittags in der Pferde-Idylle der Tochter, Ställe in einem Feuchtgebiet ohne Stromanschluss, wildes Stadtrandglück. Wir sind in der engen Box, ich sehe beim Putzen des Pferdes zu, sie macht es hingebungsvoll, dieses Säubern, Striegeln und Herrichten. Und danach ihr Reiten mit schöner Ruhe, sogar beim Galopp – sie ist dem Tier zugeneigt, aber zeigt auch die nötige Stärke. Eine geliebte fremde Tochter, dem Vater wohl nur zugeneigt, wenn er nicht hinsieht; sie würde noch da sein, wenn es ihn schon längst nicht mehr gäbe, das stand von Anfang an fest (Zeilen eines Gedichts anlässlich ihrer Geburt: Mädchenleis Dein erstes Klagen, wagte nicht, Dich anzuheben / Nur einen Kuss erbat ich dann, aus Deiner Augen Ferne kam: Werd lang Dich überleben!).

6

In dem zweiten Päckchen aus Berlin lag zwischen den Büchern auch eine selbstgebrannte CD mit der Musik, die M. bis zuletzt gehört hatte. Sie war eingeschlagen in einen Artikel über den Interpreten und sein neues Album aus der *Berliner Zeitung* vom 29. und 30. Januar 2005, also Wochenendbeilage, mit M.s Strichen und Ausrufezeichen neben allem, was ihn bewegt hat an dem Sänger – ein Mann von monströser Figur, der nur einen Vornamen hat, Antony, und wie eine zierliche Frau singt, die Frau, die er gern wäre. Kaum für die Dauer eines Liedes erträgt der Empfänger des Päckchens und der CD diesen Gesang im Moment – Singen als verzweifeltes Küssen- und ebenso verzweifeltes Trinkenwollen, so stillend wie dürstend. Was ich gerade abbreche – um es vielleicht später zu hören, im richtigen Augenblick –, war nichts als schön oder anbetungswürdig für einen, der sein Leben mit Sprache bestreitet, bedrohlich lähmend. Und vielleicht hat sich M. dieser Lähmung in seinen letzten Monaten ja ganz und gar überlassen (sein ewiges Rauchen: im Übrigen auch Küssen und Trinken in einem, so stillend wie dürstend). Also eine andere Musik, Dvořáks Konzert für Cello und Orchester, h-Moll, das ich immer höre, wenn's darum geht, alten Wunden, die aufzugehen drohen oder schon aufgegangen sind, etwas nachzugeben, damit sie sich wieder beruhigen.

Und beim Zähneputzen, während die Musik noch lief, glaubte ich im weißen Waschbecken überall kleine schwarze Fliegen zu sehen, immer wieder Augenblicke lang überzeugt davon, dass es sich um echte Fliegen handle, einen Schwarm, der sich über den ausgespuckten Schaum hermachte und sich auch nicht durch Wischen und Spülen vertreiben ließ, im Gegenteil: Die Fliegen schienen immer dreister zu werden, sie liefen mir über die Finger und den Griff der Zahnbürste, sie saßen auf den Borsten oder kamen zwischen den Borsten hervor, um erst im letzten Moment, wenn die Bürste zum Mund geführt wurde, das Weite zu suchen; und der Zähneputzende dachte an die Filme der Surrealisten, die noch an Träume geglaubt hatten und womöglich auch nur unter Makula-Problemen litten und und das Hin und Her der Glaskörperchen in den Augen mit einem Drama zu verwechseln bereit waren, so wie M. die eigene innere Unruhe als Unruhe der ganzen Welt oder mindestens seiner Umgebung gesehen hat.

Montag, erster Mai, Agonie des Feiertags, die von den stillen Straßen bis in den neunten Stock dringt. M. hatte bevorzugt an solchen Nichttagen angerufen, auch schon in der Zeit, als er noch als Unfallarzt durch Berlin fuhr; sein liebster Vorwand war, nach irgendeinem Buchtitel zu fragen und dann von einer Schussverletzung zu erzählen, die er gerade versorgt haben wollte. Sein Augenmerk lag dabei mehr auf der Situation als der Verletzung, er sprach nicht als Arzt, er sprach als Reporter. Und dann konnte er einen Sprung machen zu einem Foto aus seinem Archiv, das wie eine weiterführende Vertauschung der versorgten Wunde war, hin zu einem bestimmten Stück Weiblichkeit – einem

Nacken, einem Mund, einer Achsel –, von dem er so eindringlich erzählte, bis auch ich es vor Augen hatte und er seinen Blick für eine bestimmte Wunde der Schönheit mit meinem abgleichen konnte. Unser Spiel hieß nicht: Ich sehe was, was du nicht siehst, es hieß: Ich sehe etwas, das du auch gleich sehen wirst, als könnten zwei schiefe Blicke einen geraden ergeben.

Etwa ein halbes Jahr nach dem Fall der Mauer, in der Zeit der noch wilden Vermischung von Ost und West, als für Leute wie M. der innere Stadtplan von Berlin neu geschrieben wurde, rief er mich einmal nachts an und erzählte von einem der Clubs, die es gestern noch nicht gegeben hatte und morgen schon nicht mehr geben würde. Er sprach von diesem namenlosen Club wie von einer Frau, die so facettenreich war, dass man sich nur ein Detail herauspicken konnte, um ihr überhaupt irgendwie nahezukommen. Und dieses Detail war ein junges, struppiges, aus dem schönen und biederen Konstanz nach Berlin abgehauenes Mädchen – wenn man ihm glauben wollte, und ich wollte es in dieser Nacht –, ein Mädchen, das er mitten im Ost-West-Gewühl buchstäblich aufgegabelt hatte, um ihm seine bissige Kultiviertheit anzubieten. Er habe sie draußen vor dem Club fotografiert, nur ihr Gesicht vor der Hauswand, frühmorgens, ihren leicht offenen Mund, ohne den kleinsten dümmlichen Zug, was durch das Licht und die Kälte gekommen sei, und er habe ihr vom Bodensee erzählt, von der Gegend, die für uns vor allem Kampfgebiet gewesen sei, und die sie nur als süße Freizeitheimat kenne. Und ihr Konstanzer Singsang mit etwas rauer Stimme vom Rauchen und Trinken hätte ihn verrückt gemacht – weil man so was nicht fotografieren könne, sagte er, davon könne man nur erzählen. Und was war dann? fragte ich, und M. berichtete geradezu stolz, dass es diesen Club schon nicht mehr gebe, das Mädchen sonstwo sei, aber er habe die Fotos von ihren Augen und ihrem Mund, frühmorgens vor der Hauswand. Sie habe vor Erschöpfung gelächelt, und am Ende noch seine Frage, ob sie einen Freund oder eine Freundin in Berlin habe, und sie darauf: Nur die Kolleginnen im Büro. Freundschaften sterben immer mehr aus, sagte er und kam wieder auf das Mädchen, die offenbar mit Design zu tun hatte, und man hörte seine ganze Glückssucht heraus, sein Sehnen nach dem verlorenen Ganzen (Menschen), an dessen Stelle diese Sucht nach dem ganz und gar Einzigartigen trat, dem Blick und Lächeln dieser Unbekannten, morgens vor einem Club, den es am selben Abend schon nicht mehr gab.

Telefonat mit einem Herrn vom Deutschen Akademischen Austauschdienst in Warschau wegen eines Erzählseminars, das der Autor demnächst dort halten soll, für junge Polinnen und Polen, die sich mit einer Geschichte auf Deutsch hervorgetan haben. Vorschlag des Autors: Die Teilnehmer sollen für das Seminar eine Seite schreiben, Titel: *Ein Kuss* (weil es leicht und schwer zugleich ist – jedem fällt dazu etwas ein, aber wie sagt man's?). Danach Arbeit hinter heruntergelassenen Jalousien an der Novelle, und es gelingt sogar, einiges Handschriftliche in den Laptop einzugeben; über dem linken Brillenglas ein ovales Stück schwarzer Pappe, befestigt mit Tesafilm.

Wenig Schlaf, das Auge irgendwie zittrig, als würde die Kunstlinse darin wie im Wind hin und her flattern, einen Versuch am Bildschirm gleich abgebrochen. Aber auch die Handschrift macht Mühe – ich fühle die Schrift mehr, als dass ich sie sehe, dennoch geraten die Worte lesbar, als sei die Hand ganz nah an den Gedanken. Und vermutlich liegt diese Nähe oder Willfährigkeit am Thema, aufgrund einer telefonischen Halbzusage für eine Lesung in der Buchhandlung Männerschwarm, Hamburg, anlässlich eines Jubiläums. Da ist noch immer ein Zögern, die Sache anzunehmen, nur weil der Aufgeforderte damals der erste war, der dort gelesen hatte (aus dem Buch mit dem miß-verständlichen Autorenfoto von der schwermütigen Foto-grafin). Und trotzdem schon erste Notizen zu einem Vor-wort für diese Veranstaltung, Schreiben als Form der Selbstüberredung.

Nachmittags Begegnung mit einem Arzt, der einige Etagen unter meiner Arbeitswohnung seit langem seine Praxis hat. Er wohne seit kurzem auch in dem Haus, er-zählt er, und man muss davon ausgehen, dass er in Schei-dung lebt oder eine andere Katastrophe durchleidet, wie alle, die mit über fünfzig in dieses Haus ziehen. Der Neu-bewohner duzt den Altbewohner bei der Gelegenheit erst-mals und erwähnt dessen längst abgesetzte Literatursen-dung im Fernsehen, die er gern gesehen habe, besonders jene mit dem Kardinal, der zu dem Buch mit der Nixe und dem einsamen Studenten (Lampedusa, *Die Sirene*) befragt wurde. Aus und vorbei, sage ich (und versäume es, hinzu-zufügen, dass mich in den Monaten der Ausstrahlung die-ser Sendung die Leute im Haus, die den Mitwohner alle irgendwie als Schreibenden kennen, nach zwanzig Jahren angefangen hatten, auf das Freundlichste zu grüßen: auch vorbei – das eigentliche steuerfreie Honorar für den öffentlichen Selbstverkauf, M.s Begriff für jedes Verdingen an das von ihm verachtete Fernsehen).

Am Abend des elften September hatte der Schreibende eine Lesung in Hannover (die er auch hielt, gegen den Rat des Veranstalters, vor einem Publikum, das wie zu einer abendlichen Messe erschienen war, Ablenkung und Hinlenkung in einem). Und am nächsten Morgen ein Abstecher nach Berlin für ein Treffen mit M. am Bahnhof Zoo; und ehe ich wieder zum Zug musste noch ein Gespräch auf der düsteren Halbetage zwischen der Durchgangshalle und den Gleisen. Wir standen vor dem Fotoautomaten und sprachen über das Fernsehen, nicht über die Katastrophe, die dort immer noch in einer scheinbar unendlichen Schleife zu sehen war. M. riet mir davon ab, durch Drehbücher auch in Zukunft Geld zu verdienen, er sah darin die Vorstufe zum Selbstverkauf ans Fernsehen, mit der Folge, dass man kein vernünftiges Buch mehr schreiben könne, den Roman über uns, dachte er vielleicht schon. Und drei Jahre später kam der Mahner, nunmehr arbeitslos, bei einem Telefonat vom Krankenbett aus auf das Bahnhofsgespräch zurück; der schreibende Freund moderierte inzwischen die Sendung nach eigenem Konzept, inhaltlich war daran nichts auszusetzen, nur färbten die Umstände nach M.s Ansicht ab, vor allem das Bunte. Und obwohl wir telefonierten, schien er mich, durch seine Stimme hindurch, mit anderen Augen anzusehen, als sei ich schon Teil jener Fernsehoperette, die wir immer verspottet hatten. Fehlt nur noch, sagte er, dass die Sendung deinen Namen trägt, das wäre das Ende, der Idiotenstatus. Nur hat der Sender vorher das Problem für uns beide gelöst, und wir haben nie mehr darüber geredet, wozu auch.

Heute in der Post ein Brief von A., eine der beiden Schwestern, deren Leben wir, mit einem römischen Kloster als Ausgangspunkt, durcheinander gebracht haben. Ich hatte sie um ein Foto aus dieser Zeit gebeten, und nun liegt es vor mir, neben dem zweiseitigen, eng beschriebenen Brief. Sie entschuldigt ihre hastige Schrift und kommt dann mit Einzelheiten unserer Rom-Woche (in der sie schwanger geworden war), wie dem Besuch der Etruskergräber bei Tarquinia oder dem Erklimmen der Regenrinne, um die Klostertür von innen zu öffnen, aber auch der kleinen Lesung oben auf der Spanischen Treppe. Sie geht darauf nicht im Einzelnen ein, sie erwähnt es nur, in einem Ton, als würde sie von gestern reden, wie dieser ganze Brief aus einer anderen Gegenwart zu kommen scheint, jedenfalls nicht aus der einer Frau meines Alters, die ein Leben mit zwei Kindern an der Seite eines Chefarztes, seit kurzem pensioniert, hinter sich hat. Am Ende schickt sie mir noch Grüße von ihrer Schwester G., deren drei Worte in der Regenrinnennacht so überraschend und erschreckend waren. Und das kleine Schwarzweißfoto zeigt uns alle vier beim österlichen Frühstück auf einer Terrasse – M. sieht in die Kamera, eine Zigarettenschachtel in der halb erhobenen Hand, während ich ein Brot streiche (in der etwas krummen Haltung, die mein Sohn heute hat). Die Freunde sitzen sich an dem runden Tisch gegenüber und folglich auch die Schwestern; G., in einem Faltenrock und in Schuhen mit maßvollen Absätzen, reicht ihrer Schwester gerade einen Teller mit Belag, und A., deren Gesicht mein Haar halb verdeckt, hat ihren traurigen Engelsblick, leicht vorbei an den österlichen Eiern in der Mitte des Tisches. Die Sonne scheint, es ist früher Vormittag; die Beine der schmiedeeisernen Stühle werfen lange dünne Schatten.

H., die längste und finale Gefährtin von M., bittet mich, möglichst bald nach Berlin zu kommen, um den Bücherbestand zu sichten. Sie könne die Kisten nicht unbegrenzt lagern, erklärt sie am Telefon, und ich schlage ein Wochenende im Juni vor, verknüpft mit der Lesung in Hamburg. Anschließend ein Blättern in den alten *Hyperions*, in seinen letzten Jahren das wichtigste Buch für M., er hatte es immer wieder gesagt; und in der Insel-Ausgabe, Leipzig, eine unterstrichene Stelle mit drei Ausrufezeichen, die er mir vom Krankenbett aus gleichsam zum Geschenk gemacht hatte, indem er sie nüchtern in den Hörer sprach und damit annehmbar in mein Ohr, nachdem ich noch einmal auf die Streitnacht von Ravello gekommen war. »Mein ganzes Wesen verstummt und lauscht (sagt Hyperion am Anfang des ersten Buches zu Bellarmin), wenn die zarte Welle der Luft mir um die Brust spielt. Verloren ins weite Blau, blick ich oft hinauf in den Äther und hinein ins heilige Meer, und mir ist, als öffnet' ein verwandter Geist mir die Arme, als löste der Schmerz der Einsamkeit sich auf ins Leben der Gottheit.« Ein hingesagtes, also flüchtiges Geschenk, verknüpft mit Verachtung für jeden, der es nicht empfangen und festhalten konnte. Aber so waren seine seltenen Gaben, auch die bleibenden.

Eins der wenigen Geschenke von Bestand, die mir M. gemacht hat, war das Philips-Doppelalbum von Benny Goodmans berühmtem Carnegie Hall Jazz Concert vom 16. Januar 1938, ein Album mit Textseiten von Irving Kolodin und Hüllen für zwei Platten, das Ganze geheftet mit einer Spirale, wodurch es unter allen aufgestellten Alben noch heute gleich zu erkennen ist. Auf die innere Umschlagseite hatte er eine Widmung geschrieben (eine der zwei Widmungen, die ich bekam): »Zur Erinnerung an manch harte Tage und seltene Siege, M.« Ich liebte dieses Album vor allem wegen einer Nummer, Sing, Sing, Sing, und der Höhepunkt darin war das minutenlange Schlagzeugsolo von Gene Krupa, am Ende wie der Wirbel meines Herzens, wenn M. und ich wieder einmal kurz davor waren, das gegenseitig über uns verhängte Schweigen zu brechen, ein Wirbel zwischen Euphorie und dem Aussetzen des Herzschlags, ehe die ersten Töne, gleich den Stößen aus Harry James' Trompete nach dem Krupa-Solo, die Rückkehr in den Takt unserer Freundschaft verkündeten. Und die alte Plattenhülle, die Schrift auf rotem und hellgelbem Grund, neben Goodman mit Klarinette und jüdischfreundlichem Blick durch seine Brille, gibt mir das Bild zurück, wie M. eine Platte vorsichtig aus ihrer Hülle zieht und von Staub befreit, bevor er sie auflegt, im Mund bereits die Zigarette, um sie mit dem ersten Ton anzustecken, den Kopf leicht gebeugt, als gehöre die feuergebende

Hand einem anderen, weil sonst kein anderer in diesem Moment existierte. Das Auflegen einer Platte konnte für ihn ein Sakrament sein, und am Schluss wurde dem geduldigen Messdiener der Kelch in Form eines seltenen Albums überreicht.

Leichte Sorge im Hinblick auf die Venedig-Tour, da ich mit U. sonst kein Schlafzimmer teile und auch nie geteilt habe, ein Geheimnis unseres langen Zusammenseins (unverwandte, aber sich nahestehende Geister). Wie wird das also heute Abend? Zwei Zimmer wären zu viel des Guten, auch wenn der Impresario sich alles andere als lumpen lässt – »Für einen Großherzigen«, heißt die Überschrift der Geburtstagsrede, die zuletzt in den Koffer kommt, oder fast zuletzt; beim Verlassen des Hauses finden sich im Briefkasten die Fahnen eines neuen Buchs (*Die kleine Garbo*), und im Taxi gleich der erste Blick auf die letzte Seite. Und schon ist da ein Wort, das weg muss. Altes Fahnenleid: Noch kann man etwas tun, nur gehören einem die eigenen Sätze schon nicht mehr ganz, wie ein volljährig gewordenes Kind.

Am Flughafen treffen wir I. L., schon mit Teilen der umfangreichen Verwandtschaft des Jubilars. Sie gibt uns das Gefühl, mit dieser Dreitagereise etwas Richtiges, ja Gerechtes zu tun, auf dem Boden der Tatsachen und dem Boden des Menschlichen (wo kommt man am angenehmsten zusammen, wenn man sechzig wird, wie kommt man am angenehmsten dort hin), dem Boden, den ihr Mann so gern in einen Teppich verwandelt. Und sie gibt uns das Gefühl, in der jüdischen Verwandtschaft willkommen zu sein. Während des Fluges Fahnenkorrektur; U. sitzt zwei Reihen weiter, als hätte der Computer unseren Lebensverhältnissen Rechnung getragen. Und schließlich Italien: Schon im Anflug diese nicht kleinzukriegende Schönheit eines Stadtbilds, stärker als aller Firlefanz des Heutigen, der bei uns so leichtes Spiel hat, ohne die Kraft der Gemäuer (die einen Handy-Laden gleichsam schluckt), ohne den Sog der alten Cafés und die Zeremonien ihrer erwachsenen Kellner, die etwa in unbeobachteten Augenblicken mit einem in der Hand verborgenen Kämmchen ihr lichtes Haar am Hinterkopf zusammenfegen oder im Freien den Bon mit dem Unterteller beschweren, gegen den Wind und für die Guardia Finanza.

M. hatte mich und andere oft auf solche Miniaturschauspiele hingewiesen, gar nicht immer mit Worten, manchmal nur durch ein Kopfrucken oder Lächeln in Richtung des kleinen Geschehens, das für ein größeres stand, zum Beispiel während unseres Besuchs der Etrusker-Gräber von Tarquinia. Diese unterirdischen Reiche waren damals noch nicht allgemein zugänglich, uns standen sie nur offen durch eine Mitschülerin, deren Vater in Rom für die Vereinten Nationen tätig war (und auf dessen Terrasse wir auch gefrühstückt hatten). Und als wir mit den Apothekertöchtern vor den Wandmalereien standen, die den erotischen Horizont der Etrusker abstecken, sah ich, wie M. mir ein Zeichen gab, das einer Geste unseres italienischen Führers galt, eines schon älteren Herrn, der sich die Brille ins volle Haar schob, um eine bestimmte Darstellung im Detail zu studieren oder wie eine kleine Schrift besser lesen zu können. Es war eine Geste, die ich seinerzeit, unter der Erde Etruriens, zum ersten Mal sah, und die heute, gehandhabt mit Sonnenbrillen, gewissermaßen zum Weltstandard gehört. M. hatte sofort die lässige Eleganz dieser natürlichen Verlagerung einer Brille erkannt, verbunden mit einem besseren Sehen der Dinge (statt besser auszusehen). Der alte Herr versenkte sich förmlich in das Eindeutige einer Position, ich weiß nicht mehr, welcher; aber wie bei all den anderen Szenen überraschte einen dort das blank Geschlechtliche anstelle des Gefühls, etwas, das auch die Schwestern erkannten und aufnahmen, so jung sie waren, ja, das wir alle vier in dem feuchtwarmen Grab mit jeder Pore aufgenommen haben, die Arme über den Herzen verschränkt – einem Herzen, das in meinem Fall viel zu tun hatte, obwohl wir nur ruhig vor den Wänden standen. Unser Führer hielt sich zurück, er sagte kaum mehr als das Nötigste, aber ging mit dem Beispiel seiner Versenkung voran. Und als wir wieder ans Tageslicht kamen, nass im Gesicht, waren A. und G., die Schwestern – unvergesslicher Augenblick –, wie verwandelt, nämlich aufgekratzt, weit mehr als M. und ich, die wir eher aufgewühlt waren, man könnte auch sagen: die beiden waren aufgelegter. Das war vor über vier Jahrzehnten.

7

Fahrt in einem holzgetäfelten Wassertaxi mit offenem Heckteil, im Dunst das unglaublich Wirkliche der Lagunenstadt, die große Kopie eines verblassenden Aquarells (und ein seltenes Gefühl von Dankbarkeit: das alles überhaupt sehen zu können durch meine Sonnenbrille). Schließlich die Einfahrt in den Lidostreifen, zum rückwärtigen Hafen des maurisch anmutenden Hotels Excelsior – auf dem Steg schon der Impresario im Tennisdress, die Schuhe rot bestäubt, als kleines Zeichen von Wirklichkeit. U. und ich beziehen das gemeinsame Zimmer mit halbem Meerblick; schnelle Einigung auf die Bettseiten, der Mann näher am Bad für nächtliche Gänge.

Vor der abendlichen Fahrt nach Venedig eine jüdische Gebetsfeier mit dem Rabbi von Maui, Hawaii, wo der Impresario eine zweite oder dritte Heimat hat. Der Rabbi sieht aus wie der Ben Gazzara in *The Killing of a Chinese Bookie*; U. und ich beobachten die Feier halb hinter einem Vorhang, zwei Kinder, die ein geheimnisvolles Tun von Erwachsenen ausspähen – da wird gesungen, gebetet, genickt, und die Kundschafter ziehen sich leise zurück. Etwas vorzeitig warten wir dann auf die erneuten Wassertaxis am Steg, wo ein Londoner Freund des Gastgebers, selbst Impresario, nach meiner Tätigkeit fragt. Und auf die Antwort, Schriftsteller, folgt gleich und fast entschuldigend die erwartete Erläuterung: von welcher Art dieses Schreiben sei, also eventuell erfolgreich oder nicht. Der Londoner zieht auf jeden Fall seine Schlüsse und fragt als nächstes, was die Frau des Schriftstellers mache, und anstatt die Frage weiterzugeben, sage ich, sie sei die Mutter seiner Kinder. Etwas Besseres fiel mir auf Englisch nicht ein, und U. gibt sich keine Mühe, ihre Bestürzung zu verbergen. Denn in Wahrheit macht sie alles, was ich nicht mache, nur lässt sich das nicht mit einem Wort zusammenfassen; es stellt ein Leben dar und keinen Beruf (was letztlich auch fürs Schreiben gilt). Vor der Abfahrt in den Taxis folglich ein Ehekrach, nicht laut, aber empfindlich für den Verursacher – ihm fehlt die Übung, als Ehemann aufzutreten.

Und abends Harry's Bar, der legendäre Ort, heute erstmals betreten – ein Blick durch die Tür hatte immer genügt, wie auch bei anderen legendären Lokalen; und nun also auf einem der Kinderstühle in der hintersten linken Ecke, vom Eingang aus gesehen, und schon erzählt man dem Autor, dies sei Hemingways Stammplatz gewesen (zum Glück ohne eine lebensgroße Skulptur des trinkfesten Schreibers, wie im Floridita in Havanna). Der überaus seriös wirkende Principale und Erbe der famosen Bar begrüßt den stets etwas zu elegant gekleideten Impresario (bei dem alles so sitzt, als stehe der Maßschneider hinter ihm, und tatsächlich ist der bekannte Frankfurter Herrenausstatter S. einer der Gäste). Unsere Gesellschaft hat im unteren Raum jeden der liliputanischen Tische besetzt, und natürlich bekommen alle die berühmten kleinen Schweinereien, die man dort zu sich nimmt, vom Besten in Hülle und Fülle. Keine Frage, es geht einem gut, der für Schriftsteller kritischste Zustand. Und stärker denn je seit dem Tag, als ich von M.s Tod erfuhr, Ende vorigen Sommers, ist da der Wunsch oder Gedanke, dass er noch lebe und die Geschichte meines Barabends hören könne, ein Wunsch auch aus dem Wissen, dass er in diesem Raum mindestens einmal gestanden hatte, am Tresen vor einem Espresso, die Hand mit der Zigarette halb vor dem Mund, in den Augen den amüsiertesten und geringschätzigsten all seiner menschenunfreundlichen Blicke. Er hat mir von diesem Besuch erzählt, eher nebenbei, während einer Unterhaltung über die jüngsten Cocktailsitten in Berlins neuer Mitte, Sitten, die er grauenhaft fand, und ich sehe ihn da stehen, etwas abgesetzt von allen anderen am Tresen, mit seinem Lächeln in den Augen, weil der Freund in einer Gruppe festsitzt, aber immerhin Bier trinkt statt Prosecco mit Pfirsichsaft und irgendeiner geheimnisvollen Zutat, die ihn nur hätte den Rauch langsam ausblasen lassen, in Richtung aller, die solche Zutaten auch noch genießen.

Nach ruhiger Nacht neben U. der Gedanke: wie unheimlich ein Foto wäre, das uns beide schlafend nebeneinander zeigt, unheimlich wie die Fotos entfernter Monde, die einander in einer Balance halten. Tagsüber Spaziergänge am Meer und Fahnenkorrektur; abends ein Essen im Hotel Cipriani. Zum Auftakt spielt der gefeierte Jungpianist S. drei Mozart-Sonaten, mit der vorausgeschickten Bitte, unterdessen die Antipasti einzunehmen; er hat schon die Illusion abgelegt, die Kunst komme vor dem Brot, auch wenn für das Brot gesorgt ist. Mit am Tisch Freund O. und seine Frau, einer von zwei, drei Freunden, die mir aus mehr als zwanzig Jahren im ersten Verlag meiner Wahl geblieben sind. Am späteren Abend hält der Impresario eine selbstironische Rede, und im Anschluss tritt der Publizist A. L. aufs Podium (den ich in Frankfurt gelegentlich beim Imbiss-Metzger treffe, wo er eine Rindswurst ebenso genießt wie die Speisen dieses Abends), jemand, der weder um sein Alter noch um sein Schicksal noch um seine Reputation viel Wind macht – ein Mann nach M.s Geschmack. Man erwartet eine Rede, aber der alte A. L. redet nicht, er singt. Völlig unerwartet (für U. und mich) singt er, a capella, *Yeruschalayim schel sahaw*, Goldenes Jerusalem, und alle Juden im Zelt stimmen nach und nach ein, stehend und klatschend, während uns Christen, die wir keine mehr sind, ein Gefühl des Abgehängtseins erfasst – und am Kai schon die Boote für die Überfahrt nach San Marco warten.

Auf einem der wenigen Fotos, die M. und mich gemeinsam zeigen (keine zehn), sitzen wir im Inneren des Café Florian, in einem der Winkel, die bei allem Samt nichts Gutes verheißen, von Schaben bis zu verschlagenen Kellnern, ich mit dem Rücken zur Kamera, die sonstwer gehalten hat, er von vorn mit Blick nach unten, eine lockere Faust mit Zigarette zwischen Ringfinger und Mittelfinger vor dem Kinn. Es sieht aus, als würde er nachdenken, nur war es eher ein Träumen oder Nachhängen – und wer ihn ansprach in solchen Momenten, bekam ein böses Lächeln. Ein dreißig Jahre altes Foto, und die Winkel im Florian sind noch dieselben, ja, man meint auch, das caféeigene Orchester unter den Arkaden sei noch immer dasselbe und spielte seit damals unaufhörlich *Wiener Blut* und *La Vie En Rose* oder *The Lady Is A Tramp* – was der Impresario bestellt hat –, und *My Way*, was der Orchesterleiter wohl glaubte, einem Mann, der das ganze Café für seine Gäste kurz vor Mitternacht reservieren ließ, schuldig zu sein. Die Geburtstagsgesellschaft hat sich auf alle Tische im Freien verteilt, die Kellner eilen mit Champagner umher und bedienen auch – als sei Verschlagenheit erblich – Schaulustige, die der Prominententeil unter den Gästen angelockt hat wie das Licht die Motten. Und spätestens beim letzten Mitternachtsglockenschlag vom Campanile, als das Happy-Birthday ausbricht, hat der nun leider doch sechzigjährige Jubilar die Piazza San Marco wie zum Trost in seinen privaten Hinterhof verwandelt. Es gibt keinen mehr auf dem weiten Platz, einschließlich der neureichen Chinesen, der nicht irgendwie Anteil nimmt, ja, es finden sich sogar Wildfremde zum Händedruck ein. Und wünschen kann man dem Impresario, der sich hier selbst auf die imposanteste aller Bühnen gebracht hat, nur, dass er nie von dieser Stunde zehren muss, auch und vor allem nicht in seiner letzten – Gedanke, der sich gleichsam von der Seite in das Bild dieser Gratulationskur drängt.

Und M.s letzte Stunde, blieb da überhaupt eine Gelegenheit, von etwas zu zehren? Seitens der Gefährtin am Telefon dazu nur wenige Worte. Demnach hatte er vor seiner letzten Stunde, die nur aus Minuten bestand, mittags noch einmal geschlafen, in einer gemieteten Waldhütte unweit seines versteckten Sees (mit einem Namen, der nichts zur Sache tut), und war dann aufgestanden, um vor der Hütte Kaffee zu trinken, wie immer. Er hat sich an den Tisch gesetzt, eine Zigarette angesteckt und die Tasse auch noch an den Mund geführt, dort aber gezögert, wie in Erwartung des Kommenden, ehe sein Kopf vornüber gekippt ist. Ihm blieb also nur die Spanne zwischen dem Erwachen und dem Kippen der Dinge, eine knappe Viertelstunde, die er wie im Halbschlaf verbracht haben soll, und doch, sagt sich der Freund, wohl auch bei Bewusstsein, besonders in den Augenblicken des Zögerns, die ja seine letzten waren, als das Herz schon auszusetzen drohte und das Blut im Hirn gerade noch langte, um sich dieses Ende vor Augen zu führen – und vielleicht, so die Hoffnung dessen, der nicht dabei war, von einem der stärksten Momente unseres Jungseins zu zehren, als wir endlich die Spitze des Teide erreicht hatten, während die spanische Gruppe schon wieder abstieg. Ganz für uns saßen wir dort auf dem heißen Vulkanstein im Schwefelgeruch (zu der Zeit, als noch keine Seilbahn fast bis zum Gipfel führte), zitternd vor Kälte in den Sommersachen morgens um sechs auf dreitausendsiebenhundertachtzehn Metern über dem Meer, und ich rieb seine Hände warm, damit ihm ein Foto der aufgehenden Sonne gelang, und er bedankte sich, indem er nach dem Fotografieren zwei Zigaretten zugleich ansteckte und mir eine zwischen die Lippen schob, und dann rauchten wir in halber Hocke, um uns nicht die Eier zu versengen, Schulter an Schulter zähneklappernd mit Blick in den Sonnenball. Hundertmal wahrscheinlicher aber ist ein Chaos verblassender Bilder, als letzter Ausbruch einer lebenslangen Sucht nach dem vollkommenen Menschenbild, in das er sich hätte stürzen können wie in den Spiegel eines See, auf den Lippen das *Ecce homo*, das er mir schon zugerufen hatte, als das Foto des erschossenen Che Guevara um die Welt ging oder zur selben Zeit das eines Feldarztes in US-Uniform, der die Hand eines sterbenden Vietnamesenkinds hält. Nur war da wohl nichts anderes als Chaos, denkt sich der, der noch denken kann. M. hatte sich selbst schon zu entschieden aufgegeben und das Leben als Möglichkeit verstoßen (so wie andere eine Chat-Beziehung durch Blocken und Löschen gänzlich abtrennen). Jedes *Ecce homo* wäre verhallt, es gab für ihn keine Zuhörer mehr; sein Sterben war dann nur noch Formsache.

Venedig, siebter Mai. Die Sonne scheint, und der Jubilar hat schon vor dem Frühstück Tennis gespielt und natürlich gewonnen; er begrüßt seine Leute, er hat für jeden ein Wort. Vormittags etwas Arbeit an der Novelle und nachmittags Bootsfahrt durch die Kanäle und ein Besuch der Scuola Grande di San Rocco. Gespräch mit einem gelehrten Ex-Banker über Kultur und Macht, während wir mit Hilfe tragbarer Spiegel die Deckenfresken der Scuola betrachten, flüsternd, die Köpfe gebeugt und nah beieinander; im Halbdunkel des Saals eine antike Szene, Lehrer und Schüler, zusammenwachsend, obgleich der eine (ich) mehr zuhört, dafür aber Fragen stellt, die den anderen öffnen. Und danach gleich der nächste Höhepunkt: Dem ewigen Tennispartner des Gastgebers ist es gelungen, das Dach des Peggy-Guggenheim-Museums mit Blick auf den Canal Grande exklusiv für einen Nachmittagstrunk mit Musik zu bekommen.

Und während oben gefeiert wird, ein rascher Gang durch die Räume des kleinen Museums, um ein paar alte

Bekannte, vor allem die De Chiricos, wiederzusehen, Bilder, die ich damals in Rom mit M. und den Schwestern erstmals bestaunt hatte, in einer großen De-Chirico-Ausstellung, ich weiß nicht mehr, wo. Ich weiß nur, dass wir vor etwas standen, das eher in eine unterirdische Welt gehört hätte als alle Grabmalereien von Tarquinia, und jeder sich seinen eigenen Reim darauf machte. Im Zwielichtigen der Farben und der unklaren Bedrohung durch die Architektur und die rätselhaften Frauenwesen, die einem zuwinkten, waren diese Bilder wohl eine Art Antwort auf die ungestellten Fragen unserer Nächte von Rom, vor allem der Frage, was das eigentlich war, was wir uns in den Zellen des Klosters in der Via Fratelli Bandiera dodici mehr unter den Nagel gerissen als verdient hatten. War das die Liebe, und wenn sie es war, war das schon alles – lag in diesem Anfang womöglich mehr Ende als Zauber? Oder lag der Zauber überhaupt nur in dem befristeten Drumherum einer düsteren Villa mit Turm, Hausnummer zwölf, die wie ein Teil des dort Gezeigten war, mehr unwirklich als wirklich: mit dem Zauber des Irrealen, der uns alle leichtsinnig sein ließ, folgenschwer aber nur für zwei. Nach dem Besuch der Ausstellung hatten wir jedenfalls den Wunsch, auf die Pauke zu hauen, wie Leute, die eine Beerdigung hinter sich lassen wollen. Wir gingen zum Essen in die Via Veneto, die damals noch etwas galt, nicht lange nach *La Dolce Vita*, und gaben unser vorletztes Geld aus. M. bestand auf dieser Verschwendung für winzige *pisellis* mit *carbonara*, und als der Ober, weil mein Besteck das Signal dazu gab, den Teller, auf dem noch die halbe Portion lag, abräumte, kam sein ersticktes Lachen wie von einem Bewohner der düsteren Türme auf De Chiricos Bildern, die ich hier in Venedig wiedersehe, als seien sie zu mir zurückgekehrt und nicht andersherum.

Hotel Excelsior, abends. Die Eheleute schlüpfen in die bis zuletzt aufbewahrte Festgarderobe, ich in einen zwanzig Jahre alten Zweireiher, immer noch ein gutes Stück, darunter das Oberteil eines Pyjamas mit feinem Muster, und U. in einen aprikosenfarbenen Hosenanzug; sie braucht nicht viel, um etwas herzumachen, Lebendigkeit kann auch elegant sein. Und nach längerem Stehempfang endlich das eigentliche Fest in der Sala Stucki – prächtig geschmückte Tische und eine Bühne mit aller Technik, dazu ein per Boot herangeschaffter Flügel. Der Jubilar sitzt bei seiner Frau; die zwei erwachsenen Söhne halten die erste Rede im Duett. Und vor lauter Reden, darunter auch die eigene, kommt man kaum zum Essen, bereitet von einem aus Frankfurt eingeflogenen Lieblingskoch, der fünfzig Kilo Schwetzinger Spargel im Übergepäck hatte. Befreiend nach Essen und Reden die Musik – die Band aus Kalifornien kann einfach alles, wer mitmachen will, ist eingeladen. Der Spaßmacher O., der genauso aussieht wie der Spaßmacher O., singt überraschend leidenschaftlich *Johnny B. Goode*, aber auch der Gründer von Supertramp macht seine Einlage bestens. Das ungeübte Paar verschwindet gegen zwei; es hat sogar getanzt, und keine Kinder waren in der Nähe und haben sich vor Peinlichkeit abgewandt.

Einmal, nach Ende eines Oberstufenfestes, während schon aufgeräumt wurde im Keller unter dem Speisesaal, aber von M.s Tonband noch Musik kam, eine inoffizielle Musik, nachdem die Band gepackt hatte, haben er und ich getanzt, zu einem Adamo-Lied, ich glaube *Notre Roman*, dieses Lied mit dem hymnenartigen Rhythmus und den immer wiederkehrenden Wörtern *visage*, *rose* und *la vie*, die wir höchst betont mitsangen, obwohl wir Lateiner waren. Und irgendwie hatten wir's auch geschafft, dass keiner den anderen beim Tanzen führte, und dennoch war es mehr als alles Auf-der-Stelle-Treten wie in den Stunden zuvor. Es war ein ungelenkes miteinander Schwanken, jeder die Hände um den Nacken des anderen, mal lachend, mal ernst, und in den ernsten Sekunden sogar mit geschlossenen Augen; seine waren erwiesenermaßen zu, als die des Partners aufgingen – was sich auch ohne genaue Erinnerung an diesen Moment sagen lässt. Es genügt das Bild, wie ich im Tagebuchheft unseren Tanz noch in derselben Nacht festhalte, während auch M. eine Eintragung macht, mit dem Rücken zu mir; irgendetwas hatte mich erschrocken beim Tanzen, eine Art Lapsus in dem sonst immer beherrschten Freundesgesicht (damals konnte er seine innere Verfassung noch nicht so gut aus dem Stand retuschieren).

Flug über die Alpen, die sich nur gelegentlich zeigen, mal mit einer Spitze, weißer als die Wolken, mal mit Geröll und kleinen, fast runden Seen, grau wie der Fels. Und auf eine dieser hochgelegenen namenlosen Lachen fällt die Sonne und lässt sie so nah erscheinen, dass man sich vor-

stellen kann, abzuspringen und weich in den Schneeresten auf der Moräne zu landen, um dann einmal um den
Kleinstsee zu laufen – der schon wieder verschwunden ist
hinter Wolken, während der Gedanke durch das Schreiben noch seine Kraft hat. Ich sitze am Fenster, von U. getrennt wie beim Hinflug; sie sitzt im Mittelblock und
liest, ich sehe ihre Hand, die das Buch hält. Sie vertraut der
Maschine und dem Piloten oder ganz dem Roman, der sie
begleitet, während ich Augenmensch bleibe, trotz aller
Mängel in dem Bereich, und das Schreiben, immer wieder
von Blicken aus dem Fenster unterbrochen, mit dem Au-
genmenschsein im Widerstreit liegt; mal setzt sich das
eine, mal das andere durch. Und jetzt, da die Alpen überquert sind und nach Flugroute erwartungsgemäß der Bodensee auftaucht, und der Passagier auch noch auf der
richtigen Seite sitzt, mit Blick auf die Arme des Untersees,
ist Sehen und Erinnern wie eins.

Ich kam mit zehn in diese Landschaft und habe sie mit
zwanzig wieder verlassen, die ersten Jahre hätten mich
fast umgebracht. Alles war stärker als der Junge, der nur
zwei weiße Hemden und eine Wäschenummer (41) hatte,
um gegen die Welt anzutreten: die anderen im Zimmer
waren es und die Tränen vor Heimweh, die Gerüche aus
den Toiletten und die Wünsche, in dieser Dunkelheit meinen Platz und einen Freund zu finden. Und stärker waren
auch die Erzieher und ein Winnetou-Kantor mit seinem
Blick, desgleichen die Schule, der See und die Musik dieser Zeit – *Tom Dooley*, der hängen sollte, das war ich: ein
Quartaner in Jeans legte den Strick um, und die Mädchen
im Schottenrock schauten zu. Dann kam der Kantor, der

auch mein Sport- und Religionslehrer war, des Nachts, und in der Freizeit spielte ich Tischtennis mit dem evangelischen Katechismus als Schläger, ein Fortschritt; und ich sang auch in Winnetous Chor *Carmina Burana,* und, wenn mich der Völkerball abgeschossen hatte, neben dem Sportplatz *Schöner fremder Mann.* Ich bewunderte die Großen, die jeden Ball fingen, ihre enge Kleidung, die festen Bewegungen, ihre Frisuren (den Rundschnitt, der eigentlich verboten war), und als ich später zu einem der Größten aufs Zimmer kam, war es ein einziges Zittern unter seinen Launen. Er flößte mir Rasierwasser ein, wann immer er eine Fünf geschrieben hatte, aber verbrannte auch ein einschlägiges Foto, das in meinem Besitz war, hinter seinem Rücken in der hohlen Hand, als der Heimleiter mit einer Schrankdurchsuchung begann; ihm folgte ein anderer, den ich schon aus dem Chor kannte, auch wir haben am Fenster geraucht (heute hustender Arzt in Berlin). Und ein Jahr später kam M. einen Stock tiefer mit Zigaretten und Feuerzeug in der Hand zur Tür herein. Und wieder ein Jahr danach, oder waren es zwei, da schwammen wir eines Tages über den breiteren der beiden Arme, die unter mir gerade verschwinden, in die Schweiz, eine Art Flucht, und von da an war es unser gemeinsamer See.

8

Morgens im Radio: Die Stones-Tournee muss verschoben werden, weil Keith Richard auf eine Palme geklettert ist, um sich eine Kokusnuss zu holen, ohne klettern zu können (Klettern auf Palmen, das tägliche Brot, die wahren Sätze hängen ja ganz oben und fallen nicht von allein, oder sie erschlagen einen). Umpacken des Venedig-Koffers für eine Kurzreise nach Lissabon auf Einladung des Goethe-Instituts. Mittags wieder am Flughafen, dort ein Telefonat mit meiner Schwester, die mit M. vierzehn Jahre zusammen war, mich ablösend, könnte man sagen. Die Trennung war ein Fliehen von M.s Seite (vor sich selbst, feige und wortlos), nicht lange danach traf sie ihren jetzigen Mann, und im vorletzten Moment kam ein Sohn zur Welt, Gegenstand unseres Gesprächs (er wurde in der Straßenbahn, Frankfurt/Oder, zusammengeschlagen, die Anzeige hat man später zurückgezogen, einziger Weg, den Täter zu beruhigen. Den Eltern ist nicht wohl dabei, aber anders wäre allen noch unwohler; Kinder und Gradlinigkeit vertragen sich schwer). Ich erwähne das Schreiben über M., keine Vorwarnung, ein Akt des Anstands, auch der Geschwisternähe. Das Feld der Freundschaft und das der Liebe überschneiden sich zwar, aber vollzogene Liebe schafft ihren eigenen Zaun; alles, was dahinter war, geht mich nichts an, wir brauchen darüber nicht zu reden. Die Schwester wünscht mir eine schöne Reise – viel Freude in den Tagen, sagt sie, und ich höre ihr Anteilnehmen.

Und auch nichts anderes als Freude während der Fahrt im grünschwarzen Taxi durch die Vorstadt ins Zentrum, Freude, wieder in Lissabon zu sein, ich weiß nicht, zum wie vielten Mal seit dem ersten Besuch kurz nach der Nelkenrevolution. Die Stadt war damals, vierundsiebzig, ein großes Auffanglager, die Dritte Welt am Rande Europas, voller berechtigtem Fado und bröckelnden Fassaden, mit den Portweinschenken gegen die Verzweiflung und den hölzernen Zahnradgondeln als ernsthaftem Transportmittel. Eine erschöpfte und doch nicht endende Unruhe war in allen Straßen, wie die der sich wälzenden Fische vor der Mündung eines Abwasserrohrs am Anlegeplatz der Tejo-Fähren, im aufgewühlten Wasser das Funkeln der Bäuche, als sei dort etwas ganz anderes im Gange, erstmals erlebt an der Seite einer Reisebekanntschaft, deutsche Krankenschwester mit kurzem Haar. Sie war für zwei Tage meine Begleitung oder ich die ihre, wir waren in einem Hotel, das ich vom Taxi aus wiedererkenne, das Florida, am Anfang der Liberdade mit getönten Scheiben wie bei Gangsterautos. Und hinter diesen Scheiben, in einem diffusen Licht und auf diffusem Lager, haben wir alles versucht, was zwei, die einander nicht kennen, nur versuchen können, ein vierundzwanzigstündiges Bemühen, mehr Willenssache als Freude, aber zwischendurch auch den Fischen in ihrer Raserei ähnlich; ein ebenfalls verwischtes Bild, dieser Kampf um nichts, während das Taxi schon unter den Platanen der Liberdade fährt und leider nicht zum gewohnten Borges, Rua Garrett – das Goethe-Institut hat den Gast im Lisboa Plaza untergebracht. Also muss dort erst verhandelt werden, bis der Gast aus dem

Foyer einen Sessel aufs Zimmer bekommt, den Sessel, in dem es sich, das Gerät mit Schirm auf den Knien, arbeiten lässt, mit einem Auge, das andere immer noch abgedeckt – gleich nach der Ankunft etwas schreiben, der Freude den Zügel anlegen, vorher kann diese zartfarbene Stadt, zumal bei gefegtem tiefblauem Himmel, gar nicht betreten werden.

»Und kein Blumenstrauß hat für mich je die farbige Vielfalt Lissabons im Sonnenlicht«, heißt es in Pessoas *Buch der Unruhe*, und kein sonstiges Reiseziel hatten sich M. und ich so oft und so ausführlich als gemeinsames vorgestellt. Er kannte sich in Lissabon auf seine Weise aus, er hatte die Stadt an der Seite von Frauen durchstreift, als doppelter Liebhaber, während ich allein unterwegs war, und trotzdem waren seine Beobachtungen die eines Alleinreisenden. Jeder von uns hatte seine intimen Anlaufpunkte, und manche überschnitten sich, zum Beispiel die sich wälzenden Fische vor dem Abwasserrohr am Kai der Fähren (inzwischen bereinigt, wie so vieles am Tejo); wir wussten, wovon der andere sprach, und vielleicht hat unsere Reise ja auf diese Art stattgefunden. Und doch saß ich unzählige Male in der Portweinschenke mit den Schachbrettkacheln am oberen Ende der Rua da Atalaia, halb im Freien an einem kleinen Holztisch schreibend, und habe gehofft, er würde um die Ecke biegen, ja sogar manchmal seinen Namen gemurmelt, um diese lissaboner Zufallsbegegnung (die unsere Freundschaft gekrönt hätte) durchzuspielen. Aber er kam nicht, und ich las an den Abenden, an denen ich dort schrieb und mir diese Krönung am stärksten gewünscht hatte, zwischendurch den *Baron von Teive* – Pessoas einzige Figur, die sich umgebracht hat – und stieß in dem Büchlein über die Erziehung zum Stoiker (der M. so gern gewesen wäre) auf eine Stelle, die ich doppelt anstrich, nur nicht mit Bleistift, wie sich's gehört hätte, sondern mit Kugelschreiber, »Alle Paare müssen in ihren Augen einen sexuellen Grund haben, Paar zu sein.« Hatten wir diesen Grund verloren als Erwachsene? Gemessen an der Zeit im Zweierzimmer, als wir abends um die Wette unser Tagebuch führten, und manchmal der Blick des einen den anderen traf, ein Momente langes In-Schach-Halten, bis jeder weiterschrieb, ja. Und doch war in den letzten Jahren etwas davon zurückgekehrt, als sei alles andere, Zwischenzeitliche weniger grundlegend; das Original einer Freundschaft, das war unsere: die für Sekunden noch einmal aufblitzen konnte, wenn er mich am Bahnhof Zoo abgeholt hat und beim kurzen Händedruck zwar höchstens den Kopf etwas zu meinem Kopf beugte, das aber entschieden.

Intime Sehenswürdigkeiten – bis zum frühen Abend sind schon einige der wichtigsten als noch vorhanden festgestellt. Der Elefantenmensch neben dem Café Nicola mit seinem lila Rüssel statt Gesicht. Das schäbige Ende der Rua da Atalaia, wo zwar die kleinen Hurenbars dichtgemacht haben, Orte für einen *Bica* nach dem Essen, nicht aber die Schenke mit den Schachbrettkacheln, der alte Schreibplatz (zuletzt genutzt für *Wo das Meer beginnt*). Und in der Unterstadt gibt es noch die Videokabinengruft mit dem Geisterbahneingang in einer Seitenstraße der Rua

Augusta und die Blinden mit ihren blechernen Büchsen, das stete Klappern von Münzen darin. Enttäuschend dagegen der Gang auf den Hügel zwischen Martim Moniz und Liberdade, beim letzten Besuch vor einem Jahr noch über ein Treppensystem zu erreichen, jetzt nur über gewundene Wege, da eine Flanke des Hügels bereinigt wird wie das Tejo-Ufer; überall Riesenplakate mit den Bildern geplanter Appartementhäuser, und der Rückkehrer läuft davon. Ich laufe ins Bairro Alto, in das Lokal zum Ersten Mai, auch eine intime Sehenswürdigkeit, und bestelle Schwertfisch mit *Açorda*, der Armenbeilage (altes Brot in Milch geweicht und viel Knoblauch, zu viel, um es augenzwinkernd erwähnen zu können; dazu Muschelfleisch und frischer Koriander). Der Wirt hat den Gast erkannt, und der Gast wurde rot, als hätte man ihn bei etwas ertappt. Und später ein weiterer Gang durch das verwirrende Hügelviertel, das entwirrt werden soll, und ich verlaufe mich etwas in den auf- und abwärts führenden Gassen. Aber auf einmal ist da eine Treppe mit Geländer in der Mitte, oder besser gesagt, der vor Jahren geschriebene Text zu dieser Treppe, die Erinnerung an einzelne Sätze, die auch später Teil von Lesungen waren, und ich finde den Weg nach unten, wie bei einem Traum im Traum, wenn uns ein Wissen hilft, das nicht objektiv ist, aber wahr. In der Beco de São Luis da Pena mit ihrer jäh auftauchenden Riesenpalme walten die Traummächte – nie begegnet man dort wem, meint jedoch immer, hinter jeder Biegung müsste ein kleiner alter Herr mit Hut und Schirm auftauchen, der traurige Fernando P., den sie so blöde als Denkmal vor das Brasileira gesetzt haben – ein

Fressen für alle, die sich mit ihm fotografieren lassen, untergehakt wie bei einem Spaßvogel –, anstatt ihm in dieser Gasse eine Ecke zu widmen.

M. hatte mir schon von Pessoa erzählt, bevor der kleine alte Herr durch eine gute Übersetzung und schöne Ausgabe seines *Livro do Desassossego* (*Das Buch der Unruhe*) bei uns zu spätem Ruhm kam. Zwar hatte er damals, Mitte der Achtziger, noch nicht viel von Pessoa gelesen, aber das Wenige knallte er mir am richtigen Ort und im rechten Moment an den Kopf, nämlich in einer Autobahnraststätte zwischen Heilbronn und Ludwigsburg (Wunnenstein), an einem Heiligabend gegen halb fünf, es war schon dunkel. Er hatte nach längerer Pause, mehr als einem Jahr, im Haus meines Vaters, das in der Nähe lag, auf Verdacht angerufen und gefragt, ob ich in diese Raststätte käme, in der er schon saß, und ich ließ die Messe, zu der sich alle ein letztes oder vorletztes Mal aufgerafft hatten, Messe sein und fuhr auf die Autobahn und zu dem Treffpunkt (oder begab mich dorthin wie einer der Hirten zum Stall), während meine Schwester – ohne jeden Kontakt zu M. nach der Trennung, wir hatten einander wieder abgelöst – mit unserem Vater und seiner zweiten Frau in die Dorfkirche ging.

Und nicht weit vom elektrischen Weihnachtsbaum, in einer Sitznische der leeren Raststätte, saß er vor seinem schwarzen Kaffee, als ich hereinkam, und grinste, weil er mich aus dem Heiligabendfrieden geholt hatte, einem Frieden, mit dem er selbst nichts zu tun habe, wie er gleich sagte. Angeblich kam er gerade von zu Hause (Karlsruhe) und war in seinem roten Volvo unterwegs nach Amsterdam, nur trafen wir uns dafür auf der falschen Autobahnseite. Aber das kam nicht zur Sprache, denn er erzählte sofort von Pessoa, als sei er ihm kürzlich begegnet – ein alter Lissabonner Kaffeehausgänger mit runder Brille und Fliege, der unter verschiedenen Namen in den zwanziger und dreißiger Jahren die traurigsten Bücher geschrieben habe, sagte er, und in diese Raststätte mit dem Baum könnte sich seine Lieblingsfigur verirrt haben, der Hilfsbuchhalter Soares. Er wollte noch mehr sagen, aber bei dem Wort Hilfsbuchhalter kam sein ersticktes Lachen, als einziges Geräusch in dem Saal mit nur einer Bedienung, die zu uns herüber sah. M. beruhigte sich kaum, er stieß das Wort noch ein-, zweimal hervor und wechselte dann das Thema, als käme er anders nicht zu sich. Mit Zigarette im Mund holte er einen Umschlag aus seiner Jacke und entnahm ihm mehrere Fotos, die wie eine Einstimmung auf die freizügige Seite von Amsterdam waren, eher aber die Erinnerung daran, und ordnete sie zu einer Art Filmsequenz zwischen seinem Kaffee und meiner Cola. Er sagte nichts, er präsentierte nur zwei mädchenhafte Frauen in einem Bett, die eine blond, die andere eher dunkel, aber beide mit heller Haut, die von schwarzer Bettwäsche abstach; und jede mit der anderen rückhaltlos befasst, von den Füßen aufwärts. Acht oder neun Fotos lagen im Schein der elektrischen Kerzen auf dem Raststättentischtuch, und M.s einziger Kommentar galt der Mühe, die es gemacht habe, das Gezeigte so normal erscheinen zu lassen (träumerisch in meiner Erinnerung, zwischen Lust und Langeweile wie die Mädchen auf den Bildern von Balthus). Danach ließ er allerdings noch durchblicken, dass er die beiden heute Nacht, oder nachher, wie er sagte, in Amsterdam wohl wiedersehen werde, und drängte in dem Zusammenhang zum Aufbruch, auch damit ich die Bescherung nicht versäume. Ich zahlte die Getränke, und wir verabschiedeten uns zwischen Tür und Baum, angeblich musste er noch telefonieren, also ging ich allein hinaus. Und ein paar Wochen später erreichte ihn meine Rache in Form einer Ansichtskarte aus Manila, vorn das schrille Nachtleben der Mabini Road, hinten in wenigen Zeilen eine Art Film-Skizze – ein Mann, der als Fotomodell sein Geld verdient, gerät auf den Philippinen in eine Liebesgeschichte, die ihm alle Masken vom Gesicht reißt, bis er mit seinem wahren Gesicht stirbt.

Beim Rauchen in einem Nachtcafé an der Liberdade: Nicht selten heißt es – und etwas Geringschätziges schwingt darin mit –, meine Romane seien Filmvorlagen. Falsch, eher sind es Filme, die einem beim Lesen vor Augen stehen, eine Verfilmung erübrigt sich, und es kam bisher auch noch nie so weit, trotz manch gezahlter Option. Grund dafür sind die Personen, die immer gut und böse zugleich sind (wie M.), was die nötige Beteiligung des Fernsehens mit seiner *Tatort*-Mentalität – wackere Polizisten, wackere Bösewichte – ausschließt; zu sehr hat man den Leuten über Jahrzehnte die Leitbilder des Kasperletheaters eingetrichtert, bei dem die Bösen böse sind und die Guten gut. Und letztlich sind damit ganze Biografien entwertet worden, sie taugen nur noch als Beispiel für die Entstehung des Zwielichtigen, Abseitigen, traurig Hilfsbuchhalterhaften; M. hat auch diese Existenzumwertung nicht länger ertragen wollen, in seinem gesuchten Tod liegt eine Verachtung all derer, die sich mit Hilfe des Fernsehens, das ihr nachgeschwätztes Zeug verbreitet, Aufmerksamkeit stehlen – ein Gut, das sich seit den Tagen Pessoas nicht vermehrt hat, aber über das heute mit ungleicheren Waffen denn je hergefallen wird.

Morgens Flucht aus dem Frühstücksraum (vor Handys, Sandalen und Eigeruch) in eine belebte Bar. Im Hotel nur vom Urlaub Betäubte, dazwischen einige Models, betäubt von sich selbst; in der Bar das Kommen und Gehen vor dem Tagwerk. Bis zum Nachmittag Arbeit an der Novelle, und gegen Abend Herr G., Leiter des Goethe-Instituts. Wir nehmen einen Drink im Hotel und besprechen die morgige, von ihm angeregte Veranstaltung, der Autor B. K. und Lissabon, für den Eingeladenen etwas hochgegriffen. Und später dann ein langer Gang durch die Stadt, wie eine letzte Vorbereitung auf die Lesung. Ich rauche im Gehen, die alte Reisekrankheit, ebenso das Notieren, stehend freihändig. Keine zehn Jahre kann man der Stadt noch geben, dann ist es eine wie jede andere, nur auf Hügeln gebaut und daher geeignet für Gassencharme. Eins meiner großen Versäumnisse: M. nicht in den Neunzigern für ein paar gemeinsame Tage hier gewonnen zu haben; ich hätte immer wieder nachhaken sollen, um dann auf einem Termin zu bestehen, statt ihm Jahr für Jahr sein Irgendwann mal durchgehen zu lassen, zuletzt nur mehr ein Murmeln, die Melodie von Irgendwann mal, hustend, lachend, aufgegeben.

Perfektes Wetter, mit dem man kaum Schritt halten kann. Am frühen Nachmittag (M.s Sterbezeit, die Stunde, in der der Tod leichtes Spiel hat) ein Herumstreunen in der Gegend um den Cais do Sodré. In einem schmutzigen Sträßchen, das unter der Rua do Alecrim hindurchführt – unweit eines Ladens mit nautischem Bedarf, den ich nie auslasse, wenn ich im Cais-do-Sodré-Viertel bin, um am Ende nur eine schöne verchromte Klampe oder ein Stück Tau für mein Boot zu kaufen –, in dieser Souterrainstraße, die ich ebenfalls nie auslasse, stehen immer zwei, drei ältere heftig geschminkte Frauen und erschrecken einen, als wären sie Gesandte des Todes; folgt man aber einer durch ein düsteres Stiegenhaus in eine Dachkammer, ist man plötzlich ganz auf der Seite des Lebens, nur noch erschrocken über sich selbst. Einmal habe ich diesen Schrecken erfahren und M. davon erzählt, und er wusste, wovon ich sprach, er kannte solche Schrecken durch die Bücher von Lobo Antunes, auf die er mich ebenfalls schon hingewiesen hatte, als bei uns noch niemand darüber sprach. *Die Vögel kommen zurück*, diesen Roman konnte er mir am Telefon vorbeten, etwa die Stelle, an der die Großmutter des Helden auf einmal brüllt, sie wolle in ihrem Flügel begraben werden, und das Kind sie mit der bangen Frage betrachtet, ob das wohl immer so sei, wenn es zu Ende gehe. M. will den Chronisten von Hölle und Wahnsinn sogar in Lissabon getroffen haben, von Neurologe zu Neurologe, eine Geschichte, so schön, dass ich sie glauben möchte; hätte also nur noch gefehlt, dass wir unsere Erfahrungen in einen Topf werfen, doch dazu kam es nicht (und heute war ich schon wieder in der Gegend allein, aber zum Trost der Kauf einer Bootsglocke im Nautikladen).

Eine Praktikantin holt den Autor gegen Abend im Hotel ab, und zu Fuß geht es zum Kulturinstitut, das neben der deutschen Botschaft liegt. Dort gleich eine Führung durch den schönen Garten und über die große Terrasse, nur leider mit einem lebensgefährlichen NATO-Zaun, den man nicht mehr loswird, da ihn keiner entsorgen kann. Und im Vortragssaal, an der Seite des Institutsleiters, der deutsche Botschafter, ein freundlicher älterer Herr und Meister unverbindlicher Einführungsworte (der Autor könnte auch Musiker, Bildhauer oder Pantomime sein). Nach ihm ergreift der Hausherr das Wort, dann folgt ein Einheimischer, der ganz dem öffentlichen Bild von einem Dichter gleichende Vorsitzende des portugiesischen PEN, einer Gruppierung, mit der ich noch nie zu tun hatte. Der Vorsitzende hat ein paar übersetzte Passagen aus *Wo das Meer beginnt* gelesen und sagt dazu schmeichelhafte Worte – irgendwo unsichtbar zwei simultane Übersetzerinnen; das Drumherum ist perfekt, nur das Publikum fehlt. Angeblich funktionierte die Post nicht, und die in Aussicht gestellten portugiesischen Verleger haben an dem Abend auch etwas Besseres vor, trotzdem sie ein deutsches Buch gratis in ihrer Sprache bekämen. Auf jedem der zahlreichen freien Stühle liegt ein kleines Heft mit den Übersetzungsproben und Angaben zum Autor – besser könnte dieser Abend gar nicht vorbereitet sein, nur ist es ein Abend aus dem zwanzigsten Jahrhundert, der heute keine rechte Chance mehr hat. Der Kreis der Gestrigen geht hinterher noch essen, die wahren Fragen kommen auf den schweren Holztisch in dem reich gekachelten Lokal: Welchen Portwein soll man trinken? Ist man für Benfica oder Sporting Lissabon? Natürlich für Sporting, den Verliererverein mit seinem wahren, aus dem Volke kommenden Fußball; und der beste Portweinjahrgang war 1931. Und noch etwas stellt sich während des Essens heraus: Der sympathische PEN-Vorsitzende hat hier dasselbe Lieblingslokal wie der Autor aus Deutschland, der mit seinen Büchern in Portugal niemals landen kann, nämlich das Lokal zum Ersten Mai in der Rua da Atalaia. Herr G., der Institutschef, fährt den Gast schließlich zum Hotel. Beim nächsten Mal sei der Saal voll, sagt er, und der Autor glaubt ihm, wie er auch weiter Bücher schreibt, als sei's noch die Zeit vor den Fernseh-Events und den Rankings, vor *Harry Potter* und Sorglos-Paketen für Buchhandelsketten, und als man auf Umschlagfotos noch grimmig dreinschauen und sogar rauchen durfte wie Cortázar.

Immer wieder das Unterscheiden zwischen der Zeit, in der M. sich bewegt hat, ganz in seinem Element, und den Jahren danach; und je mehr dem schreibenden Freund wieder einfällt aus dieser Vergangenheit, desto mehr Wert legt er aufs Unterscheiden, besonders vor einem laufenden Fernsehgerät – Fernsehen nach den Tagen von Lissabon in einem Zustand der Erschöpfung, irgendein Scheingespräch über gefährdeten Lebenssinn. Eine Sachbuchautorin, psychologisch gefärbt, ein Kirchenmann und ein Ex-Politiker, Sozialexperte, eine Schauspielerin (sehr beliebt, für viele sexy) und ein bekannter Scherzemacher lassen sich vom Moderator Worte in den Mund legen und das Wort abschneiden, je nach Lage der Dinge. Angeblich möchte er Streit über die Frage, wie man hier sinnvoll leben könne, aber die Teilnehmer denken gar nicht daran zu streiten, sie geben nur Meinungen zum Besten und hören, je prominenter sie sind, weder den anderen noch sich selbst zu; sie sagen Sätze, als würden sie ihren Part in einem Drehbuch memorieren (ZDF-Zweiteiler, der in Südafrika spielt: Starke Frau, die Millionärsmann den Rücken gekehrt hat, lernt dort Armut und Liebe kennen).

Unsere erbittertste Auseinandersetzung über die Gestaltung der Welt und den Sinn des Lebens fand einige Monate nach dem Abitur statt, im September neunzehnhundertachtundsechzig in einem Lokal auf einer Klippe bei Puerto de la Cruz. Ich erinnere mich an einen warmen, aber stürmischen Abend, wir saßen im Freien an einer Holzbrüstung, unter uns krachte das Meer gegen den Fels. Die Luft war von Gischt erfüllt, immer wieder musste ich die Brille putzen, und bei jeder sechsten oder siebten Welle war der Lärm so gewaltig, dass wir den Streit unterbrachen und im Essen stocherten, irgendetwas Enttäuschendes mit Huhn. Ich trank dazu Bier, er nur Kaffee, der Wind stellte sein Haar auf, und das Erbitterte ergab sich, von einer Zigarette zur nächsten, aus der Frage, ob man sich vom ersten Moment an offen gegen die Gesellschaft stellen sollte oder ob es nicht klüger wäre, sie zu unterlaufen, um im geeigneten Moment, von guter Position aus, zuzuschlagen. Unsere Stunde null sollte der erste Oktober sein, für ihn Beginn des Jurastudiums in Frankfurt (der ein Beginn mit meiner Schwester war), angeblich sein Vormarsch in die Herrschaftssprache, für mich der erste Tag bei der Bundeswehr, um dort als Ausbilder den Feind zu studieren, aber auch um später selbst in der Lage zu sein, notfalls bewaffnete Kämpfer auszubilden, Absichten, die keiner dem anderen glaubte. Und kaum hatte ich M. vorgehalten, er würde nur Jura studieren, um eine Sicherheit zu haben, falls Medizin nicht klappte, kam er damit, dass ich aus Neigung zum Militär ginge und nach dieser Zeit verloren sei, ja, ob ich mir überhaupt vorstellen könne, mein ganzes Leben gesellschaftlichen Veränderungen unterzuordnen? Als Arzt hätte er eine klare Aufgabe in diesem Kampf, ich aber wäre nach zwei Jahren Militärdrill verblödet und könnte keinen Anschluss mehr finden und würde die Seiten wechseln. Er skizzierte mir eine Zukunft aufseiten der Schweine, und ich hielt ihm seine Bequemlichkeit – Auto, Zimmer und Liebe in Frankfurt – vor. Und so schien es ein Streit über die Treue zu sich selbst zu sein, zu den Zielen, die man für sich ausgegeben hatte, um die Welt zu verändern und innerhalb der veränderten Welt etwas Sinnvolles zu tun, doch in Wahrheit kam die Erbitterung aus dem Gefühl, dass die gegenseitige Treue, der Bund der letzten Jahre, mit dem Leben, in das jeder auf seine Art eintrat, verraten würde oder schon verraten war. Nass im Gesicht saßen wir uns gegenüber, jeder schaute am anderen vorbei, und am Ende des Abends hat uns die Brandung erlöst, ihr Lärm an den Felsen war größer als der in uns selbst; wir teilten die Rechnung, die nicht gering war, und verzichteten auf ein Taxi, das uns zum Hotel auf einer Anhöhe hinter der Stadt gefahren hätte. Ja, irgendetwas brachte uns sogar dazu, diese Anhöhe auf dem kürzesten Weg, abseits der Straße, zu nehmen, durch die Schwüle einer Bananenpflanzung, im Rücken das Krachen der Wellen, über uns ein Blätterwald und vor uns nur noch für wenige Nächte unser Doppelzimmer mit Blick; danach ein ganzes, allen Worten und Absichten gegenüber gleichgültiges Leben.

9

Die bekannte Schauspielerin B. wird fünfundsechzig – morgens im Radio eine Widmung mit O-Ton. Sie hat gerade ihre Biografie veröffentlicht, was sonst; ein paar Sätze fallen, und der Zuhörer hat den Eindruck eines geklärten Lebens (davon abgesehen eine schöne, aufmerksame Frau, die am Set gleich bemerkt hat, dass der Autor ihretwegen nicht aus der Flasche trank). Und in ihren Anfängen, als das Kino noch etwas galt und Stars von Rang hervorgebracht hatte, glich diese Schauspielerin in ihrem Strahlen der ersten Jugendliebe von M., die noch vor den beiden Apothekertöchtern in sein wie auch in mein Schülerleben getreten war.

Tagsüber Arbeit an der Novelle, gegen Abend ein Gang über die nahe alte Mainbrücke (Eiserner Steg). Der Blick auf den Fluss – der etwas breiter sein dürfte, so breit wie bei Hochwasser – gibt einem, wenn man nur lang genug hinschaut, das Gefühl, wirklich im Freien zu sein. Da sind die Möwen, die mit der Strömung treiben oder kreischend umherfliegen, und heute sitzt auch wieder einer am Ufer, der mit bleibeschwerter Grundangel im Trüben fischt und darauf wartet, dass ein Glöckchen an der Rute läutet (und mir das Bild zurückgibt, wie ich am Gaienhofener Landungssteg oft einem Angler zugesehen habe, der seinen Sonntag herumbrachte, irgendwie alleingelassen wie ich, weil der Freund auf einmal ganz neuen Dingen nachging, eine Veränderung fast über Nacht, vom anderen so bestaunt wie beargwöhnt).

M.s erste Jugendliebe war die hochbegabte spätere Journalistin S. H., die sich ihr Strahlen bewahrt hat wie die einstige Film- und heutige Fernsehschauspielerin, deren Biografie so termingerecht erschienen ist. Anfang der Neunziger tauchte S. plötzlich bei einer Lesung im Publikum auf, offenbar im letzten Moment in den Saal gehuscht; und nachdem ich sie erkannt hatte an ihrem Strahlen – das erste Wiedersehen seit der Schulzeit –, kam ich kaum noch über die Runden. Neben dem Vorgelesenen klang noch etwas Ungelesenes mit, das mir wie kaum etwas anderes das Schreiben eröffnet hatte, meine erste abgeschlossene Erzählung über einen Segelnachmittag auf dem septembermilden, schleierigen Untersee, neunzehnhundertfünfundsechzig. In dem Boot mit Namen Xavier die junge Besitzerin (und spätere Journalistin, die im Publikum saß) und ein für sie Schwärmender im selben Alter, nämlich M., sowie der Chronist des Ausflugs als Mitschwärmender. Die kleine Erzählung oder Kurzgeschichte trägt den Titel *Nur Segeln*, 1995 erstmals veröffentlicht in einem Sammelband (*Nach zwanzig Seiten waren alle Helden tot*). Sie im Ganzen nachzulesen, tat weh; etwas herauszugreifen und langsam abzutippen, tat gut.

»Wie Gäule schnaufen mein Freund und ich nach dem Schwimmen, und das Mädchen lacht und zieht sich den Pullover aus. Dann verteilt sie Kekse. Jedem reicht sie eine Handvoll, und wir legen uns auf den Bauch, nebeneinander, immer noch schnaufend; die Härchen auf dem Schenkel meines Freundes kitzeln mich, die Kekse schmecken nach Advent. Bald höre ich nur noch das eigene Kauen. Mein Freund raucht, und ich atme ein, was er ausbläst.

Das Mädchen hält das Ruder, sie schaut über den See, nur ihre Zehen bewegen sich manchmal. Ich weiß nicht, wie lange das alles so ging, doch ich vermute – jetzt, da ich davon erzähle –, daß es nur ein paar glückliche Minuten waren. Der Untersee macht einen ja sonst eher traurig, man muß nur auf die Karte sehen: wie er da am Obersee hängt und nicht ganz klar ist, wo er nun eigentlich endet, der Rhein wieder zum Vorschein kommt. Das Boot steht still, nur wenn wir uns bewegen, schwankt es leicht. Das Mädchen hält weiter das Ruder, ihre Zehen sind nun unter dem Arm meines Freundes, und ab und zu regt sich dort etwas. Unsere letzte Flasche Cola hängt an einer Schnur im Wasser; keiner holt sie heraus, so haben wir das noch vor uns. Wir reden kaum, und wenn einer etwas sagt, dann höchstens zu unseren Sonnenbrillen, welche besser ist, oder zu der Art, wie das Mädchen das Ruder hält – Fast wie eine Hand, sage ich, während mein Freund mir Feuer gibt. Lieber würde ich schlafen anstatt zu rauchen; seit ich von zu Hause weg bin, glaube ich zur Not an den Schlaf. Und auf einmal, ich weiß nicht wie, kommen wir dem Ufer mit der Schule nahe, mein Freund klettert zum Bug, und es sieht aus, als sei ich allein mit dem Mädchen im Boot. Sie zieht den Pullover wieder an, und als ihr Kopf noch nicht ganz aus dem Rollkragen schaut, nur mit Haaren und Stirn, sagt sie zu mir, Danke fürs Mitsegeln.« Hier hätte diese frühe Freundschaftserzählung enden sollen, leider geht sie noch ein paar Zeilen weiter, aber der Ton ändert sich nicht, ein Ton, der mir beim Abtippen (mit ein paar Strichen, aber unter Beibehaltung der alten Rechtschreibung) und dem leisen Nachsprechen der Sätze wie der von

M.s ambitionierterer Musik aus dieser Zeit vorkam, dem kühlen und doch sehnsuchtsvollen Samba mit der Stimme von Astrud Gilberto oder der Begleitung in Polanskis *Das Messer im Wasser*; es sind im Übrigen auch Erinnerungsbilder wie aus diesem Film, schwarzweiß mit einer Dominanz des Weißen, träge über der Weißglut, die man dem Mitsegler nicht angemerkt hat.

Muttertag – wie man spätestens beim sonntagmorgendlichen Gang zum Bäcker, vorbei an offenen Blumenläden, erkennt; Brötchen für alle und zwei Rosen für U., anstelle der Kinder (die noch schlafen, wie sich's gehört). Der Anruf nach Rottach-Oberhof, Tegernsee, noch vor dem Frühstück, dann ist es getan, ungern nur deshalb, weil einen der Druck dieses Datums ärgert. Ab einem gewissen Alter der Mütter, allein in ihren Wohnungen mit den Fotos der Toten, ist ohnehin täglich Muttertag, man gedenkt ihrer Einsamkeit und meldet sich; oder meldet sich nicht, aber denkt trotzdem daran und erschrickt, wenn das Telefon zur Unzeit läutet. Und die zu seltenen Besuche bei den Müttern – wenn sie nicht in der Umgebung leben, weil sie ihre eigene, mit den Toten verknüpfte Umgebung vorziehen, wie hart der Winter dort auch sein mag – enden meist mit einem unguten Gefühl, sobald die Söhne wieder ins pralle Leben aufbrechen und sich vorstellen, wie die Mütter zurückbleiben, in der Stille ihrer Behausungen, nur noch in Atem gehalten von den Gebrechen und der eigenen Welt, wie sie sich das Leben der Kinder, von Anruf zu Anruf, neu zusammenreimen; dazwischen ein anfälliger Schlaf, besonders im Anschluss an solche Besuche (oder Stippvisiten seitens des Besuchers), die noch einmal durchgespielt werden im Dunkeln, als ließen sie sich dadurch verlängern.

Nachmittags mit dem Sohn beim Tennis, sein Punktespiel gegen einen anderen Verein; er tut nur das Nötigste, das aber effektiv. Und in einer Pause greift sich der Vater Schläger und Ball, aber er spielt nicht, er entsinnt sich nur alter Bewegungen, die inzwischen lächerlich aussehen. (Erinnerung an das Glück, morgens an einem Sommertag auf einem gut abgezogenen Sandplatz seinen ersten Schlag zu machen; aber beglückt es nicht auch, dem Sohn bei dessen Geschicklichkeit, die ihm einst mit Weichbällen beigebracht worden ist, zuzusehen? Und Schande über alle Väter, die's nicht ertragen, von ihren Söhnen in den Schatten gestellt zu werden.)

Abendessen mit einem befreundeten Paar, das über uns wohnt, den Hausfreunden – die Kinder studieren schon, die Eltern arbeiten umso mehr. D., aus Rumänien stammend, ist unsere Allgemeinärztin, eine kulturell Interessierte, wie man sagt, ohne dass sie einen damit behelligt; ihr Mann, früher KBW, hat eine neurologische Praxis und hält tapfer zur Eintracht wie ich. Weder medizinische noch literarische Themen spielen bei uns eine größere Rolle, wir reden über ihr Wochenendhaus im Odenwald und meine bevorstehende Reise nach Warschau und das Thema Kuss für ein Erzählseminar. Die Zahl der Freunde, die mit dem Beruflichen nichts zu tun haben, wächst in den letzten Jahren; man beobachtet einander beim Älterwerden, zieht aber daraus nur den Vorteil, das eigene Alter

in guter Gesellschaft zu wissen. Man glaubt sich gegenseitig, dass man jung war, und wer auf jünger machen würde,
wäre draußen.

Stippvisite, die Seite des Besuchten. Das Jahr neunzehn-
hundertneunundsechzig, als mit dem Erreichen des Mon-
des auch das Hinter-dem-Mond-Sein all derer zu Ende
ging, die gedacht hatten, ihr Schweineleben (auf dem
Rücken der Schwarzen, der Schwulen, der Frauen, der
Armen, der Kinder usw.) würde unbemerkt und damit un-
angetastet bleiben, hatte ich vom ersten bis zum letzten
Tag auf der Schwäbischen Alb verbracht, als Gruppenfüh-
rer in der 5. Kompanie des 4. Luftwaffenausbildungsre-
giments. Und das hieß, eine Grundausbildung nach der
anderen, erst in der Kälte, dann im Matsch, dann in der
Hitze, und Ende Juni kam dem Ausbilder ohne Neigung
sein Körper zu Hilfe, der Blinddarm entzündete sich, eine
akute Sache, die im nahen Krankenhaus von Mengen be-
hoben wurde, mit der Folge eines fast zweiwöchigen Auf-
enthalts in einem Zehnbettzimmer in den Tagen der
Mondlandung. Es war sehr heiß um die Zeit, ein glühender
Frühsommer, und am prachtvollsten dieser Tage bekam
der Operierte unerwarteten Besuch. Auf einmal standen
seine Schwester und sein Freund am Bett, braungebrannt
beide, sie kamen schon von irgendwoher und hatten ihre
Reise im grauenhaften Mengen nur unterbrochen. Im
ersten Moment überwog die Freude, die Geschwister um-
armten sich, und der Begleiter sagte mit besorgter Miene
zu dem Bettlägerigen, er würde nicht gerade gut aussehen,
mager, blass, beknackt. Dann übergab er ein Buch, eigens

86

besorgt für den Anlass, also geklaut, Ernst Bloch, *Aufsätze*, und der magere Blasse dankte ihm und dankte auch seiner Schwester für einen Strauß Blumen, während der Besucher schon mit seinen Zigaretten spielte und der Besuchte gegen einen Groll ankämpfte, bis er dann doch die Frage stellte, woher sie gerade kämen und wohin sie noch wollten. Sie kamen vom Bodensee, von einem Trip nach Gaienhofen, ohne das Internat betreten zu haben (die Schwester war dort rausgeflogen, sie hatte bei rotem Licht und Musik Händchen gehalten, die Vorstufe zur Unsittlichkeit, wie die Schweine hinter dem Mond befanden), und man wollte wohl nach Italien – M. drückte sich, wie immer bei Fragen des Verbleibs, etwas unklar aus, murmelte aber das Wort Ravello. Eine halbe Stunde später waren sie weg, und ich setzte mich vor den einzigen Fernseher im Flur, um die schneeigen Bilder vom Mond zu sehen, und das alberne Gehopse erschien mir wie ein Kommentar zur eigenen Lage, nämlich inmitten dieser Sommerpracht ein Soldat mit frischer Blinddarmnarbe zu sein, dessen Jugendliebe gerade alles verraten hatte, was Grund der Kasernierung war. Erst im Genesungsurlaub, der dem Soldaten gewährt wurde, ein gewisses Zurechtrücken der Dinge. Ich traf M. am braven Wörthersee, wo er meine Schwester, die mit unserer Mutter im Urlaub war, besuchte, und wir sprachen in einem Ruderboot, umgeben von Schilf – schon das Schutzschild in der Zeit mit den Apothekertöchtern –, über die Vorzüge des G3, das ich im Geiste, aber auch tatsächlich blind zerlegen konnte, sowie über die Aufsätze von Bloch, die er für mich auseinandernahm.

10

Mittags, Flughafen, Doppelkontrolle mit Einbehaltung einer Nagelschere. In der Maschine die *FAZ*, Büchner-Preis an Oskar Pastior – der Strom der Preise, unberechenbar wie die Lava, die an manchen Häusern vorbeifließt und andere in Brand setzt, eine Sicht, die nicht jeder teilt. Kritiker, sagte M. bei unserem letzten Treffen in einem elenden Schnellcafé neben dem ebenso elenden Sony-Center, wollten Väter oder Mütter des Erfolges sein, Söhne oder Töchter, nicht aber dessen Brüder oder Schwestern. Wir hatten nur eine Stunde in dem Schnellcafé – ich war wegen einer Filmpremiere in Berlin und wollte dort auch hin –, eine Stunde an einem Fenstertisch, ohne zu ahnen, dass es unsere letzte war, und mehr als die Hälfte der Zeit verbrachten wir damit, über Beweggründe von Kritikern und Jurys zu reden. M. hatte noch anderthalb Jahre zu leben, Zeit genug, mit ihm an seinen See zu fahren – von dem zu erzählen er aber erst viel später bereit war –, und Zeit genug, mit ihm nach Lissabon zu fliegen oder gar nach Havanna. Erst zwei Wochen zuvor, als ich ihn von dort anrief, hatte er halb im Spaß und in Form einer Frage – warum ich ihn nicht mitgenommen hätte – diese Havanna-Reise, zu der ihm die Mittel fehlten, gefordert. Aber weder vorher noch nachher je ein Wort zu der schlichten Armut, in der er gesteckt hat. Und so lagen statt Geld zwei meiner Bücher vor ihm, mit Widmungen auf seine Bitte hin: für die Ärzte, die sich zuletzt um ihn gekümmert hatten. Gleich mehrmals dankte er dem schreibenden Freund dafür, und eigentlich wäre er nur gern auf der Stelle mit ihm zum Flughafen gefahren, so wie er aus dem Fenster sah, die Hand mit Zigarette vor dem Mund, der Mittelfingernagel zwischen den Kinnstoppeln. M. wollte nach Havanna, er wollte dort mit mir unter den leeren Colonaden am Malecón, von wo ich ihn angerufen hatte, herumgehen und die mageren Hunde fotografieren. Er wollte etwas erleben mit mir, er wollte überhaupt etwas erleben, er wollte einfach nur leben (hat aber nichts dafür getan); oder hätte gern einfach nur gelebt und etwas *er*lebt, am besten mit mir – aber man kann natürlich über Tote alles Mögliche sagen.

Warschau. Jemand vom Deutschen Akademischen Austauschdienst, DAAD, holt den Gast, der noch nie in Polen war, am Flughafen ab. Fahrt zum Hotel Ibis (»Alles, was man zum Übernachten braucht«), immerhin in Altstadtnähe, aber auch, wie dem Gast gesagt wird, nahe eines Orts, der noch seinen Namen aus dem Krieg trägt, damals Sammelpunkt der Juden für den Transport, *Umschlagplatz*. Ein Wort, das ich festhalte, sonst kaum Notizen – das Schauen überwiegt. Ein erster Gang unter Führung von Dr. L., Leiter des DAAD-Büros Warschau, von Denkmal zu Denkmal Richtung Altstadt, das schlechte Gewissen geht mit. Die Altstadt dann langweilig, bis auf den schon wieder einsetzenden Verfall, imponierend nur der damalige Drang, das Zerstörte zurückzuerobern; heute eine Spaßaltstadt und dementsprechend das Essen. Das Erzählseminar, erfährt der Gast, findet in den Räumen der Wirtschaftsfakultät statt, die sieben Teilnehmerinnen und Teilnehmer kämen aus ganz Polen, eher aus der Provinz als aus Städten, und alle mit der erbetenen Seite zum Thema *Kuss*.

Bei meinem einzigen Besuch in M.s Berliner Dauerwohnung, Goebenstraße sieben, hatte er mir in der Nacht auf einmal penibel geordnete Fotos aus Polen gezeigt, Bilder der masurischen Seen in ihrer Winterstarre, mit einer letzten Sonne auf dem Eis (Bilder, die fünfzehn Jahre später zum Hintergrund für einen Roman über ein entführtes Mädchen wurden). Wir saßen auf einem alten Ledersofa, in einem Raum wie ein Iglu aus Büchern, so gestapelt und gereiht, dass man sich keins herausgriff, aus Sorge, das Ganze könnte wie ein Kartenhaus in sich zusammenfallen; wir tranken seinen schwarzen Kaffee, der in *Wo das Meer beginnt* wieder auftauchen sollte, wie überhaupt diese gänzlich gestaltete, bernsteinzimmerhafte Zufluchtswohnung, und wir rauchten seine Zigaretten und hörten seine Musik, Chick Corea in diesen Stunden. Und vor uns auf dem Boden die masurischen Seen im Winter – Ich habe die Wölfe gehört, sagte M. irgendwann, mit Tönen wie die Callas in der Arie der Norma. Und dann hörten wir dieses Bellini-Glanzstück, gesungen mit einer Stimme, die einen binnen zwei Herzschlägen an den eigenen Rand bringt, die innere Kante, hinter der die Auflösung aller Standpunkte oder Haltungen anfängt. Ich erinnere mich, dass er mir schon nach dem ersten Anschwellen der Stimme zugenickt hat, im Sinne von Kopf hoch, und die Musik vor dem Ende abstellte; sie muss ihn so getroffen haben wie mich, nur ließ er sich nichts anmerken, außer seinem

Argwohn gegenüber Gefühlen und allen Kommentaren dazu (während ich vermutlich Wunderbar oder etwas Ähnliches vor mich hingemurmelt hatte). Es war der Höhepunkt dieses einen Besuchs und überhaupt ein Höhepunkt, indem der Besuchte es nicht darauf anlegte, dass ich seinen Mangel an Ausdruck von Gefühl mit einem Mangel an Gefühl verwechselte. Bei den Wölfen, sagte M., als eine Zigarette, die seit Auflegen der Platte in seinem Mund war, endlich brannte, hätte er fast mitgeheult. Und dann kam er auf Berliner Straßenhunde, die ihn rührten, und seinen alten Wunsch nach einem Tier, den er sich aus Tierliebe nicht erfüllen könne; ruhig und klug legte er die Unlösbarkeit dieses Problems dar, stellvertretend für alles andere Unlösbare, vom nicht mehr Rauchen bis zum endlich Weinenwollen. Inzwischen war es hell geworden, und nachdem ich mich auf seinem Balkon gestreckt hatte, zeigte er mir den Rest der Wohnung, Zimmer voller Fotos und Bilder, darunter auch ein Bild, das ich ihm in den Jahren meines Malens zwischen zwanzig und sechsundzwanzig geschenkt hatte, eine Wasserfläche mit Wald im Hintergrund und am Himmel, schwebend, ein Ei. Er dankte mir noch einmal für das Bild, vielleicht weil es etwas von seinem versteckten See, der ja auch ein inneres Wasser war, vorweggenommen hatte. Danach war mein Besuch beendet, ich musste oder wollte zum Zug, und er fuhr mich zum Bahnhof Zoo und erzählte unterwegs wieder von Polen, bis ich das Gefühl bekam, dass er womöglich nie dort war und die Fotos woanders gemacht hatte.

Eine kalte Nacht in Warschau, die Hoteldecke viel zu dünn. Und beim Frühstück, umgeben von Geschäftemachern (weiße Socken, Ringelhaar), ist die laute Musik ein Segen. Zweiter Segen: Die Polinnen, die sich mit den Geschäftemachern treffen, als Dolmetscherinnen oder weil sie selbst Geschäfte machen, Frauen, die mit ganz anderen Bewegungen auf einen der Tische zustreben oder ans Buffet gehen, als ihre deutschen Kolleginnen, die alle den Fitness-Gang haben, mit schlenkernden Muskeln, um schon morgens ihren Körper zu fühlen. Die Polinnen dagegen: fließend, Hüften statt Beine betonend; sie fühlen den Körper, indem sie ihn zeigen, und zeigen ihn dennoch zurückhaltend, selbstbewusst keusch.

Lange Taxifahrt durch die Stadt, vorbei am Kulturpalast; in dessen Schatten ein Leben in zweiter Reihe, Kioske und Shops aller Art, provisorisch, bunt, reizvoll – Dinge, die man zu kennen glaubt, aber am fremdesten ist ja oft die Fremde, die auf den ersten Blick nicht fremd erscheint. Und dann endlich die polnischen Teilnehmer des Seminars in einem etwas bedrückenden Fakultätsraum, Schultoilettenbeleuchtung; fünf junge Frauen und zwei junge Männer, die im Großen und Ganzen so aussehen wie junge Leute bei uns, dann aber ihre Beiträge in einem einfachen und originellen Deutsch vorlesen, die mit jeder Zeile überraschen. Den Anfang macht Marcin mit der Geschichte von einem Wanderer, der einen Kuss am Wegrand findet, ihn vorsichtig aufhebt und einsteckt. Der Kuss erzählt sofort von seinem schweren Schicksal und bekommt damit immer mehr Gewicht, so viel, dass der Wanderer ihn schließlich wieder ins Gras legt. Vorschlag an Marcin: Der

Wanderer will den Kuss weitergeben, er will ihn verschenken, und was passiert da alles? Wie verhalten sich die Leute, was empfindet der Erzähler? Als nächstes liest eine junge Frau im Mantel, Anna (von einer verhangenen, kaum bestimmbaren, aber auch kaum zu übersehenden Schönheit). Sie trägt nur ein kurzes, altertümliches Fabelgedicht vor, von einer Magd, einem Knecht und einer anderen, die der Knecht küsst, worauf die Magd sich gleich erhängt. Wir gehen es durch, Wort für Wort; am Ende der Rat, das Gedicht zum Ausgangspunkt für etwas Heutiges zu nehmen. Und auch die übrigen Texte umkreisen das Thema Kuss wie eine Beute, von der man nicht weiß, ob sie giftig ist oder einen selbst in die Falle lockt.

Nach dem Mittagessen in der Professorenmensa ein Telefonat mit zu Hause, und wie immer auf Reisen die Kluft zu den Nächsten; man erzählt dies und das, aber es bringt nichts, und dann winkt auch schon Anna mit dem Fabelgedicht, das Seminar geht weiter. Als erste liest Olga, die etwas von der tragischen Magd aus Annas Gedicht hat, sie beginnt mit den Worten: »Den grauen Korridor des Lebens kann nur die Liebe röten.« Eine kleine Geschichte voll großer Sehnsucht, der Kuss in weiter Ferne, wie auch bei den restlichen Beiträgen, aber das Anpeilen dieser Ferne gibt ihnen Kraft und Genauigkeit. Die jungen Polinnen riskieren einiges mit den Worten, die nicht ihre sind, sie überwinden ein Stück Keuschheit; die jungen Männer bringen eher Kränkungen zur Sprache und überwinden ein Stück Stolz. Und der Seminarleiter lernt nebenbei einen polnischen Ausdruck, den es im Deutschen nicht gibt, das Gegenteil von sich verlieben, nämlich sich entlieben, *odkochać się*. Und abends ein Essen in einem guten Neustadt-Restaurant, zu dem die Veranstalter einladen, ich sitze zwischen Anna und Olga und einer Frau, die etwas zu kurz kam mit ihrer Geschichte, Emilia. Und irgendwie entsteht durch sie im Laufe des Essens das Gerücht von einer Abschiedsparty am kommenden Abend, beim Seminarleiter im Hotel.

Sich entlieben – M. kannte sich aus in diesem Trennungsverfahren, mit dem eine Selbsttäuschung einhergeht: dass es etwas anderes sei, eine Liebe scheitern zu lassen, als an der Liebe zu scheitern. Seine Trennungen waren immer gewolltes und ungewolltes Scheitern in einem, sie entsprachen der elementaren Zuschauerhaltung in ihm. Auch die Liebe war für ihn ein Schauspiel, mehr unter seiner Regie als mit ihm in einer Rolle; das Regieführen war seine Form der Mitwirkung. Er wollte lieben, aber nicht in die Liebe verwickelt sein, er wollte das Trunkene in nüchterner Form. Die unkontrollierten, lächerlichen Gebärden des Liebens (die es so menschlich und tierisch zugleich machen), übten einen großen Reiz auf ihn aus, nur wollte er damit nicht in Zusammenhang gebracht werden. Einmal saßen wir in seinem Auto vor dem Flughafen Tegel – ich musste nach Zürich, dem Ort, der für uns Bodensee-Internatsschüler das Mekka alles Nächtlichen gewesen war –, und er stellte sich vor, mich zu begleiten und abends nach der Lesung mit zwei Frauen aus dem Publikum durch die Stadt zu ziehen; der letzte Akt dann im Hotelzimmer, er bequem in einem Sessel, während der Freund sich mühte. Es war so eine Idee, aber nicht nur;

denn im Grunde seines Herzens oder Kopfes entsandte er für diese Dinge immer einen Doppelgänger, während er selbst zurückgelehnt dasaß, angezogen, rauchend, ein Buch im Schoß, und das Tun im Bett verfolgte, amüsiert und traurig zugleich – der ewige Zuschauer, bei dem die Trennung oder das sich Entlieben schon ein Teil der Betrachtungsweise ist.

Immer noch Warschau. Morgens ein Gang, um die einbehaltene Nagelschere zu ersetzen. Die Frau im kioskartigen Laden bietet auf eine Manikürgeste hin zunächst einen Zwicker an, dann zeigt sie verschiedene Scheren, und der Kunde entscheidet sich für die teuerste, mit Goldrand, und probiert sie auf der Straße gleich aus, doch es braucht die ganze Kraft einer Hand, um einen Nagel der anderen Hand mehr kleinzukriegen als zu kürzen. Fast beschämt von der Qualität der Schere (als sei sie eine späte Kriegsfolge) besteigt der Gast ein Taxi und fährt wieder durch die Stadt der vielen Denkmäler – und fragt sich, welchem heutigen Geschehen in seiner Heimat künftig ein Denkmal gesetzt werden könnte. Wahrscheinlich keinem; und höchstens diese Schicksalswüste wäre ein Denkmal wert (dem bei aller Erinnerung an die Wüste auch etwas Schönes oder Freundliches zugestanden sein sollte, so hätte M. es verlangt, wie er ja auch, wenn alles Unfreundliche über einen anderen gesagt war, zugeben konnte, dass der Betreffende nettere Seiten besaß als er selbst).

Die Überraschungen des Schreibens, gern auch für Wunder gehalten: über Nacht sind aus den Anfängen Geschichten geworden. Emilia – sie hatte von einer kompletten WG in einem einzigen Raum zu erzählen versucht, in einer sprachlich vergleichbaren Enge statt Dichte – lässt auf einmal diese Dichte zwischen fünf Personen entstehen und für zwei anschaulich zur Zwangsnähe werden. Und von der Fabel über die Magd, die sich erhängt hat, gibt es einen Sprung zu einer Tankstellenkassierin, die hinter der Kasse eingenickt ist und einen Sekundentraum von dieser Fabel träumt, die sie als Kind jeden Abend aus dem Mund ihrer Großmutter gehört hatte. Ein harter Knall weckt sie auf, ein LKW-Fahrer hat eine Zapfsäule gerammt, ihr erster Gedanke: Wo ist das Bindemittel? Sie rennt nach draußen, und der Unglücksfahrer sagt, er habe sie schlafen sehen, über diesen Anblick die Zapfsäule erwischt. Und gemeinsam versuchen sie, das auslaufende Benzin zu binden, kniend in den Dämpfen, wobei sie sich so nahe kommen, dass sie sich küssen. Anna ist errötet beim Lesen, wie Olgas grauer Korridor, den nur die Liebe in Glut versetzt. Als nächster kommt Marcin mit der Geschichte vom Kuss, der am Wegrand lag. Sein Wanderer versucht jetzt, den Findelkuss in einem ländlichen Kloster abzugeben, vergebens: Die Mönche erheben Einwände aller Art. Also geht der Wanderer in die nächste Stadt und versucht es auf der Straße bei einer jungen Frau, die gleich abwinkt: Sie könne den Kuss nicht nehmen, sie habe sich gerade die Nägel gemacht. Und zu guter Letzt wird er ihn auf einer Polizeiwache los, wo man den zweifelhaften Gesellen gleich einsperrt.

Abends, im Taxi. Am Steuer ein alter Mann, er versteht kein Wort Englisch, er versteht auch kein Deutsch oder

96

will es nicht verstehen. Hotel Ibis, ruft der Fahrgast immer wieder, als der Alte in die falsche Richtung fährt, offenbar mit einem Ziel vor Augen, bis der Ortsfremde begreift, dass es zwei Hotels dieses Namens geben muss, an verschiedenen Enden der Stadt. Und da fällt ihm ein, dass sein Hotel Ibis in der Nähe des *Umschlagplatzes* liegt – und genau dieser Name bringt mich zum gewünschten Ort, dem auch nichts als sein Name geblieben ist.

Im richtigen Hotel Ibis dann das Champions-League-Finale Barcelona–Arsenal, einziger Mitzuschauer ein Monteur aus Heilbronn, Verpackungsmaschinen; wir halten beide zu Barcelona, auch wenn Lehmann in der Zwanzigsten den Platz räumen muss. Eine Halbzeit lang gedankenloses Schauen bei Bier und Zigaretten, bis plötzlich Olga, Anna und Emilia auftauchen. Sie wollen die Abschiedsparty mit ihrem Seminarleiter feiern, eine Stunde hätten sie Zeit, dann gehe ihr Bus in die Vorstadt, wo man sie untergebracht hat. Und während dieser Partystunde trinken sie je eine keusche Cola, zu der sie sich einladen lassen, und wir reden über die morgen beginnende Warschauer Buchmesse (mit einer Statistenrolle des Autors am Stand des Veranstalters) und den Staatspräsidenten, der sie mit seinem deutschen Kollegen eröffnen soll. Viel länger aber reden wir über die Preise von H&M hier und in Frankfurt sowie die Vorzüge einer Karriere beim Fernsehen, ob in Polen oder Deutschland, gegenüber der literarischen Laufbahn, während Barcelona verdient gewinnt und der Heilbronner Monteur etwas neiderfüllt auf den eindeutig Älteren mit den drei Grazien sieht – die sich auf die Minute pünktlich davonmachen, mit fließenden Bewegungen, als würden sie sich keineswegs nur zu einer Bushaltestelle entfernen.

Die Geschichte dieser Party oder Nacht mit den drei jungen Polinnen, die über Küsse schreiben, zählt zu der Sorte, die zu schön sind, um wahr zu sein. Sie fand statt, und sie fand nicht statt – und müsste also meinerseits neu erfunden oder ausgeschmückt werden, damit sie etwas hermacht. Und damit würde sie zu einer jener Geschichten, die M. in dunklen Andeutungen parat hatte, sobald wir über Frauen sprachen, wie zuletzt im Pressecafé gegenüber vom Bahnhof Zoo, als dieser Bahnhof noch voller Leben war – auf einmal kam da die Andeutung einer vor nicht allzu langer Zeit erlebten Nacht mit zwei Frauen. Ein Jahr konnte das her sein, aber auch fünf Jahre; Zeit war zu diesem Zeitpunkt, Ende der Neunziger, immer noch nichts für ihn, ein Maß wie eine Zigarettenlänge, eine Skala für die Liebe und ihre Augenblicke, nicht aber die Strecke, auf der solche Augenblicke bleiben. Vor dem Anzünden der Zigarette – Kunstpause hinter der Feuerzeugflamme – ließ er seine Andeutung, die sich nur auf die Umstände bezog, vom Stapel, Umstände wie eine Hochhauswohnung, die einer der beiden Frauen gehörte, eine Sammlung von Kissen, die den Boden bedeckte, und der Hintern der zweiten Frau von einem Weiß, dass einem schon abfärbend erscheine; dazu noch der Beruf der ersten Frau, Narkoseschwester, während die zweite einfach nur jung war. Das alles natürlich ein Köder für mich, der Stoff für die von ihm nicht erzählte Geschichte, gleichgültig, wie sie sich abgespielt hatte und ob überhaupt. Und kaum war die Zigarette angezündet, kam er mit etwas ganz anderem, wie es meiner Schwester gehe. Ich aber behielt den Köder samt Haken gleichsam im Maul, die Sache ging mir nicht aus dem Kopf (und ist dort noch immer: Ich sehe M., lächelnd und mit Handtuch um die Hüften, zwischen der Anästhesiehelferin und der nichts als Jungen, eine seiner schmalen Hände an deren abfärbend weißem Hintern, aber nur mit den Kuppen, so, wie man in Museen manchmal scheu ein Gemälde berührt).

Zurückhaltung und Verlangen, das alte klösterliche Gemisch. M. war, in meiner Erinnerung, nie vulgär, er war ein diskreter Erkunder des dunklen Gebiets; sein Sammeln von Pornografischem war wählerisch, nicht enzyklopädisch. Was ihn in seiner Wohnung umgab, war das Ergebnis einer Suche nach dem Absoluten, bis er den inneren Raum auf alle äußeren Räume ausgedehnt hatte – heute nur noch in der Erinnerung derer, die sein Bernsteinzimmerreich gesehen haben. Nach meinem einzigen Besuch (kaum begreiflich, dass es dabei blieb) hatte ich bei erster Gelegenheit – ein Jahr lang telefonierten wir nicht, bis er plötzlich nachts anrief – gesagt, eine solche Wohnung müsse man in einem Fotoband festhalten, aber M. gab Büchern dieser Art schon in den frühen Neunzigern keine Chance mehr. Und so sprachen wir über die wachsende Schwierigkeit, noch irgendetwas außerhalb des Leichten unter die Leute zu bringen, ohne sich zum Idioten zu machen. Er brachte dafür alle möglichen Beispiele, es war eins unserer längeren Telefonate, über zwei Stunden saß ich am Küchentisch, mit Stift und Papier. In M.s Augen verließ man den Boden geistiger Keuschheit bereits, wenn man für etwas trommelte, das seinem Wesen nach leise war, für einen Roman oder guten Film. Er sah schon damals die mafiose Allianz zwischen der *Bild-Zeitung*, einem Boulevardgeschwätz im Fernsehen und denen, die für ihre Vermarktung von Überflüssigem Scheinskandale oder gar selbstinszenierte Missgeschicke anbieten, und hatte Sorge, dass der Freund nach seinem Bucherfolg (*Infanta*) in dieses Fahrwasser geraten könnte. Und den Einwand, ich sei im Grunde viel zu negativ, um in dieser vorhergesagten Allianz – die ja heute M.s Vermutungen längst übertroffen hat – eine positive Rolle spielen zu können, unterzog er gleich einer Prüfung, indem er nach meinem damals noch kleinen Sohn fragte, als sei die Vaterliebe oder der Familiensinn, also letztlich steigender Geldbedarf, die Fußangel, in der sich ein Autor früher oder später verfängt. Und noch etwas wurde im Laufe dieses langen Gesprächs festgehalten: der Wunsch, die Freundesbücher mögen auch weiterhin das Risiko wohlüberlegter offener Flanken eingehen, auch wenn es diese Leute gebe, die lieber gleich zuschnappten, statt zu fragen, warum die Flanke?

M.s Bernsteinwohnung, inzwischen renoviert und weiter vermietet. Wenn aber der schreibende Freund das nötige Geld gehabt hätte (durch mafiose Allianzen), wäre dieses Lebenswerk von ihm übernommen worden, ohne auch nur einen Zettel oder ein Foto darin zu verrücken oder zwischen den Bücherstapeln andere Wege als die vorhandenen zu schaffen. Er hätte es zur Dauerausstellung gemacht, als beredtes Zeugnis einer geistigen Existenz im ausgehenden letzten Jahrhundert, für alle Schulklassen auf Berlinfahrt neben dem Mauermuseum und den Preußischen Kunstschätzen dritte Pflicht.

Der Kulturpalast von Warschau, ein Marmorraum mit Messekojen, die gewohnte verbrauchte Luft, als würden die Bücher mitatmen. Der Rundgang führt den Autor auch am Stand seines alten Verlags vorbei, ein Mitarbeiter winkt etwas schüchtern, vages Gefühl von Wehmut (das Herrenlossein wurde durch jedes in diesem Haus erschienene Buch aufs Neue und Beste vertuscht). Ein Blick auf die Werke des Kollegen T., der an glühend-stillen Augusttagen in der Villa Massimo, Rom, gegen seinen Kummer und gegen mich Tischtennis gespielt hat, ein Gegner, der erst bei zwanzig-zwanzig Zeichen von Nervosität zeigte – er scheint in dem Verlag ein Zuhause gefunden zu haben. Aus dem Foyer über Lautsprecher die Eröffnungsreden der beiden Staatsoberhäupter; und im Gedränge vor dem noch zugedeckten Buffet der bekannte Autor des *Stellvertreters*, der im Alter durch seinen noch scharfen Blick an den Schauspieler Eli Wallach erinnert (*Zwei glorreiche Halunken*). Man hört den Bundespräsidenten sagen, dass diese Buchmesse dazu beitrage, die Sichtweise des jeweils anderen zu bereichern, in diesem Sinne äußert sich dann auch sein Kollege. Die Reden ziehen sich etwas hin, und die linke Hand – bis Mitte der Siebziger sehr geschickt darin, drei Bücher zugleich unter einen Mantel zu schieben – holt unter einer der verhüllten Platten ein Schnittchen mit Lachs hervor. Keiner hat den Mundraub bemerkt, aber im schwächeren Auge lösen sich Glaskörperchen und schweben als kleine dunkle Monde durch den Marmorraum – je älter man wird, desto mehr überführt einen der eigene Körper, längst kein Komplize mehr. Und endlich der Rundgang der Präsidenten im deutschen Saal, eingekeilt von Prätorianern mit Knopf im Ohr und den Leibfotografen, die inzwischen Kameraleute heißen. Eine Hydra, die sich, angeführt von Protokollbeamten, denen die lehrerinnenhaften Simultanübersetzerinnen folgen und wohl noch der eine oder andere Notarzt in Zivil, zwischen den Kojen hindurchschlängelt, mit geheimnisvollen Pausen da und dort, kurzen Aufenthalten, bei denen sich die Köpfe der Hydra um ihr Herz oder die zwei präsidialen Herzen zusammenziehen, bis sich der Pulk wieder auflöst und die Hydra weiterstrebt, genau auf den Statisten zu. Und so kam es zum Händedruck mit beiden Präsidenten, und der deutsche Autor erwähnte gegenüber dem seinen, was er in den letzten Tagen in Warschau getan hat, nämlich mit jungen Polinnen und Polen in deutscher Sprache eine Geschichte über einen Kuss zu entwickeln, nichts also, was mit dem deutsch-polnischen Verhältnis auch nur entfernt in Verbindung zu bringen wäre, doch der Präsident begriff sofort den schlichten Sinn des Projekts und bat den schon weiterziehenden Kollegen, der Sache ein Ohr zu schenken. Seine Simultanübersetzerin tat, was in ihrer Macht stand, und der kleine rundliche Herr schmunzelte, so muss man es sagen, doch ehe es bei einem Schmunzeln blieb, kam dem Autor das Glück zu Hilfe – Anna und Olga tauchten auf, und Olgas wunderbare Zeile vom grauen Korridor des Lebens, der sich nur durch Liebe rötet, wurde ins Polnische übertragen, ebenso die Episode von der umgefahrenen Zapfsäule und dem Bindemittel-Kuss. Und der kleine Herr murmelte etwas, das nicht übersetzt wurde, für Sekunden verwirrt, wie mir schien, aber eine leichte Betörung war wohl auch im Spiel. Jedenfalls reichte er den jungen Landsleuten, die in deutscher Sprache über polnische Küsse schrieben, die Hand, fast eine galante Geste, und schließlich wollte er auch dem Schreibhelfer die Hand reichen, von Mann zu Mann, drückte jedoch die des anderen, offenbar allzeit händedruckbereiten Präsidenten, der das Versehen zum Anlass nahm, über das Einfache und zugleich Elementare des Themas zu reden. Er wünsche sich, in dieser Sache auf dem Laufenden gehalten zu werden, sagte er abschließend, als wolle der Schreibhelfer vom Küsse-Erzählen künftig zu mehr übergehen, und beim Äußern dieses Wunsches weiteten sich seine Augen zu einer Wertschätzung durch den Blick, bei Politikern keine Seltenheit: ein Aufblitzen wie mit Zusatzpupillen, um ihr Gegenüber für einen Moment mit Glanz zu beschenken und für alle weiteren Momente auf Abstand zu halten – Ich sehe dich, sagt dieser Blick, aber auch: Ich sehe dich überhaupt. Und der Angesehene versprach, sein Bestes zu tun, während die polnische Präsidentenhand nun doch noch die richtige zu fassen bekam, unter den argwöhnischen Mienen der Prätorianer und den schönen Augen von Anna (die mir danach sogar ihre Mobilnummer verriet, als könne die Party mit ihr und Olga am Ende doch noch stattfinden).

Bei unserem vorletzten Gespräch Auge in Auge, ein Nachmittag im alten Einstein, hatte ich M. – für den Zeit nun schon alles statt nichts war – auf die Geschichte mit den beiden Frauen in der Hochhauswohnung angesprochen, und er war ausgewichen, indem er ein Stück Torte bestellte und von seiner ungebrochenen Lust an Süßem sprach – und mir verschwieg, dass er schlicht nicht das Geld hatte, sich nach Belieben Kuchen zu kaufen oder gar ins Einstein zu gehen, weil er seit der Zeit, als die Zeit für ihn alles wurde, von dreißig Euro in der Woche lebte und die Gefährtin für den Rest aufkam. M. hatte seinen letzten Job als Unfallarzt geschmissen, die Beine trugen ihn nicht mehr genug, um anderen zu Hilfe zu eilen, und auch der Weg von seinem kleinen verwahrlosten japanischen Auto voller Kippen, Kassetten und alter Zeitungen, mit dem er mich am Bahnhof Zoo wie schon des Öfteren abgeholt hatte, um dann in einiger Entfernung zum Einstein zu parken, fiel ihm in einer Weise schwer, die den Gesunden mehrmals in die Versuchung führte, dem Geschwächten unter die Arme zu greifen – eine Geste, deren Ansatz er gespürt haben muss, daher auch dieses Ausweichen, als ich auf die Zwei-Frauen-Sache kam. Nach dem Stück Torte und ein paar weiteren Zigaretten, die ich aus Sympathie mitrauchte, dann aber doch ein Aufnehmen des Fadens, den er Jahre zuvor ausgelegt hatte, damit ich ihn fortspinne. Sie hätten es, obwohl dies physisch unmöglich sei, am Ende alle drei zugleich miteinander gemacht, sagte er und ließ sowohl seinen Anteil offen, als auch, was unter dem Ausdruck im Einzelnen zu verstehen sei. Und die Art, wie er seinen Kaffeerest trank, sehr langsam, sehr bewusst, die Hand mit der Zigarette über dem Kopf, der schon halb kahl war, während seine weißgraue Unrasiertheit immer dichter zu werden schien, wie ein Kokon um ein Nest, hielt mich davon ab, irgendeine Frage zu stellen, und er sagte dann nur noch, mit Blick an mir vorbei, es sei mit das Beste in seinem Leben gewesen. Ein weiterer Köder, nach dem der schreibende Freund geschnappt hat.

11

Frankfurt nach den Warschau-Tagen – auf der Straße
ganz andere, nur noch an heutige und nicht an gestrige er-
innernde Menschen (und auch nicht *in* den Straßen, wie
in jener stillen abgewetzten, in der die Schere mit Goldrand gekauft wurde, vor dem Kiosk ein paar Gestalten mit
ihren Hunden, die gleichfalls Gestalten waren). Sie erinnern bloß an sich selbst, diese Jüngeren und auch Gleich-
altrigen auf den Straßen, höchstens noch an Fernsehfigu-
ren, die sie kopieren oder die, schlimmer noch, nach ihnen
kopiert sind, während einem in Warschau (nachdem ich
den Kulturpalast verlassen hatte, fast eine Flucht) in einer
der Markthallen mit aberhunderten von Kiosken in engen Reihen gleich mehrmals einer wie Gombrowicz oder
Lem begegnen kann (desgleichen in Lissabon, wo man
Enkeln von Pessoa und Brüdern von Lobo Antunes über
den Weg läuft). Und erst die Gestalten hinter den Hallen,
zwischen Sex-Shop-Buden, aus dem Boden gestampft wie
Favelas: der kleine Schlitzer aus *Chinatown* und die pro-
letarisch schöne Dichterin Wanda Wasilewskas, nur in
anderer Aufmachung. Ein Sichbewegen und Gutfühlen
zwischen Gestalten des Lebens, das einem hier fehlt, jedenfalls auf dem Abendgang durch das Bankenviertel
und die Goethe-Straße bis zum Opernplatz, wo selbst
Hunde wie Erfindungen dieser Tage anmuten, weder bel-
lend noch auf Bäume erpicht, und das Geld, das in erster
vorsommerlicher Wärme über die Bistrotische geht, keinerlei Geheimnis umgibt, ganz anders als die Euro- und

Dollarnoten, die auf ambulanten Warschauer Märkten wie Zipfel nackter Haut unter dem Mäntelchen der Złotys hervorsehen.

Geld und Geheimnis – früher hatte M. Geld, woher auch immer, die Quelle ließ er im Dunkeln, es zählte auch nicht der Betrag, nur die Andeutung des damit Denkbaren. Aber von einem bestimmten Punkt an war der schreibende Freund bessergestellt, eine Veränderung, die M. nicht verborgen blieb (schon weil ich von da an die Kaffees und den Kuchen zahlte), nur blieb dem Bessergestellten verborgen, dass der anderen von einem bestimmten Punkt an, etwa Ende der Neunziger, von der Hand in den Mund zu leben begann, er hatte auch nie danach gefragt, eins der Versäumnisse, die nur meine waren, nicht unsere. Seit M. nicht mehr als Notarzt tätig war und auch keine Neurologiekurse mehr gab (Kurse, von denen ich erst später erfuhr), also ohne Arbeit und mit leeren Händen dastand, hatte er aufgehört, an die Zukunft zu glauben. Ihm blieb nur das immerwache Zeitgenossesein, er hörte weiterhin das politische und kulturelle Gras wachsen und fand dafür die passenden Worte; und ich dachte mehr denn je, dass an ihm, der nur geheime Briefe an Frauen geschrieben hat, ein Journalist mit Herz und Verstand verloren gegangen war, einer, der weiß, was er ans Licht holt, und warum.

In unserer größenwahnsinnigen Schülerzeitung *Hermes*, die nicht über ihre Jungfernausgabe hinauskam, hatte M., neben seinen Deutschland-Beitrag (zwei konkurrierende Systeme), auch etwas zu Polanskis gerade angelaufenen Film *Ekel* geschrieben (»Polanski kommt das Verdienst zu, uns das Schicksal einer jungen Frau in der Leere unserer Zeit zu zeigen ...«); und für die Ausgabe, zu der es nicht mehr kam, war ein Artikel über die Kriegsfotos von Robert Capa geplant. M. lebte in Capas Szenen der Bewährung, wie Kinder in Märchen, sie entsprachen seiner Sehnsucht nach einer Ästhetik des Männlichen, er konnte darüber reden, als sei er dabeigewesen. Während unser Freund L. – der mich bei M.s Beerdigung, die in eins meiner privaten Erzählseminare fiel, vertreten hat – nach dem Abitur in U. S.-Uniform in Vietnam war, hatte M. die Feldadresse wie eine Hundemarke bei sich, voller Sorge um L., aber auch irgendwie neiderfüllt; seine eigene Verwegenheit bestand eher darin, Lebenschancen in den Wind zu schlagen und überhaupt auf jeden Vorteil zu pfeifen.

Als Sartre den Nobelpreis ablehnte, 1964, geriet M. geradezu aus dem Häuschen. Kurz darauf fuhren wir mit Freund L. für die Schülerzeitung von Gaienhofen am Untersee nach Friedrichshafen am Obersee, um einen dort ansässigen bekannten Schriftsteller zu interviewen. Wir mussten dreimal umsteigen, und in jeder verqualmten Bahnhofswirtschaft tranken L. und ich ein Bier, während M. beim Kaffee blieb. Der Autor W. empfing uns auf einer Art Hühnerleiter in seinem Arbeitszimmer, und M. fragte ihn gleich, ob denn auch er den Nobelpreis ablehnen würde, und er antwortete, dazu müsse man ihn erst mal bekommen. Wir führten das Interview dann gemeinsam, aber die eigentlichen Fragen kamen nicht von mir, und in den Notizen, die ich am Schluss dieses Tages gemacht hatte, steht: »M. redet kaum. Und wenn, dann über meine zu freundliche Art gegenüber dem Typen auf der Leiter. Kann dir noch schaden, meint er. Danach nur noch Schweigen.«

Schon damals folgte seinen Worten häufig eine von dunklen Andeutungen belastete Stille, die nicht einmal die Möglichkeit eines nächsten Gesprächs vorstellbar machte, bis er plötzlich eine Platte auflegte, seinen Charlie Parker mit dem nächtlich verlorenen Ton, oder die melancholischen Balladen der Everly Brothers (I'll do my crying in the rain), und mit dem Feuerzeug den Takt auf die Bettkante klopfte und für uns beide das Joch dieser Stille abwarf; was dann kam, war ein seliges Schweben bei Musik und Zigaretten, das ihn, wenn ich es richtig sehe, gegen jede Art von Krankheit immunisiert hat – ich erinnere mich keiner einzigen Bettlägerigkeit von M. in all unseren Jahren, und genau dieses selige Schweben muss ihn irgendwann mit Anfang fünfzig verlassen haben.

Ein Abend bei Nachbarn, R. und S., ihr Sohn ist mit unserer Tochter in der Klasse, so haben sich die Eltern kennengelernt; die beiden zählen zu den Hausfreunden, wie das Ärztepaar, das über uns wohnt. Man sitzt um einen großen Tisch im ausgebauten Dachgeschoss und isst Lammkoteletts. Die Töchter, elf und dreizehn, reden über ihr Chatten mit Freundinnen, diese Liaison von Elektronik und Bequemlichkeit für ein neuartiges Tratschen, das so viel Platz für Verletzungen lässt, dass die Dinge später nur noch auf konventionelle Art wieder ins Lot zu bringen sind. Und von Erwachsenenseite eine Story aus dem Supermarkt. S. wird von einer Ausländerin angemacht, sie schießt zurück, und ihr Sohn geht dazwischen, moderiert – Bloß nichts Lautes, Unangenehmes, die Contenance wahren. Die Jugendlichen aus schönem Altbaumilieu vermeiden alles Akute, sie sind zufrieden, wenn sie hinterher lästern – auch schon die Haltung von M., mit einem Unterschied: Unsere Kinder wollen keinen Skandal, während er ihn nicht gebraucht hat, weil er selbst skandalös war. Und es war auch nicht unsere Sache zu lästern (wie es beim Chatten nach der Schule, aber auch noch am Tisch der Erwachsenen zwischen Lammkoteletts und Dessert geschieht), dazu war die innere Nähe zum Laster zu groß. Alberto Moravia zählte damals, neben Sartre oder Joseph Roth, zu unseren schreibenden Kronzeugen, wir lasen *La Noia* und der *Der Konformist*; mit dem Laster war nicht zu spaßen, so viel stand fest.

Beim Sonntagsfrühstück nebenbei das Radio – Finnland hat den europäischen Schlagerwettbewerb vom Vorabend gewonnen, man hört das Siegerlied, das sicher nicht fürs Hören gedacht war. Und auch nebenbei die Zeitung der Wochenendler aus dem Altbaumilieu, die vor kurzem abbestellt worden ist, da die Zeit kaum reicht, sie durchzublättern; und dann doch mehr als ein Überfliegen – Bernhard Levy über Peter Handke und Serbien. Der Autor will allen Seiten gerecht werden und besetzt am Ende die Position der Aufklärung, die Handke verlassen habe, und dem Leser des Beitrags (ursprünglich *Le Monde*) fällt ein lange zurückliegendes intimes Verlagsessen im Hotel Frankfurter Hof ein. Am Tisch saßen die Geliebte und damals schon Einflüsterin des Verlegers, der Lektor

F., der Autor Handke und der, der sich an den Abend erinnert; später aber stieß noch Koeppen dazu, und Handke
hob hinter seiner Haartracht die Hand, als Koeppen zum
einzigen freien Stuhl ging – der alte Herr konnte die Hand
ergreifen oder übersehen und hat sie, als Kompromiss, ge-
streift. Damals erschien mir die Szene peinlich, ich sah
nur den Mangel an Respekt oder Manieren auf der einen
Seite und den an Courage auf der anderen, heute sehe ich
etwas Drittes. Handke hatte den Bedeutungsschwund
aller, die ernsthaft schreiben, wohl schon sehr früh gespürt, und gerade Koeppen war ihm ein Ausdruck dieses
Schwunds oder Versagens, warum sollte er ihn also stehend und mit Handschlag begrüßen? Er hat sich dem all-
gemeinen Schwund des Geistigen und jedem Sichducken
in einem immer kleiner werdenden Freiraum entzogen,
um dem andererseits, schreibend um sich schlagend, jenseits aller Manieren und taschenspielerischen Aufklärung,
auf seine Art Paroli zu bieten. Und eines Tages (kurz vor
Ende des alten Jahrhunderts) hatte ich M., als wir durch
ein modernes Antiquariat zogen oder eher geisterten, im
Flüsterton von dem Abendessen erzählt, worauf er Hand-
kes *Nachmittag eines Schriftstellers* aus einem der Regale zog;
er drängte mich, das schmale Buch zu kaufen und vertei-
digte den Autor, den er früher oft heruntergemacht hatte,
er las mir sogar etwas vor, den Anfang von Kapitel sechs.
»Obwohl doch nichts Besonderes sich ereignet hatte, war
ihm danach, als habe er für diesen Tag schon genug erlebt – sich das Morgen gesichert.« Mit diesen Zeilen hatte
ihm Handke offenbar aus dem Herzen gesprochen, dem
müden Herzen, für das ich kein Empfinden besaß; und

schließlich – wir waren schon wieder auf der Straße, auf dem Weg zu meinem Hotel – bat M. mich noch, einen Blick auf die hintere Umschlagklappe zu werfen. Und dort sieht man den Autor mit Langhaar und Brille in Schwarzweiß, eine Hand unterm Kinn, den Daumen am Spalt, in der anderen ein Buch, so konzentriert lesen, dass man annehmen möchte, die Aufnahme sei nicht gestellt. Schön, sagte er, ein Wort, das halblaut über meine Schulter kam, und ich wusste, er sah sich da selbst.

Eine von M.s verhängnisvollen Begabungen war ja das Finden, aber auch Erfinden von Schönheit und die Art, wie er alle, die an seinem Blick und seinen Lippen hingen, darauf einschwor. Er schuf ein Mosaik der Privatschönheit und widerrief es in Teilen, wenn sich etwas Besseres bot. Beim ersten Blick von Ravello hinunter aufs Meer und die Küste von Amalfi sagte er knapp und leise nur dieses Schlüsselwort, schön, um mich dann anzusehen, bis ich ihm zunickte, also gleichsam mein Jawort gab. Und lange danach, als wir vor dem Bahnhof Zoo in seinem japanischen Müllauto saßen – Herbst zweitausendzwei, ihm blieben keine drei Jahre mehr – zeigte er mir vor dem Abschied das Foto einer Hauswand voller Plakatfetzen und murmelte auch nur das Wort, das für ihn ein Schlüssel zum Leben war, und ich nickte wieder und zog, bevor ich ausstieg, seinen Kopf an meinen. Er winkte mir noch kurz und fuhr auch schon davon, drehte aber nur eine Runde um den Parkplatz vor dem Bahnhof und hielt dann an derselben Stelle. Das Beifahrerfenster war heruntergelassen, ich sah aus dem Inneren der Halle ein graues

Gesicht. Und zum ersten Mal war da ein Gefühl, dass er alt wird, ein vorzeitig alter Mann, der einem alten Freund noch einmal die Hand drücken will, also lief ich zu dem Wagen, und er sagte, er hätte eine Bekannte aus dem Bahnhof kommen sehen, wohl ein Irrtum. Er entschuldigte sich, er riet mir zur Eile, damit ich den Zug nicht verpasse, wo wir doch gemeinsam in dieser Minute an einem Herbsttag unseren Zug verpassten, der uns vielleicht doch noch Richtung Lissabon oder an seinen versteckten See gebracht hätte. Ich tat, als sei alles in Ordnung, ein Irrtum auf beiden Seiten, und er tat, als sei er in Sorge um mein Zuspätkommen. Und als ich ihm vorschlug, einfach den nächsten Zug zu nehmen, damit wir noch Zeit hätten, sprach er von einer Arbeit, zu der er müsse, und nickte mir so entschieden zu, dass ich ihm glaubte. Dann ging das Fenster hoch, und er steckte sich eine Zigarette an, als sei er irgendwo allein unterwegs, die Hand schon nach dem ersten Zug matt auf dem Kopf. Und schon war er der, der im Auto rauchte und ohne sich umzusehen wegfuhr, zu einer Arbeit, die nur für ihn existierte, und war es auch nicht, wenn man hinter ihm hersah. Mit wem hatte man es also zu tun? Am ehesten mit einem, für den seine starke Beziehung zur Unwahrheit mehr Bedeutung hatte als irgendeine Wahrheit, oder anders gesagt: M. glaubte an sich als einen, der nicht an sich glaubt, dies aber mit solcher Festigkeit, dass daraus auch etwas Wahres wurde.

12

Das Wetter bessert sich endlich nach langem Winter und einem durchwachsenen Frühling, man möchte irgendwem dafür danken, so sehr hat man sich danach gesehnt, und im südöstlichen Alpenraum, wohin der Dankbare heute für einen Tag fliegt, soll das Wetter bereits bestens sein. (Erinnerung an den Duft der Planken in einer hölzernen Badeanstalt im Österreich der fünfziger Jahre; an das Rot eines Krachels, wie der Kindersprudel hieß, an seinen eisig perlenden Geschmack, als enthalte die Flasche das eigene Jauchzen; an die Schönheit der nur murmelkleinen wilden Himbeeren mit ihrem Pelz, weich zwischen den Pflückfingern, und der Freude, wenn ein winziges Tier aus dem Inneren kroch, weggepustet, bevor die Beere auf der Zunge zerging.)

Graz, der erste Frühsommertag, Notizen unter blauem Himmel an einem Café-Tisch in der Spargasse beim Hotel Erzherzog Johann, wo früher die Gelage des Steirischen Herbstes waren und trinkfeste Schülerinnen sich den Autoren trickreich genähert haben, ebenso angezogen von der Literatur wie von einem durch österreichische Blätter ins Starhafte emporgehobenen Frühruhm, den alle Schriftsteller aus dem Nachbarland genossen. Man schwebte sozusagen durch den Steirischen Herbst, und Billets, unter der Zimmertür durchgeschoben, waren kein Traum zu früher Morgenstunde. Und in der leicht ansteigenden Spargasse an diesem ersten warmen Nachmittag unzählige junge Frauen, alle telefonierend; jede Minute könnte man sich neu verlieben, und es fällt nicht schwer zu begreifen, dass die erwähnten Zeiten vorbei sind. Aber Lesungen finden immer noch statt, sonst wäre der Autor nicht hier, und heute ist es eine Lesung im Rahmen eines Themas. Es geht um das Ich, als ging's nicht immer darum, der Begriff adelt das Wort (dessen Kürze in den meisten Sprachen darüber hinwegtäuscht, wie viel damit gemeint ist; und sparsamer Umgang beim Schreiben mit dem Wort Ich kann auch eine Form von Täuschung sein). Abends dann ein überraschend volles Literaturhaus mit drei Vortragenden. Den Anfang macht ein Professor und Sachbuchautor, der angenehm nüchtern neue Erkenntnisse aus der Hirnforschung präsentiert. Nach ihm liest eine junge Kollegin etwas über einen hinfälligen Mann; und schließlich der immer noch Dankbare (auch weil die Augen nicht streiken) mit einer alten Erzählung über die Angst vor dem Verlust, *Die Einsamkeit der Haut* (»Ich war in der Form meines Lebens, und keiner konnte mich sehen.«). Der Tag endet mit Nachrichten aus dem Hotelzimmerfernseher. In Bayern ist ein Bär aufgetaucht, vermutlich aus dem Trentin. Er habe schon drei Schafe gerissen und sei, wie die zuständigen Stellen sagten, außer Rand und Band.

Rückflug nach Frankfurt entlang der Alpen (die der Bär überquert hat, und die ich morgen im Auto überqueren werde, auf dem Weg zu meinem unversteckten italienischen See, mit dabei der Sohn und drei Freunde, die in unserem Haus feiern wollen, bevor dort ein Seminar stattfindet). Neben mir ein Paar, saurierhaft der Mann – weiße Koteletten, und ein Anzug mit Fantasieschnitt, aus dem er schier platzt, Manschettenköpfe mit Initialen – vor sich Papiere, wie sie von Anwälten kommen; und die bedeutend jüngere, aber auch nicht junge Begleiterin – blass geschminkt, schwarzes Haar –, in einem Gewand, als gehöre sie einem snobistischen Orden an. Sie reden Wiener Dialekt, die Variante der Gutgestellten (die Mutter meiner Mutter, das Ömchen, war eine Wiener Opernsängerin); und trotz dieser Eigenheit kommt der Sitznachbar und Autor nicht umhin, in dem Paar auch eine Variante seines einstigen Verlegers und dessen jetziger Witwe zu sehen. Beide hatten mich, vor gut zehn Jahren, in meiner Schreibwohnung besucht. Den Anfang machte der Verleger, und sozusagen mit dabei war sein Sohn, um dessen ungeregelte künftige Stellung im Verlag es ging; also war auch die damals Noch-nicht-ganz-Ehefrau anwesend, des weiteren die Geister verstorbener Autoren, die der Verleger als Ratgeber in dieser Sache zitierte. Und einige Zeit später kam die schon nicht mehr echte Kollegin des Autors, weil mehr schwarze oder weiße Eminenz des Verlags, je nach Gewand, und ließ, kaum dass der Freund des Sohns zum Vater/Sohn-Thema kam, einen Eisernen Vorhang herunter, als würde ihre angestrebte Bühne schon lichterloh brennen. Danach war meine Zeit auf dieser Bühne innerlich beendet. Der Verlag hatte als Nobilitierungshaus (für Ältere auch Reinwaschungsstätte von antiaufklärerischer deutscher Schuld) für mich keine Bedeutung mehr; selbst die Nähe zu berühmten Toten in der Vorschau zog nicht mehr wie früher.

Noch am selben Tag rief ich M. an und wollte mit ihm über mein flaues Gefühl reden, weil etwas auseinanderzubrechen drohte, das im Grunde sehr zusammenhaltend war. Aber er hatte an dem Tag sein eigenes Chaos, eher privat als beruflich, und nahm die Geschichte nur zum Anlass für eine seiner Geschichten über Moral und Verrat, über ungeschriebene Gesetze und die Bestrafung jener, die sich nicht daran gehalten hatten. Er erzählte mir von Palermo, wo er vor kurzem gewesen sein wollte, von einer Mafiaschießerei am Stadtrand, mit ihm als Zufallszeugen, einer Schießerei zwischen Getreuen und Abtrünnigen. Meine Geschichte hatte also an seine sizilianische Seite gerührt, eine Seite, die während unserer Internatsjahre immer zu spüren war. Die Gesetze des Schweigens galten für M., das Einzelkind mit Offenbarungsdrang, mehr als alles andere in einer Freundschaft; nichts, was aus diesem Drang heraus gleichsam gegen den eigenen Willen gesagt oder gezeigt wurde, durfte nach außen gelangen, und die mafiose Schweigepflicht oder Omertà war dafür ein stetes Vorbild. Aber Sizilien hatte es ihm auch im Ganzen angetan, von Syracus über Segesta bis Corleone (es gibt ein Schwarzweißfoto, das der erst elfjährige, später auf Schweigen bestehende M. von den dicht gedrängten, wie unter der Mafiaknute geduckten Häusern von Corleone gemacht hat, leicht unscharf, als hätte schon das fotografierende Einzelkind die Wahrheit als verwischte Wahrheit andeuten wollen, dazu ein über allem liegendes und doch nicht fassbares Bangen). Was ich jetzt tun solle, als Autor eines Verlags, der mir nicht mehr viel bedeute, hatte ich ihn mitten in seiner Palermo-Story gefragt, und M. kam nach kurzer Überlegung mit einem schwer zu vergessenden Rat. Nicht darüber nachdenken, sagte er, und mit keinem darüber reden. Schreiben, bis der Tod die Sache regelt.

13

Fahrt zum unversteckten See – pünktlich um acht zwängen sich vier Jungs, keiner unter einsneunzig, in einen für seine Flachheit bekannten Wagen, und während die Nachrichten melden, dass der Bär von Bayern immer mehr außer Rand und Band gerate, geht es auch schon den Geschehnissen entgegen. Bis Würzburg fährt der Wagenhalter (den die Eltern der anderen Jungs zur Bedingung dieses Trips gemacht haben), dann übernimmt der Sohn, vernünftiger als ich es je war, auch beim Fahren. Die Jungs reden über Autos, Essen, Games, Kleidung, Filme, es geht ihnen gut. Kurz vor München ein Hubschrauber auf der Gegenfahrbahn, an der Leitplanke zwei verkeilte Wracks, auf dem Asphalt ein Mann, halbnackt, bei ihm Sanitäter und Notarzt. Die Jungs sehen nur den Hubschrauber oder wollen nur den Hubschrauber sehen; sie sehen später auch nicht die sich ändernde Landschaft und Architektur (unzählige Male bin ich die Strecke schon gefahren, und immer wieder bewegen mich die Anfänge des Südens, erstmals in *Ohne Eifer, ohne Zorn*). Gegen Abend erreichen wir den See, fast schon im Sommerdunst, nur nicht so glatt wie an einem Augustabend. Das Haus steht noch, im Garten blüht alles, besonders der Jasmin mit seinem etwas freizügigen Duft. Und nach dem Essen im Ort das erste Sitzen auf der Terrasse. Die Jungs reden nur noch leise, aber sie lachen ab und zu laut; sie wissen, dass der Erwachsene morgen ins Hotel geht, so wurde es abgemacht. Keiner trinkt einen Wein mit, keiner raucht, über Mädchen wird höchstens am Rande geflüstert. Und plötzlich eine Art Ratespiel: Ob der Typ, der auf der Autobahn lag, wohl noch lebt? Die mehrheitliche Meinung: Er ist tot, trotz Hubschrauber. Vorsichtig, in Nebensätzen, versucht der Ältere aus der Episode ein Thema zu machen; er will auf den Tod seines Freundes und überhaupt auf den Freund kommen. (Ich hätte gern über M. geredet, ich wäre sogar bereit gewesen, die Klostergeschichte zu erzählen, nur um zu hören, wie die Jungs darüber denken.) Aber die vier sind fixer als der Erwachsene mit seinem Anliegen – schon ist das Thema umgelenkt: der Tod als maximaler Verlust von *health points* bei einem ihrer Games. Und jetzt toben sie, höchst lebendig, im Pool, während ich im oberen Stock am Tisch sitze, schreibend in meinen vier Wänden und letztlich auch nur Gast, mit dauerhaftem Nutzungsrecht.

Maximaler Verlust von Gesundheitspunkten – Ende Oktober 2002 ist der Vater meines Verlegers und Freundes J. U. gestorben, und kurz darauf hat M. angerufen. Er war gerade fünfundfünfzig geworden, die eigenen *health points* gingen schon spürbar herunter, aber das spielte da nur eine Nebenrolle. Der Anruf war eine Form des Kondolierens, obwohl ihm die Distanz, die ich am Ende zu dem alten Verleger hatte, bekannt war; irgendwie glaubte M. aber, ich hinge noch an dessen Lebenswerk, nämlich dem renommiertesten aller Verlage, und jetzt sei für mich die Tür zu diesem Haus endgültig zugefallen. Wir hatten mehrfach über meine Trennung von dem Verlag gesprochen – Jahre bevor andere diese Konsequenz gezogen haben –, und auch über die Summe, die ich bezahlt hatte, um mich mit allen Rechten freizukaufen (nachdem der Verlag einst ein Grund war, nach Frankfurt zu ziehen, um die Manuskripte in einen Briefkasten am Anfang der Lindenstraße zu werfen, statt sie drei Häuser weiter abzugeben, bis ich 1978 schließlich in den Orden aufgenommen war). Und jetzt sah M. die Trennung besiegelt, die Ablöse verloren, ein Anteilnehmen, das ich erst heute verstehe. Er selbst drehte schon seit Jahren jede damals noch gültige Mark um, und die zugegangene Tür war auch die zu seiner Arbeit; er war kein Arzt mehr, er war ein Fall für Ärzte. M. kam dann noch auf die Krankheit des Verstorbenen – nach außen hin ähnlich unklar wie seine – und lenkte damit im Grunde von sich ab. Denn ihm war bereits klar, dass sich sein Körper auf einer Schräge befand, ein Abrutschen, das sich höchstens verlangsamen ließ; zum ersten Mal drang da ein Anflug von Angst durch und machte auch mir Angst. Der alte Zuschauer sah jetzt gewissermaßen seinem entgleitenden Körper zu und wurde, mehr denn je, zur Gestalt des eigenen Geistes (die ja für Kierkegaard zerfließt, sobald man nach ihr greift, ein Nichts, das nur ängstigen kann).

Ein freier Himmel, die Luft noch frisch, vor dem Berg auf der anderen Seeseite, dem Pizzicollo, seiner Kuppe wegen auch Der Nasenmann genannt, ein letztes Wölkchen. Es riecht nach gemähtem Gras, im Pool ein paar Blätter, dazwischen etwas Lebendiges. Eine Fledermaus, beim Mückenjagen ans Wasser gekommen, schwimmt dort, die seidigen Flügel geöffnet; Rettung mit dem Netz, das auch die Blätter auffischt, das kleine Tier wird zum Knäuel, vorsichtig abgesetzt in der Morgensonne vor einem Baum.

Erst gegen Mittag liefern die Jungs den Erwachsenen im Hotel Gardesana am Hafen ab, dort bezieht er Zimmer 302. André Gide hatte hier im Spätsommer Achtundvierzig ein paar Wochen verbracht, in dem Glauben, ja in der Hoffnung, zu sterben, aber es hat nicht geklappt – es war zu schön, ein zu schöner, sein Herz noch einmal mit Leben erfüllender September. Entwendung eines Sessels aus dem Treppenhaus, das übliche Vorgehen: Einrichten des Arbeitsplatzes vor der offenen Balkontür, Blick auf den Hafen, das Kastell und den See. Unten warten die Jungs, sie warten auf unser Boot, das zum Hafen gebracht werden soll, nach langem Winter in der Werft und einigen Verschönerungen; die Bootsglocke aus Lissabon ist im Haus geblieben, sie eignet sich mehr für die Erzählseminare, zum Einläuten einer Lesung. Ich spendiere Pizza für alle, der Sohn erträgt die Anwesenheit des Vaters mit einigem Charme (schließlich geht's darum, zur Tankstelle zu fahren, bevor ihm das Boot überlassen wird). Und dann kommt die alte Sea Rey endlich, frisch lackiert und mit neuer Musikanlage. Gabriele, der Werftbesitzer – er könnte in seinem roten Overall auch im Mechaniker-Team von Ferrari sein –, erklärt noch einiges vor der Übergabe. Ich mag ihn, wie alle, die in Torri ihr Handwerk verstehen, bis hin zum Apotheker, der mich kürzlich im Hinterzimmer ohne viel Aufhebens operiert hat (Schnitt in eine entzündete Talgeinlagerung und Herausdrücken von etwas, das er *salame grande* nannte, das Ganze zum Preis einer Heilsalbe).

Die Musikanlage übertönt den Achtzylinder, wir hören, was der Sohn auf Wunsch des Vaters heruntergeladen hat, seine Gegenleistung für das Boot: fünfzig alte Nummern, die Leib- und Magenlieder von M. und mir. Die Jungs genießen die Geschwindigkeit, ihr Begleiter genießt die Musik. Nach dem Tanken in Garda übernimmt C. das Steuer und bringt mich zum Hotel zurück. Die nächsten Stunden werden leicht, schreiben, essen, schlafen; jedes Alleinsein im Haus wiegt schwerer.

Das Schöne ohne Gesellschaft ist schnell ein Klotz am Bein – als ich zum ersten Mal ein paar Tage allein in dem Haus war, hatte ich M. abends angerufen, ihm aber nichts von einem Haus gesagt, trotz eines noch frischen Stolzes, weil mir nichts geschenkt worden war; irgendetwas von diesem Gefühl muss aber durchgesickert sein, denn wir sprachen gleich über Italien und gleich auch über den Gardasee, von dem er nichts hielt, und ich erzählte dann von meinem Blick, aber so, als säße ich auf einem Hotelbalkon oder besser noch auf der Dachterrasse. Und auf einem Dach war auch mein Platz, nämlich auf dem Hausdach, und die zwei Worte Hotel und Dachblick brachten mich auf Buenos Aires, wo ich ein Dachzimmer im Hotel Castelar bewohnt hatte, und plötzlich waren wir – so liefen unsere Gespräche – bei Carlos Gardel, und ich erzählte von dem Denkmal für den Tango-Gott, lebensgroß auf seinem Grab, und in der Kettenraucherhand aus Bronze seit 1935, dem Jahr, in dem er umkam, stets eine brennende Zigarette. M. hatte sich daraufhin selbst eine angesteckt, ich hörte das Feuerzeug, aber auch seine Schritte und ein Rascheln; er blätterte in einem Buch, er räusperte sich, und las dann mit nüchterner Stimme, wie früher wenn er mit Gedichten dran war. »Das hatte ihm imponiert, meinem Vater, ein Unsterblichsein mit Zigarette, also ließ ich mich zu dem Denkmal fahren, und tatsächlich glimmte dort etwas in Gardels Hand, sein ewiger Funke.« Er räusperte sich erneut, und mein Stolzgefühl war verflogen oder über mir zusammengeschlagen; ich hatte nicht gewusst, wie sehr ihm klar war, dass die Doppelfigur Vater/Sohn in diesem Roman (*Parlando*) mehr mit ihm als mit mir zu tun hat – von seiner Seite dazu nie ein Wort, auch nicht bei der Gelegenheit. Stattdessen unterstellte er mir, dass ich müde sei und auflegen wolle, aber gemeint war wohl seine Müdigkeit oder unsere Freundesmüdigkeit, die selbst nächtliches Telefonieren zu einem Akt machte, mit Pausen, die nur ein Geräusch füllte, das langsame Ausblasen von Rauch aus einem fast geschlossenen Mund.

Als erster beim Frühstück auf der Terrasse des Gardesana – der See etwas bewegt, das Wasser im Hafen glatt. Ein paar Alte laufen schon herum oder fahren im Schleichgang Rad (früher drehte hier der alte Colombo, den wir Heiner Müller nannten, weil er ihm so ähnlich sah, auf einem Damenrad seine Runden gegen das Sterben). Einen besseren Platz zum Frühstücken kann es kaum geben, obwohl es nur ein Drei-Sterne-Haus ist; Auszug aus der Gästeliste vor und nach André Gide: Gabriele D'Annunzio, Max Ernst, Winston Churchill, Lawrence Olivier, Maria Callas, Kim Novak, Isabel Allende, Horst Tappert – und immer wieder diese leichte Kränkung, weil solche Listen, je näher sie der Gegenwart kommen, doch irgendwie an Glanz verlieren, in dem Maße, wie die Prominenz den Rang abgelöst hat; frühere Größen daher auch stets auf Schwarzweißfotos, obwohl es schon Farbfotografie gab, aber guter Instinkt der Hoteliers hat das Bunte von Anfang an mit dem Billigen in Verbindung gebracht. Und zu Allende fällt dem Erzähler nur ein: Da hat doch der alte Verleger U. eines Buchmesseabends vor vielen Jahren ihn und drei andere Kollegen an die Hand genommen und buchstäblich zu ihr geschleppt und mit den Worten *Some German authors* vorgestellt.

Tagsüber Arbeit an der Novelle, abends der Balkon mit Hafenblick, drei Zigaretten, eine halbe Flasche Amarone; später noch einmal die Novelle, halblautes Lesen einiger längerer Sätze (kürzlich ein Zeitungsbeitrag der neuen Familienministerin, kein Satz mit mehr als vier, fünf Worten, in einer Komfortsprache, die viele auch schon von den Autoren erwarten: Bücher mit kurzen Sätzen und viel Dialog, Fernsehen für den Strand oder das Sachbuch in Romanform). Trotz Amarone kaum Müdigkeit, zähes Nachdenken über M. – mehrfach aufgefordert, mich hier am See zu besuchen, aber er kam nicht. Die Erklärung ist schmerzhaft simpel – in dem Maße, wie der schreibende Freund etwas hatte, das sich vorzeigen ließ, stand er mit immer leereren Händen da, und das am Ende noch auf wackligen Beinen.

Das Versäumte, oder was zu tun wäre, wenn sich M.s Zeit zurückdrehen ließe. Ihn zu einer Reise bewegen, alles bezahlen. Einen Blick in seine Arbeitswelt werfen – M. als

Neurologe im Klinikbetrieb, M. als Notarzt, M. als Hilfs-antiquar (und Pessoa-Figur). Einen Telefontermin verein-baren, einmal im Monat. Eine Einladung nach Frankfurt aussprechen, ihn mit dem Auto holen; den Sohn durch M.s Berliner Räume führen. Noch einmal das Internat besuchen, noch einmal die zwei Schwestern treffen, deren Leben wir durcheinandergebracht haben. Mit M. über sei-nen versteckten See rudern; dabei ein Gespräch in dem Wissen führen, dass es unser letztes ist.

Von draußen nur noch das Geräusch der Masten, ihr lei-ses Zusammenstoßen, wenn eine Welle durch den Hafen läuft. Etwas lässt mir keine Ruhe und hält mich wach, ich habe M.s Geburtsdatum vergessen; Anfang Oktober sie-benundvierzig, mehr weiß ich nicht. Und genau um zwei – von der Kirche die Glocken, und Sekunden später auch fernes Läuten aus Albisano oberhalb von Torri – das Wäh-len der Mobilnummer seiner Ex-Gefährtin, um die Frage nach dem Geburtstag auf ihre Mailbox zu sprechen, da-mit sie morgen gleich anruft. Aber nach ein paar Worten wird am anderen Ende abgenommen, H. ist in ihrer neuen Bleibe, der Einzug – sie habe bis eben Kartons hin- und hergeschleppt, Platz für ein Bett geschaffen. Und er hatte am ersten Oktober Geburtstag, sagt sie, habt ihr nie ge-feiert? Eine Frage, die mich noch wacher macht. Feiern, sage ich, das lag ihm nicht, das müsse sie doch wissen, sei-nen Siebzehnten hätten wir aber gefeiert, mit Bier und Musik, und er sei später bei meinem Dreißigsten dabei ge-wesen, in einem Lokal im Frankfurter Bahnhofsviertel, Einzelheiten seien mir entfallen. Danach nichts mehr, was mit Geburtstagen zusammenhing, kein Brief, kein Anruf, und schließlich das Vergessen des Datums und folglich auch nichts zum jeweils fünfzigsten – auf einmal fällt mir das ein und tut noch im Nachhinein weh. Also komme ich auf etwas anderes, die neue Wohnung, und H. beschreibt sie als nacktes Chaos, drei Zimmer Hinterhof, aber bei meinem Besuch könnte ich dort schon schlafen. Irgendwie, sagt sie, und wir klopfen noch einmal den Termin fest, vor den gegenseitigen Wünschen, auch in dieser Nacht irgendwie noch zu schlafen.

Und als ich anderntags schon mit Gepäck Richtung Haus aufbrechen will, laufen die Jungs in den Hafen ein, in einem Schlauchboot, das fast untergeht, kommen sie von unserer Boje, an der die Sea Rey jetzt hängt. Sie haben auf dem See übernachtet und sind noch müder als ich, aber bester Dinge. Meine Sachen laden sie zu ihren Rucksäcken in das biegsame Boot, dann wird das Ganze durch die Hohlwege nach oben getragen, auf den Schultern wie ein Sarg, der Erwachsene am Ende der Prozession. Und im Haus werden noch Brote geschmiert, dabei schon der Abschied; die Jungs nehmen den Bus nach Bergamo, morgen früh um sechs geht dort irgendwo ihr Flieger, in der Pampa, wie man sagt. Es ist still, als sie weg sind, so still, dass ich Rasen mähe. Danach ein Buch, wieder einmal Ennio Flaianos *Alles hat seine Zeit*, bis ein Taxi am Gartentor hält, darin U. mit unserer kleinen Zottelhündin, vom Flughafen der Normalreisenden kommend.

Ein Abend im Freien, essen, trinken, schauen, und ab und zu ein paar Worte, nichts Überraschendes. Der Wein ist aus der Gegend, ein sauberer Lugana; dazu Buffala, Olivenöl und grobes Salz, etwas Brot, etwas Mortadella, ein Teller mit Alici, ein Teller mit Avocados. Die Sonne knickt in die Berge, ein blasser Ball, quer über dem See ein Streifen Licht; die Hündin liegt auf dem Rasen, sie sieht zu den beiden am Tisch. Wir reden über den Schreibkurs, der morgen beginnt, U. schenkt mir Wein nach; es ist alles gesagt, wir dösen beim Essen – Glück kann einem Angst machen, die Angst vor dem Gegenteil. Gide neunzehnhundertachtundvierzig, im Hotel Gardesana: »Ich glaube aufrichtig zu sein, wenn ich sage, daß der Tod mich nicht schreckt; aber ich sehe mit einer Art Verzweiflung diesen Sommer enden.« Auch unser Abend endet; ich sehe ihn enden, obgleich er noch währt.

14

M. starb im Spätsommer, sein Tod fiel auf einen noch
strahlenden Tag, morgens schon warm, schräge Sonnen-
strahlen in einem Kiefernwald, also wohl Harzduft und
vermutlich das Klöppeln von Spechten, einem Wald bei
seinem versteckten See (nördlich von Berlin, das muss genügen), zwischen den Kiefern verstreut ein paar Hütten, je
ein Raum mit zwei Schlafplätzen und Kochecke – H., die
Gefährtin, hatte entsprechende Fotos geschickt, auf einem
sie, blond zerzaust, im Türrahmen der Hütte, mit ernstem
Blick in die Kamera, auf einem anderen M., noch halb im
Schlafsack, ein greiser Pfadfinder. Offenbar ruhige Tage
in diesem sonnendurchschienenen Wald nahe des Sees,
morgens das Rudern, später Lesen, ein leichtes Essen, Mit-
tagsschlaf. Auch an seinem Todestag – dem Vortag der
Rückreise, die er nicht mehr hatte antreten wollen – mittags noch einmal das Schlafen; und nach dem Aufwachen,
wie immer, der schwarze Kaffee, das Rauchen vor der
Hütte, in der ein Radio läuft. Man sitzt sich gegenüber, die
nackten Füße auf den Kiefernnadeln, die Hände auf dem
Klapptisch, in der Mitte der gemeinsame Aschenbecher:
ein letztes Ritual, jeder für sich und doch mit dem anderen; denn übereinander hergefallen sind die zwei, wie her-
auszuhören war, längst nicht mehr, M. hatte sich ver-
ausgabt, wie bei allem, das sich entfachen lässt und dann
abbrennt. Aber es gab das Geschwisterliche, besonders in
Momenten wie dem vor der Hütte, die wachenden Augen,
der Blick auf die Hand, die den Becher zum Mund führt

(dieselbe, die einst Zigaretten und Feuerzeug kaum verbergen konnte), bis der graue Kopf urplötzlich – M. soll es genauso vorhergesagt haben am Anfang des Urlaubs – vornüber kippt und Hand und Becher unter sich begräbt. Der Kaffee läuft über den abschüssigen Tisch, der Zeugin in den Schoß; die Spechte klöppeln weiter, das Radio läuft noch, und es riecht auch noch immer nach Harz um viertel nach zwei. Und vier Stunden später ist das Geschehene schon abrufbar auf einem Speicherplatz.

Die Nachricht erreichte mich an einem der wenigen Tage fern von allem Schreiben, allem Denken und Mit-sich-allein-Sein, nämlich umgeben von Familie und Freunden auf unserem Boot, an einem perfekten Spätsommerabend, zwanzigster August, mitten auf dem Gardasee treibend. Die Freunde und der Sohn waren im Wasser, die Tochter schlief mit dem Hund im Arm, U. (die nur ungern Boot fährt), sah zum Himmel, ob da vielleicht Gefahr drohe, aber nichts dergleichen an diesem Samstag, und trotzdem behielt sie die Wölkchen im Auge, während ich das Mobiltelefon in Betrieb nahm, um auf der anderen Seeseite, in Gargnano, einen Tisch zu reservieren, und bei der Gelegenheit die Mailbox abhörte. Es gab nur eine Mitteilung, und als vom anderen Ende oder woher auch immer mit etwas schleppender, bemühter Stimme die Worte Hier ist die Lebensgefährtin von deinem Freund kamen, war das bereits die Todesnachricht. Angeblich habe ich im selben Moment Nein gerufen, selbst erinnere ich mich nur an ein lautes, wohl verneinendes Ausatmen beim Rest des Satzes aus dem Mund einer Frau, die ich zuvor nur einmal

130

für Sekunden am Telefon hatte. Er ist heute gestorben, fügte sie hinzu und bat um einen Rückruf. Dem folgte eine Nummer, jede Ziffer wie ein kurzer Laut, der einer Frau, die nach mir rief, als sei ich ihr Bruder, und ich floh vor diesen Lauten zu meiner eigenen Frau und sagte ihr, wer gestorben sei. Einige Male nur, bald dreißig Jahre her, waren sich U. und M. begegnet; sie mochte ihn nicht, sie hielt ihn für einen arroganten Autisten, aber meinen Schmerz auf die Nachricht von seinem Tod hin hat sie auf der Stelle verstanden. Sie klärte die Übrigen auf, leise und ernst, und wir setzten die Fahrt zum anderen Ufer fort. Die erste Welle von Erschrecken war vorbei, und überhaupt gab es da keinen konkreten Verlust, nur ein ganz und gar ungutes Gefühl, das im Grunde ein Verlust an Gefühl war. Wir hatten unseren Tisch auf einer Terrasse über dem Wasser, wir tranken Lugana und aßen Coregone, einen Fisch, der aus der Tiefe des Sees geholt wird, mit festem Fleisch. Als sei nichts geschehen, so verlief das Essen, eine Urlauberrunde. Erst spät am Abend, nachdem die anderen am Hafen von Torri abgesetzt waren, auf der Fahrt zur Boje, war der Benachrichtigte mit der Nachricht allein.

Eine warme, windstille Nacht, das Wasser unbewegt, der Himmel dunkel, kaum ein Stern, ich brauchte die Taschenlampe, um die Boje zwischen anderen Bojen zu finden, den Motor im Leerlauf. Und als das Boot vertäut war und die Plane schon bis auf das Schlussstück über die offenen Flächen gespannt, schlüpfte ich noch einmal darunter und suchte in den CDs, die der Sohn für den Vater gebrannt hatte, das alte italienische Lieblingslied von M., *Il Mondo*. Es war ein Experiment, bei dem die Anordnung zählt – das Alleinsein auf dem Boot, das dunkle Wasser, die Musik –, ein Experiment, um ein elendes Gefühl, das elendste seit langem, in kürzester Zeit, drei Minuten, an seine Grenze zu treiben, ein Selbstversuch, der am Ende vollständig gelang. Und als Gegenmittel anschließend der See; ich ging schwimmen und tauchte ein paarmal ins Schwarze, etwas, das mir immer Angst gemacht hatte, in dem Fall aber Mut gab. Denn erst danach, mit noch tropfendem Haar auf dem Boot, der erbetene Rückruf, in der Brust ein Druck, als könnte M. sich melden. Aber die Gefährtin hob ab, und der Anrufer nannte seinen Namen, und sie sagte nur Ja. Dann eine Pause, mit dem Geräusch der Fische, die sich Mücken geschnappt haben und wieder ins Wasser klatschen, und in diese Pause hinein von meiner Seite die Worte, die ich zuletzt von der jungen Russin gehört hatte, nachts auf dem Flur. Danach, als das Leid heraus war, gab H. mir die Fakten, wie er es getan hätte, rauchend, das konnte man hören, dazwischen immer wieder ein leises, alles Ungesagte erzählendes Räuspern. Wo sie gerade sei, fragte ich und erfuhr, dass sie auf einer Polizeiwache war. Also ein Tod, der auch anderen zu denken gab, aber die offenen Fragen blieben dann doch nur bei ihr und dem Anrufer. Ein sehr netter Kommissar, sagte sie und weinte erst in diesem Moment, und ich versprach, sie zu besuchen; das war schon alles. Und im Anschluss das Rudern ans Ufer, das Vertäuen des Schlauchboots auf einem Jeepdach, die Fahrt durch die Hohlwege nach oben, ohne Musik.

Sonntag, der Kursbeginn am Abend mit einem Essen im Garten – die Teilnehmerinnen und Teilnehmer noch reserviert (eine Drehbuchautorin, drei Marketing-Frauen, eine ältere Dame, die ganz für sich schreibt, ein Journalist und ein junger Filmemacher). Während des Essens stellen wir einander vor, und am Ende wird die Runde gebeten, bis morgen eine Seite zu schreiben, über das Ankommen an einem Ort wie diesem, nur nicht aus Anlass eines Erzählkurses; über die Leute, die man neu kennenlernt, über das, was sich anbahnen könnte. Dazu noch der Rat, die Erinnerung an andere Situationen des Sichkennenlernes zu bemühen und sich beim Schreiben gehen zu lassen.

Anbahnung – M. und ich haben uns im Internat kennengelernt, an einem offenen Fenster, beim Rauchen; er und H. sahen sich zum ersten Mal in einer Kneipe, M. hat sie dort buchstäblich aufgelesen – ihre Version –, um sie zu fotografieren. Und bei dem Paar, das in seinem Haus Leute, die schreiben wollen, zusammenbringt, spielte das Grauen eine Rolle. Mitte der Siebziger gab es an der Frankfurter Universität im Fachbereich Pädagogik ein Seminar über den Kindermörder Bartsch, *Die zerstückelte Sprache*. Der Tutor ging darin auf alle Details der Taten ein – zerstörte Körper, zerstörte Sprache, der Mangel als Laster, das dem Täter eingeschrieben ist, war mein Denkmodell (in Anlehnung an Jacques Lacan): die Mordtaten als misslungene Sprache, das zerstückelte Opfer als der nicht gefundene Andere des anderen. Also musste das Morden weitergehen, und am Ende saß nur noch U. in diesem Seminar, Ausdruck einer souveränen Art von Treue.

(Und aus der Beschäftigung mit Jürgen Bartsch ging später die Novelle *Ohne Eifer, ohne Zorn* hervor, die vom Laster als Ersatz-Ich erzählt und für M. das am meisten geschätzte Freundesbuch war; und heute erstaunt es einen doch, wenn Schreiben als Verflüchtigung des Schreibenden oder die Unmöglichkeit des Eigentlichen innerhalb von Sprache wie eine Neuerfindung gehandelt wird.)

Am nächsten Tag die erbetenen Seiten, das Vorlesen und Besprechen; ich achte mehr auf die Dinge in den Zeilen, U. auf die Dinge zwischen den Zeilen. Erzählen: wie immer das Abtragen eines Erinnerungsberges, um ihn an anderer Stelle als Geschichte neu zu errichten, eine Schwerarbeit, die wir begleiten, von meiner Seite oft mit dem Weitertreiben der Anfänge, ausgehend vom besten Satz. Das Schlechte spüren die Teilnehmer eher als das Gelungene, zu dem sie kein Zutrauen haben; gute Sätze sind wie fremde knurrende Hunde. Und wer zugleich gut sein und gut schreiben will, ist schnell beim Wort zum Sonntag – für freies Erzählen gibt es keinen Segen, keinerlei Legitimation. Abendessen dann im Ort, am Wasser, und die Anfänge, die jeder hat, stehen schon mehr für den Einzelnen als Beruf oder Geschlecht; acht Geschichten sitzen da am Tisch, wie von selbst das Du zwischen allen (und U. ist mir in diesem Punkt wie immer um einen Tag voraus).

Zwei Arten von Du in Verbindung mit dem Freundestod. H. hatte mich gleich, aber wie von weitem so angeredet, ein flehentlicher Impuls, und einen Tag später, als ich mit M.s Mutter telefonierte – wir hatten uns nur wenige Male gesehen, zuletzt nach dem Abitur – ein ergreifendes Du, um dem Schmerz zu entfliehen, als einzige Überlebende in einer riesigen Hochhauswohnung voller Bücher an der Peripherie von Karlsruhe. Sie erzählte von M.s letztem Besuch und war erstaunlich gefasst; erst beim zweiten Anruf, kurz vor der Beerdigung, ein ersticktes Weinen am Telefon, nachdem sie meinen Nachruf erhalten hatte, erstickt wie das Lachen von M. Und drei Monate nach der Beerdigung ergab sich eine Lesung in der Caféteria von Mann-Mobilia, Karlsruhe, an sich schon belastend; dazu kam eine von Hamburg aus gesteuerte rasselnde Klimaanlage. Es dauerte eine Stunde, bis die zentrale Steuerung überwunden war, danach eine Stille, aus der es kein Zurück mehr gab. Ich fing an, und eine Nachzüglerin kam aus der Bettenetage, wo sie wohl die Wartezeit verbracht hatte, und nahm in der letzten Reihe Platz, und von Seite zu Seite wurde mir klarer, dass es M.s Mutter war, eine kleine schmale, einst sehr aparte Frau. Nach der Lesung gingen wir essen; ich habe nicht gewagt, von M. zu reden, und sie hat es nicht gewagt, dies von mir zu verlangen. Er hatte ihr drei Wochen vor seinem Tod noch das Internet eingerichtet und versprochen, bald wieder zu kommen, um Programme zu installieren; eine Frau mit Wissensdurst wie er, und jetzt sitzt sie auf dem Trockenen, mit ausgeweinten Augen. Es gibt kein schlimmeres Schicksal, als sein Kind zu überleben, allen Beteuerungen hinterbliebener Eltern, sie wollten ihr Leben danach noch einmal gestalten, haftet etwas Vergebliches an. Der Tod des eigenen Kindes ist die definitive Gestalt. Wir sprachen dann noch über das Schreiben, und ich konnte wenigstens glaubhaft versichern, dass ich durch den Tod ihres Sohnes weit mehr Leser verloren hatte als nur den einen, zum Lesen begabten. Er sei ein Gutteil meiner Leserschaft gewesen, sagte ich, und für sie lag wohl etwas Tröstliches in dieser Rechnung.

Die Menschen, für die es sich zu schreiben lohnt, kennt ein Schriftsteller oder eine Schriftstellerin fast alle persönlich. Am Anfang sind es nur zwei oder drei, im Laufe der Jahre werden es mehr, die meisten zeigen sich früher oder später, sie kommen auf uns zu oder schreiben Briefe von Hand; die wenigsten, die unsere Bücher brauchen, bleiben im Verborgenen, und wenn einer aus dem Kreis stirbt (wie M.), ist es ein Verlust, als seien tausend gestorben. Schon ein einziger Ausfall in dieser intimen Leserschaft kann meine wahren Erfolgsaussichten empfindlich treffen, selbst wenn das Buch, aus welchen Gründen auch immer, gut über den Ladentisch geht (und einem den Makel des Erfolgs einträgt, auch wenn die Zahlen am Ende lächerlich sind, weit unter den Vermutungen derer, die für den Makel sorgen).

Ein klarer Tag Ende Mai, und die Nasenmannspitze des Pizzicollo ist weiß. Die Teilnehmer schreiben im Haus, ich gehe von Raum zu Raum, jeder liest die unüberwindlichste Stelle vor, dann arbeiten wir daran, ein Erzählen im Duett. Immer wieder der Appell an das Erinnern; es ist alles vorhanden, nur ist vieles davon peinlich. Man muss nicht in den Krümeln anderer picken, die besser schreiben oder geschrieben haben; es genügt die Verbindung aus eigenem Abgrund – allem, was einem den Boden unter den Füßen wegzieht oder Dinge tun lässt, für die man keine Zeugen will – und erworbenem Handwerk; das eine ohne das andere ist nichts. Und M., dem es an eigenem Abgrund nicht gefehlt hat, und der sich hätte ins Handwerk knien können wie in die Neurologie, wollte auch für das Spannen des Schreibnetzes über dem Abgrund keine Zeugen – dritte Bedingung des Schreibens, Anhängsel von Abgrund und Handwerk: sich zeigen wollen, sich zeigen können. Und Scheitern kann man auch dann noch, weniger am Schreiben selbst als an dessen Vergeblichkeit.

Oder wollte M. nur die Kontrolle über alle Zeugen seines Lebens? Das Sizilianische in ihm im Widerstreit mit einem Wunsch nach Anerkennung: Schau, wer ich bin, aber sieh es mit meinen Augen – ihm graute vor einem teilnahmslosen Publikum, dem ein Leben wie seins nur als ungelebtes erschien. Er lebte es im Verborgenen, gewährte aber immer wieder Einblicke in seine Privatwelt, die weit mehr von der Welt enthielt als die meisten öffentlichen Welten. Und wenn er sich der Welt einmal zeigte – in meiner Gegenwart tatsächlich nur einmal – und sie ihn empfing, war da ein ungeheurer Stolz, im Nachhinein rührend, aber auch etwas erschütternd, wie das Erzählen von dem Garten, der verschlossenen Kindern das Herz öffnet (denn in jedem Verschlossenen ist ein Geselliger gefangen, der mit wilden Bewegungen nach seiner Freilassung verlangt). Seine erste und letzte Theaterrolle hat M. in einem Stück aus dem damaligen Patronenfüller des Freundes gespielt, im Alter von fünfzehn. Das Stück hieß *Das Sonntagsfrühstück* und wurde in der Turnhalle von Öhningen uraufgeführt, einem Ort auf der künstlerschweren Höri, wo nicht nur Dix in Hemmenhofen sondern schon Hesse in Gaienhofen aus sich herausgegangen war. In dem Stück geht es um eine Erbschaft, geknüpft an die Bedürftigkeit der Begünstigten, festzustellen von einem Notar, der seinen Überraschungsbesuch auf einen Sonntagmorgen legt und die keineswegs Bedürftigen um ein Haar beim Schlemmen angetroffen hätte. Der Familienvater, vom Autor gespielt, kann im letzten Moment alle Zeichen des Wohlstands verschwinden lassen und lädt den Notar zum Armenfrühstück ein. Man sitzt um den Tisch mit verstecktem Schinken und Eiern unter dem Stuhlkissen, doch der Notar hat ein Auge und ein Gespür noch für die geringste Unstimmigkeit. Und diesen Notar mit Brille und Fotoapparat spielte M.; er spielte ihn mit Inbrunst, ohne zu übertreiben, aber auch ohne hinter dem Berg zu halten. Er war der Notar, dem nichts entging und den nichts erweichen konnte, und der das Erbe am Ende, wie es dem Willen des Verstorbenen entsprach, einem Waisenhaus in Aussicht stellte, ungerührt von allem Gezeter der Lügenfamilie und einem letzten Bestechungsversuch durch die Tochter im Minirock. Der Applaus für ihn war gewaltig, nicht geringer als der für den Autor und gelackmeierten Vater, eher größer, und hätte man damals schon von jeder Schülerfingerübung Fotos und Filme gemacht, wäre da jetzt ein strahlender Junge zu sehen, beschämt vor Glück. Wir hatten später nie mehr darüber geredet, als sei es auch nicht passiert, aber als ich einige Wochen nach M.s Tod unseren alten Klassenlehrer Dr. B. anrief und sagte, ich müsse ihm etwas erzählen und zunächst die Person nannte, um

die es ging, kam er sofort mit M. in der Rolle des gnaden-
losen Notars, dann erst mit M. dem Mathematikverweige-
rer, seiner ganzen Intelligenz zum Trotz, und zuletzt mit
M. dem Anarchisten, der am liebsten alles gesprengt hätte.
Er ist tot, sagte ich, und danach ein paar Sekunden Stille,
eine Stille wie ein stiller Triumph – weil er, der Fünfund-
achtzigjährige, von M. so oft geschmähte und nur heimlich geachtete noch am Leben war. Dann erst ein ehrlicher
Schrecken und am Schluss des Gesprächs noch einmal die
Erinnerung an die Turnhalle von Öhningen und M.s einzigen Bühnenerfolg; denn *Das Sonntagsfrühstück* kam nie
über seine Uraufführung hinaus, auch das Schicksal der
meisten späteren Stücke vom selben Autor.

15

Heute über die ganze Seebreite spitze Wellen, die Berge
wie ausgeschnitten, auf dem Pizzicollo immer noch
Schnee. Ein Kurstag in greller Sonne (mein Zuhören mit
der Aufmerksamkeit eines Blinden, über den Augen eine
alte Brille, beide Gläser mit Klebeband undurchdringlich
gemacht). Gegen Abend die vorgesehene Bootsfahrt, nur
abgekürzt wegen der Wellen; es geht zu einer Insel, auf der
schon Dante Zuflucht gefunden hatte, und dort an pri-
vater Pracht entlang, von der italienischen Besitzerfami-
lie nur noch zu halten, indem sie etwa dem deutschen
ZDF eine Drehgenehmigung erteilt, womit die Insel auch
heute wieder Zufluchtsort ist, für die Zuschauer einer
Fernsehserie. Und am nächsten Abend Einzellesungen,
die Gruppe als Publikum; es wird getrunken, es wird geraucht, sogar U. raucht eine mit, seltener Anblick, schade
nur dass ihre Zigarette aus der Schachtel kam, sie musste
sie nicht stopfen und drehen; und vorm Schließen kein
Papieranlecken, so vielversprechend wie früher.

Es gibt ein Gedächtnis für alles, was sich mit Rauchen
verbindet, so präzise wie das für starke Filmszenen. M.
hatte sein Leben lang nicht gedreht, auch nicht in Be-
drängnis, er hatte nur Gedrehte genommen. Dieses Tun
mit beiden Händen, dazwischen noch kurz die Zunge, war
nicht das Schauspiel, das er fünfzigmal am Tag aufführen
wollte, ob mit sich selber als Publikum oder vor anderen.
Ihm ging es um das Dreieck Mund mit Zigarette, Hand
mit Feuerzeug und den Blick darauf, um das Zusammen-

spiel der drei Pole und um die Spannung daraus. Es war die immer neue Ouvertüre zu seiner Sucht und auch ein Teil von ihr, wie das verlangsamte Ausblasen des Rauchs, das kalkulierte Abstreifen der Asche und sein immer sorgfältiges Ausdrücken der Glut, in kurzen Stößen, den Zigarettenrest zwischen Daumen, Zeigefinger und Mittelfinger – ein Akt für sich; die noch schwelende Glut war nicht seine Sache, jede Zigarette hatte ihren eigenen Tod zu sterben, auch beim Autofahren. Einmal – wir waren nachts in Berlin unterwegs, wenige Wochen nach der Maueröffnung – hatte es aus dem Aschenbecher gequalmt, und er hielt am Straßenrand, irgendwo im Osten, der nun auch ein Westen war, und leerte den Aschenbecher auf dem Bordstein aus, etwas unvorsichtig – ein Mann, der gerade vorbeikam, schimpfte laut, er sah darin die neuen, veränderten Sitten, und M. bot ihm eine Zigarette an, ruhig und freundlich, und gab ihm auch Feuer, und für einen Moment waren die beiden Brüder über der Flamme, ein vollkommenes Filmbild, in der Dunkelheit fast schwarzweiß, ein Bild, das auch der Mann aus dem Osten gespürt haben muss, instinktiv. Einer werde den Scheiß schon wegmachen, hörte ich ihn sagen, und M. brach in sein Lachen aus, und wir fuhren weiter, mit offenen Fenstern, damit der Rauch abzog.

Letzter Kurstag, und noch einmal das Eindringen in jede Geschichte, als sei es die eigene. Nachmittags dann Fahrt nach Brenzone, elf Kilometer nördlich von Torri, und von dort eine Wanderung nach Campo, einem aufgegebenen Ort hoch über dem See, appetitanregend für den Abend bei einem alten Freund – unser Trauzeuge vor vielen Jahren –, der in Brenzone ein Lokal am Wasser hat. Sein venezianischer Koch hat ein Essen vorbereitet, zu dem wir einladen, und am Ende des Abends spendiert der Wirtsfreund die Grappas, die den Abschied erleichtern, und irgendwie kommen wir auf unsere Hochzeit mit nur vier Personen, der ortsansässige Zeuge gekleidet wie der Bräutigam, und einer der Teilnehmer fragt, wann das gewesen sei. U. nennt das leicht zu merkende Datum, erster Oktober siebenundachtzig – ein eiskalter klarer Tag, fügt sie wie immer hinzu, während ich schon auf einen Steg vor dem Lokal gehe, früher der Platz, um abends zu angeln und einem Gedanken nachzuhängen, die Augen auf dem Schwimmer, ob sich da etwas rührte. Nur ist es diesmal kein Nachhängen, sondern das jähe Erfasstsein von einem Gedanken, so jäh, wie der Schwimmer nach unten geht, wenn der Fisch den Haken im Maul hat. Unsere italienische Hochzeit war an M.s vierzigstem Geburtstag. Er wusste nichts von meinem Datum, ich nichts von seinem: der Tag, an dem unsere zwei Leben am weitesten voneinander entfernt waren. Der einstige Trauzeuge kommt mit der Grappaflasche auf den Steg, der Flasche für besondere Anlässe oder Freunde, und wir trinken einen und noch einen und auch noch einen weiteren auf mein Zeichen hin, einen, der hilft, wie früher die Lakritze geholfen hat, wenn sonst nichts mehr half; es war ja nicht nur dieses eine Datum, bei dem Welten zwischen uns lagen, es gab auch noch seine Beerdigung, die ich versäumt habe, mit einer Welt zwischen mir und dem Toten. Der schreibende Freund wollte die Welt an seinem See nicht verlassen, nur scheinbar gehalten durch einen Kurs (den auch U. hätte fortsetzen können, während mich ein Flugzeug morgens nach Frankfurt bringt, in bequeme Nähe zu Karlsruher Friedhöfen, und nachmittags wieder zurück nach Verona, mit den Paaren, die Karten für die Arena haben und schon an *Aida* denken). Die Freundesflasche geht noch einmal von Hand zu Hand, ein letztes Mal, weil sie leer ist – ohne etwas gefüllt zu haben.

16

Der Erzähler (dieses Freundschaftsromans) spricht im Präsens, aber sein Erzählen neigt sich der Vergangenheit zu, wie unter dem Einfluss einer Gravitation – die Internatszeit mit M. war dicht, pfeilartig, zeitreich: Sie zerrt an jedem Heute. Etwa zwei Jahre nach seinem Vierzigsten und meiner Hochzeit saßen wir uns wieder in einer Autobahnraststätte gegenüber (Lorsch bei Frankfurt); er war auf dem Weg zu den Eltern, irgendetwas auf Leben und Tod, also hatte er kaum Zeit, wollte mich aber sehen, und so fuhr ich zu dieser Raststätte, und wieder saß er im hintersten Winkel, vor schwarzem Kaffee. Er fragte als erstes, ob ich schon im neuen Osten in der Provinz gewesen sei, und als ich verneinte, erzählte er vom Porösen und Zeitarmen dieser Gegend, die er neuerdings fotografierte. Er zeigte mir Bilder, und auf einmal war eins dabei, das nicht dazugehörte. Da sah man ihn und mich in Berlin während unserer Klassenfahrt, beide stehen wir, mit Zigaretten in der Hand, auf einem hölzernen Aussichtsturm, hinter uns der leere Potsdamer Platz. Wir sehen uns an und lachen, und ich höre noch sein Versprechen über den Raststättentisch, dass er mir einen Abzug schicken wolle. Da schauen wir aus wie Brüder, sagt er und legt schon das Geld für seinen Kaffee hin. Es war ein kurzes, verzweifeltes Treffen, weder ganz in der Gegenwart noch ganz in der Vergangenheit; wir sitzen uns gegenüber, er zeigt seine Fotos und redet vom porösen Osten, dem Verfall dort, der Erschöpfung, dem Aus-der-Zeit-gestürzt-Sein, und zugleich ist es ein Reden von uns, noch ehe das alte Foto auftaucht (unter die anderen gemischt wie eine gezinkte Karte, die alles Vorherige oder nur mich, der ganz im heute zu leben schien, ausstechen sollte). Und den Abzug hat er nie geschickt, wie überhaupt nie ein Lebenszeichen von ihm im Briefkasten lag.

Ein ruhiger Samstag, die Frankfurter Hausfreunde (das Ärztepaar) treffen ein, mit dabei unsere Tochter und deren aktuellste Freundin; auch ein ruhiger Pfingstsonntag. Und auf dem Montagsmarkt von Torri dann das Italien eines Kindheitsurlaubs, Wassermelonen, Stände mit buntem Zeug, Damenwäsche für alle Anlässe. Dazu ein Himmel von maßloser Klarheit, bei einer Luft, die nichts als warm und da ist (wie wir für die Kinder, die uns nur als Abwesende bemerken). Nach dem Einkauf Tischtennis mit dem Hausfreund; ich bin nicht schlecht nach dreizehn Insassenjahren mit Freizeit-Pingpong (zehn Jahre Internat, danach Militär, später noch ein Jahr Villa Massimo), aber wir spielen mehr um die Niederlage als um den Sieg. Und abends auf der Terrasse mit Tochter und Freundin das alte Stadt-Land-Fluss; in unserer Tochter gärt es, mein Zugang zu ihr ist winzig, derzeit lebt sie in der Welt einer Soap, *Verliebt in Berlin*, und erhält eine erste Idee von Liebe, die sich darin ausdrückt, in Berlin studieren zu wollen, sich in die Stadt zu werfen, die M. gefangen hielt (letztlich hat auch ihn ein Liebesverlangen dorthin getrieben: mit dem seinerzeit so Wüsten von Berlin zu verschmelzen, während die Tochter unter den Linden ihr Glück vermutet). Ein langer Abend, eine kurze Nacht, am

Vormittag der Abschied von U. und den Mädchen; sie fliegen nach Frankfurt zurück, das Ärztepaar ist schon früh
nach Verona gefahren. Im Haus und im Garten wieder
Stille, bis auf zwei Zikaden in einem der alten Oliven-
bäume, zwei, die unermüdlich den Sommerausbruch an-
peitschen, wie unter Drogen (das Licht, die Wärme, der
Duft des wilden Thymians). Und auch das Zirpen wird
zur Droge: für den, der kein anderes Geräusch hört. Das
Schöne ohne Gesellschaft ist mehr als nur ein Klotz am
Bein, es kann einen auch herausfordern: Man fühlt sich
aufgerufen, selbst etwas Schönes zu schaffen, eine Gegen-
droge, und spürt schnell das Unzulängliche.

M. hatte einmal erzählt, wie er ganz allein zwischen den
Ruinen von Segesta saß, in der Morgensonne Siziliens,
einer Sonne, die ihr Licht gerecht auf das Karge wie auf
das Schöne verteilt habe, während er, darf man vermuten,
vor sich hinschaute und rauchte, angeblich als letzter
Besucher vom Vortag, der zwischen den noch warmen
Säulen die Nacht verbracht hatte, um die Ruinen im Mor-
gendämmer zu fotografieren, aber es sei ihm nicht gelungen, das festzuhalten, was er gesehen habe – vielleicht keine
ganz wahre Geschichte, aber eine ganz gute. Ich wollte sie
jedenfalls glauben, als er sie in den Tagen vor dem Ein-
marsch der Sowjets in Prag in einem Ruderboot auf dem
Chiemsee erzählt hat; nach dem zwanzigsten August
(1968) sprachen wir dann nur noch über Dubček – in
Gegenwart der zwei Schwestern, das Ganze ein letzter Anlauf in bayerischer Landschaft –, und M. trug fortan das
berühmte Foto des zum Rücktritt gezwungenen weinen-

den Reformers bei sich, ein von Stellvertretertränen über-
strömtes Gesicht. Er hat dieses Foto geliebt, und der
Freund hat ihn samt diesem Foto geliebt; damals gab es,
in manchen Momenten, dieses klare und zugleich dunkle
Gefühl in dem Maße, wie Liebe auch eine Krankheit hin
zum anderen ist, das Verlangen nach Einheit um jeden
Preis, auch dem des Verschwindens im Freund oder dessen Legenden um sich.

In der Hauptgasse von Torri am Frühnachmittag eine töd-
liche Langeweile. Alle Läden geschlossen, über ausgelegter
Ware weiße Tücher, schlummernde Katzen auf Tür-
schwellen. Kinder, die nach dem Essen noch ein Eis wollen, das träge Mädchen, das die Kugeln abfüllt, in der anderen Hand schon ihre Zigarette. Ein Fensterladen, von
innen zugezogen, und der Gedanke, dass sich dahinter
zwei aus Langeweile finden, die Frau in der Wäsche vom
Montagsmarkt, der Mann ohne die Uhr abzustreifen.
Und an diesem Junianfang (dem ersten Juni, den M. nicht
mehr erlebt) eine Flucht aus der Agonie auf die allerein-
fachste, verbreitetste Art. Ich telefoniere. Ein Gespräch
im Gehen mit H., der Gefährtin, während ihrer Mittags-
pause (in einer physiotherapeutischen Praxis, eingerichtet
von M., der sie auch zu dieser Ausbildung gedrängt hat).
Ich frage nach seinem Vierzigsten, aber sie weiß darüber
nichts, sie weiß nur, dass solche Tage nicht existierten für
ihn und folglich auch nicht gefeiert wurden, dass überhaupt Feiern ein Fremdwort war – außerdem habe es
damals noch eine andere gegeben, vielleicht wisse die etwas. Und dann erkläre ich H., warum mich dieses Datum

interessiere: weil ich an dem Tag geheiratet hätte, hier am See, natürlich ein Zufall, aber einer, der zu denken gebe. Wo am See? H. dachte, der Anruf komme aus Frankfurt, und ich stelle es richtig und rede beim Gehen durch den Hohlweg über Torri und seine Gassen, den kleinen Hafen und unseren Garten mit Seeblick, und von Zuhörerseite die gewohnte Bemerkung, dass man dort sicher auf viele gute Ideen komme. Nein, rufe ich, als Ort der Inspiration ist das Haus ein Reinfall, nicht für andere, aber für mich, die Fantasie muss schon im Gepäck sein! Und in Berlin eine Pause, als sei der Empfang gestört, dann das bekannte leise Räuspern und eine Frage, die mich mitten im Hohlweg stehen bleiben lässt – ob ich mit unserem gemeinsamen Freund in Kolumbien gewesen sei, Mitte der Neunziger, er habe das mehrfach erwähnt, von den Gefahren dieser Reise gesprochen. Sie nennt das Jahr und auch den Monat, und ich wiederhole das Wort Kolumbien im Weitergehen, Kolumbien?, und zögere nur die Antwort heraus, als sei diese Legende eines Ich-Partisanen (der M. zweifellos war) auch meine Legende, von der abzurücken wie Verrat an unserer Freundschaft wäre; und im Übrigen hätte ich eher Sizilien erwartet, das hätte eine gewisse Logik gehabt, aber Kolumbien war die logische Steigerung. Nein, wir waren dort nie, sage ich und am anderen Ende kein Überraschtsein, nur eine gewisse Bestürzung, sie hatte es sich schon gedacht: Denn zu der Zeit sei er mit einer Kollegin in Portugal gewesen, sie habe kürzlich mit der Frau telefoniert. In Portugal? Ich frage nach der genauen Zeit, aber H. ist sich nur mit dem Monat sicher, September – oft auch mein Monat in Lissabon. Sie nennt mir den Namen der Frau, Ärztin in Berlin, vermutlich auch allein. Ob das ein Schock sei, fragt sie noch, als ich schon oben im Haus bin, auf dem Weg zum Schreibtisch. Ja – in der Art, wie bestimmte Fotos, etwa von Hinrichtungen, mit grausamer Wahrheit schockieren. Hinter Kolumbien steckt ja ein wahrer Wunsch: dass wir zwei dort herumgereist seien, allen Gefahren zum Trotz, er mit Kamera, ich mit Notizbuch – das ideale Paar. Eine grausam erstunkene Wahrheit, könnte man sagen; nur die Frau, mit der er stattdessen in Portugal war, hatte vielleicht etwas davon, man sollte sie fragen. Und H. gibt mir die Nummer, dann muss sie schon wieder zur Arbeit. Alte, unschöne Leute massieren: was auch etwas Schönes hat, sagt sie.

Vom Schreibtisch aus geht der Blick auf die Dächer von Torri und über den See bis zur Riviera von Gardone und der Anhöhe voller Zypressen oberhalb von Gardone, wo D'Annunzio sein Fantasiereich hatte, mit dem Fernglas gut zu erkennen; man sieht an diesem klaren Tag sogar das Kriegsschiff, das sich der Möchtegernheld auf seinem geräuberten Besitz hatte schaffen lassen, und wer dort je die Räume besichtigt hat, wird den Begriff der Bernsteinzimmerwohnung verstehen. D'Annunzio ist es geglückt, seinem inneren Leben eine perfekte äußere, wahre Gestalt zu geben. Er war ein Männchen und am Ende der Held, der er zu sein vorgab – während M. so sehr dem Mann glich, dem man Abenteuer zutraut, dass er sich allein mit Geschichten über Wasser halten konnte, solange die Beteiligten separiert blieben, zu Lebzeiten eine lösbare Aufgabe. Der schreibende Freund fragt sich nur, ob es da wenigstens die innere Reise durch Kolumbien gab – er hatte mir mehrfach von dort erzählt, von Erlebnissen in Calí und Bogotá, ohne Begleitung –, eine innere Reise als Trödelgedanken, wenn er durch Antiquariate zog oder dort aushalf, im Halbdunkel hinterer Räume: Gedanken an ein ideales Paar unterwegs im gemieteten Jeep, immer am Rande einer Entführung durch Guerilleros oder Drogengangster. Ich denke, es war so. Selbst in seinen Täumen galt für ihn die alte Westernansicht, die so gut zu John Wayne passte: Wenn man die Wahl hat zwischen der Wahrheit und einer Geschichte, sollte man sich für die Geschichte entscheiden.

Gemeinsames Erleben und Tun, ein fester Bestandteil seiner Träume. Während meiner ersten Semesterferien in Frankfurt hatten M. und ich noch einmal für drei Wochen ein Zimmer geteilt, das Souterrainloch, das ich bewohnte. Und der Grund war, dass wir im März einundsiebzig für die Firma West-Getränke acht Stunden am Tag Bierkästen in die Keller trüber Lokale geschleppt haben, Knochenarbeit für drei Mark fünfzig die Stunde; ich brauchte das Geld, für ihn war es eher solidarisches Handeln, er fuhr damals schon seinen Volvo und trug die Maske des Schuftenden (und neben den Momenten der Liebe gab es von daher auch solche des Hasses: wegen seiner Besserstellung, die er gern herunterspielte und ebenso gern aufblitzen ließ wie das Feuerzeug von Dupont). Schließlich war die Arbeit getan, M. dankte mir für die Gastfreundschaft, höflich, ironisch, er drückte seine Zigarette aus und verschwand. Und als in Höhe des Souterrainfensters der Volvo ansprang, war etwas vorbei, das weit über diese drei

Wochen hinausging, unsere letzte Gemeinsamkeit (ohne Einsatz von Fantasie); ich heulte und stammelte den Freundesnamen, wohl auch ein Moment von Liebe: die im Begriff war zu verfließen. Noch am selben Tag wurde ich krank, eine Erkältung mit hohem Fieber und Schüttelfrost, wie eine Fortsetzung dieses Stammelns (das ich erst viele Jahre später wieder erlebt habe, nun ausgelöst durch ein Verströmen von Liebe, als ich U. - kaum erwacht aus der Narkose nach einem Kaiserschnitt - unseren Sohn zeigte und wir beide nicht sprechen konnten).

Und zu den Momenten des Hasses gibt es nur ein unverrückbares Bild: das unserer einzigen, ingrimmigen Auseinandersetzung mit Armen und Beinen, Füßen und Fäusten, er siebzehn, ich sechzehn; alles andere war im Grunde harsche Zärtlichkeit. Ein Externer hatte M. und mir am Abend seine Vespa überlassen, beide wussten wir nicht recht damit umzugehen, und ich schwang mich einfach drauf und fuhr auch schon irgendwie los und hielt nicht mehr, um M. Gelegenheit zum Aufspringen zu geben. Ich fuhr eine halbe Stunde über die Wege zwischen Gaienhofen und Hemmenhofen, wo damals noch Otto Dix und seine letzte Geliebte einen toten Briefkasten unterhielten (an dem M. und ich teilhatten, indem wir die Briefe lasen und erneut versteckten), und als ich wiederkam, riss er mich von der Vespa wie der Infantrist den Reiter vom Ross und stürzte sich auf mich, und wir rangen erbittert, nachdem mich seine schmale Hand ins Gesicht getroffen hatte. Er war ein paar Zentimeter größer als ich und auch ein paar Kilo schwerer, er hatte kräftigere Beine, ich die stärkeren Arme, aber den stärken Willen, mich niederzuringen, hatte er an dem Abend, bis auch ich ihm ins Gesicht schlug, nicht fest, aber gezielt, und er augenblicklich aufhörte, mit dem Lächeln, das einem Todesurteil gleichkam. M. steckte sich eine Zigarette an und ging auf unser Zimmer, ich folgte ihm erst, als im Zimmer schon Musik lief, etwas wie Gerry Mulligan, kühl und fern, er ließ es die ganze Nacht laufen; eine Woche sprachen wir kein Wort. Dann von ihm ein erster, dem Gedächtnis eingeschriebener Satz: Ich schulde dir noch sechzig Pfennig.

Die Hausfreunde haben in Verona für das Abendessen eingekauft, nach einem Rezept des jungen Britenkochs Jamie, der auch die italienische Küche auf den Punkt bringen möchte, ein sogenanntes Armengericht aus dem ländlichen Süden, nur dass die Zubereitung Stunden dauert und am Ende das Ärmliche überwiegt. Und so bereichern wir das Essen schließlich mit Thunfisch aus der Büchse, alle schon angetrunken, und ich spüre die Versuchung, von M. und mir in Kolumbien anzufangen, von unseren Gängen durch Medellín und den Abenden in einer Cantina mit Tanz, auf dem Tisch Pistazienschalen, Bier und Kaffee, unter dem Tisch unsere wippenden Knie, auf dem Boden Asche und Kippen. (Einmal hatte ich M. von Asunción, Paraguay, erzählt, und er war in die Geschichte zwischen dem legendären Consul Weyer und einem jungen Schriftsteller aus Deutschland buchstäblich mit hineingeschlüpft; seine Sehnsucht nach Abenteuern war maßlos, daher konnte er sie auch kaum in Angriff nehmen.)

Endlich Sommerbeginn, an dem es keinen Zweifel mehr gibt – siebter Juni. Tagsüber Arbeit an der Novelle, und gegen Abend eine Bootsfahrt mit dem befreundeten Paar zu den Felswänden auf der anderen Seeseite, nördlich von Gargnano – dem Seeabschnitt, auf dem die Novelle spielt. Eine Stille dort wie im Gebirge, der See dunkelgrün und tief, man hört nur das Geräusch der eigenen Schwimmzüge im Wasser; traumartig dieser ganze Abschnitt, besonders wenn plötzlich eine kleine Möwe parallel zum Fels fliegt. Später ein Essen in Gargnano, und bei halber Dunkelheit – der Mond blass über dem See – geht es zurück, begleitet von Pavarotti aus der neuen Anlage. Zu dritt machen wir das Boot an der Boje fest und schließen die Plane; zu dritt sitzen wir auch im Schlauchboot und rudern über das glatte Wasser. Das Auto der beiden ist beim Yachtclub geparkt, also rudern wir bis zum Yachtclub; und dort läuft Salsa-Musik, ohne dass jemand tanzt, nur zwei Kellner stehen herum. Aber kaum ist das Ärztepaar aus dem Schlauchboot gestiegen, beginnt es schon auf den Kacheln, die bis ans Wasser reichen, zu tanzen. Die beiden zeigen, was sie in einem Kurs für ältere, vom Kinderjoch befreite Paare gelernt haben – nicht immer zu ihrem Besten, denn seitdem gibt es in der Wohnung über uns auch gelegentlich Streit beim Üben der Schritte, doch in dieser Nacht gelingt ihnen alles, einschließlich Rumba. Und die zwei Kellner wundern sich über das einem Schlauchboot entstiegene Tanzpaar und dessen Begleiter mit Sonnenbrille, der sich wie ein mitreisender Coach Notizen macht, nur nicht zu Haltung und Ausdruck, sondern zur Freundschaft – gegenüber den beiden in dieser Stunde ein

rundherum gutes, mildes Gefühl, so milde wie das Mond-
licht; und im Hinblick oder Rückblick auf M. eine immer
offenere Frage, seit die Kolumbien-Geschichte geplatzt
ist, eine, die andere Fragen nach sich zieht.

Hatte er sich das ausgedacht, um H. zu beeindrucken
oder sich selbst? Oder war es eine der Geschichten, um
sich vorzustellen, wie wir einander beigestanden hätten
als Geiseln im Urwald oder gar mit den Entführern über
kurz oder lang gemeinsame Sache gemacht hätten? Früher war er immer wieder mit solchen Parabeln gekommen, die im Grunde doch mit Wahrheit zu tun hatten –
wir beide im Spanischen Bürgerkrieg, gefangen von den
Faschisten, wir beide im zusammengebrochenen Prager
Frühling, unter dem Druck der Sowjets: Wer hätte was für
wen getan und ertragen? Also die Frage, bis zu welchem
Grad man befreundet war; das Internat konnte in M.s
Augen darauf keine ausreichende Antwort geben. Das
Schlimmste war dort der Rausschmiss, ein *Consilium
abeundi*, das hätte man für den anderen, falls es ihn erledigt hätte, noch auf sich genommen. Was aber wäre
man, zum Schutze des anderen, in einem Polizeistaat,
unter der Folter und mit Todesandrohung, auszuhalten
bereit gewesen? Ernste Fragen waren das zwischen uns,
keine Späße. Und die Nagelprobe war dann der miter-
tragene Gang zu dem katholischen Elternpaar, um die
Schwangerschaft einer der Töchter als gemeinsame Tat zu
gestehen; das Schweigen dieser beiden Leute, nachdem
das Ungeheure heraus war, der Apotheker mit der Faust
im Fell des Dackels, während seine Frau ihre Fingerknö-
chel gegeneinander rieb und M. mit dem Knie wippte, war

154

auch eine Art Folter in dem Wohnzimmer voll schwerer Möbel, darunter die tickende Standuhr, leiser Herzschlag der Schande. Und bei jedem Zurückdenken an diese Nagelprobe kommt ein neuer Splitter dazu, etwa wie M. den Teller mit Keksen fixierte, der auf dem Tisch stand, und die Apothekerin diesen Teller plötzlich in seine Richtung verschob und er nur kurz abwinkte. Und am Ende hätte er doch beinahe zugegriffen, mit Blick auf den Dackel, um wenigstens das Tier durch Kekse auf seine Seite zu bringen, nur war es unnötig, dem Skandal noch eine Lächerlichkeit hinzuzufügen.

17

Der Hausberg auf der anderen Seite in der Morgensonne, wieder mit einer kleinen einzelnen Wolke, die vor der bewaldeten Flanke schwebt; der See dunkelblau, von Albisano herunter Glockenläuten – ein Frühsommerstrahlen wie in der Schwarzwaldkindheit, wenn's an einem Junitag schon vor der Schule zum Freibad ging. Auch die Freunde sind früh wach, sie wollen nach Vincenza. Also ein Schreibtag; doch das Paar kehrt bereits am Nachmittag zurück, es hat nur bis Verona gereicht, dafür wurde wieder fürs Abendessen gesorgt, diesmal kein Experiment. Es gibt venezianische Leber, und später zeigen mir die beiden, was ein Walzer ist. Sie gleiten über die Terrasse, sie schweben und fliegen – mit einem staunendem Zeugen, der sich erinnert, wie er mit seinem Internatsfreund einst die Tanzschule der Frau Örtli besucht hatte, die ihre Kurse abends im Speisesaal abhielt, dem Albrecht-Dürer-Saal, der nur AD-Saal hieß und noch heißt, mit seinem verzweigten Garderobenraum im Untergeschoss, wo M. die Pause genutzt hat, um zu rauchen und zu küssen, in dieser Reihenfolge. Er war der Einzige im Kurs, dem es gelang, eine schöne und vom Tanzen erhitzte Partnerin auch an seiner Seite zu halten, auf alle anderen, die gut aussahen, haben in der Pause schon die Primaner mit Schnurrbart gewartet. Erst gegen Ende des Kurses habe ich nachgezogen, mit der blonden B., und in der Garderobennische geküsst und geraucht, die umgekehrte, gesündere Reihenfolge.

Damals war mir M. immer um einen Kuss voraus, ein Blatt, das sich erst dreißig Jahre später für sein und mein Gefühl gewendet hat. Ich erzählte ihm von einer Lesung, bei der eine der bekannten Schulschönheiten unserer Jahre im Publikum war – hinterher seien wir essen gegangen. Er wollte dann alle Details und bat am Ende um die Telefonnummer der Schönen, und vielleicht hat er seinen Kuss mit ihr nachgeholt oder sich die Schließung dieser Lücke vorgestellt. Auf jeden Fall verliefen unsere Treffen von da an auf einer neuen Augenhöhe, als sei es ein Kuss über Bande gewesen, und die schon unwirklich gewordenen Freundschaftsgesten der frühen Jahre tauchten nach dieser halben Dreiecksgeschichte in anderer Form wieder auf, davon eine sogar in der Öffentlichkeit. Bei unserem vorletzten Treffen – ein Nachmittag im alten Café Einstein – hat er mich auf einmal, als ich über die Brille hinweg die nah ans Gesicht gehaltene Speisekarte las, mit einer Bewegung zu meiner Wange hin aber auch mit Worten korrigiert: Das sehe dümmlich aus, ich sollte besser die Brille abnehmen. Also nahm ich die Brille ab, und er war zufrieden – durch den Rauch hindurch ein langer, fast etwas stolzer Blick auf das Freundesgesicht, das noch nicht so zerstört war wie seins, dazu die Mahnung, mich so nicht fotografieren zu lassen, da es zu falschen Schlüssen führe. Vom Äußeren aufs Innere zu schließen, sei in Deutschland besonders verankert, sagte er. Autoren müssen wie Autoren aussehen, also schau über die Brille – nur nicht bei mir! Und dieser Wunsch mit gespieltem Nachdruck, bevor er den Rauch ausblies, steil auf die Karte, die ich noch hielt. Was hatte sich da Luft verschafft? Der Freund mit dem dümmlichen Ausdruck verletzte ein ästhetisches Empfinden, das zugleich ein Empfinden für den Freund war; die Korrektur also ein diskreter Akt von Liebe – man will optisch das Beste des anderen, weil er einem auch körperlich nicht egal ist (sonst hätte er mich weiter in die Karte glotzen lassen). M. war in diesem Moment und an dem ganzen Nachmittag im Einstein, ja überhaupt, wenn er mit Männern, die ihm lagen, zusammensaß, rauchend beim schwarzen Kaffee, homoerotisch mit jeder Faser (und mit keiner homosexuell), ein Punkt völliger Übereinstimmung zwischen uns.

Freitag, die Fußballweltmeisterschaft fängt heute an. Am späten Nachmittag ziehen wir in den Ort und suchen uns den besten Platz, unter den Arkaden des Gardesana, wo man sich aufs ZDF geeinigt hat. Und als der Ball dann endlich rollt, wird bei allem Drumherum doch nur gekickt wie eh und je; nach frühem Rückstand der erwartete Sieg. Abends dann das leidige Aufräumen, morgen ist Abreise, das Tanzpaar nach Frankfurt, ihr Zuschauer an den Tegernsee, zur Mutter. Andere Freunde trafen während des Spiels im Haus ein, H. und S., er klinischer Psychologe, eher aber Privatgelehrter, Philosophie-Literatur-Hirnforschung, sie Pianistin, die fast den Sprung geschafft hätte, unbeugsam beim entscheidenden Vorspielen. Noch ein langes Reden auf der Terrasse, auch über Fußball, wie er heute gespielt wird, wie er damals gespielt wurde (als die Hosen so knapp saßen).

Und während einer anderen WM, der in Mexiko, die wir in Tübingen verfolgt haben, kam es zu einem der letzten frühen Momente von Liebe zwischen M. und mir, neunzehnhundertsiebzig, als die Fußballerhosen am knappsten saßen. Es war unser einziges gemeinsames Semester, er Jura (vor Medizin), ich Psychologie; nebeneinander drückten wir die Bank bei Eschenburg, nebeneinander lagen wir im wundersamen Club der Hundert, in Steinwurfnähe zum Hölderlin-Turm. Man hörte dort Musik und rauchte, ein Herumliegen bis zum Morgen, unter der Obhut einer ebenso schönen wie gezeichneten Wirtin, die M. nur Frau Liebe genannt hat. Und eines Morgens in den WM-Wochen – am Vorabend, so will es die Erinnerung, das legendäre Spiel gegen Italien – traten wir aus dem Club, als die Sonne aufging und Hölderlins Verlies durch die Zweige der Weiden am Neckar beschien, und M. drückte meinen Arm vor Glück über diesen Moment, und ich erwiderte den Druck – wie viele Jahre später, als er mir seine Fotos aus Polen zeigte, mit Weiden voller Rauhreif in gebrochenem Licht, von einer Sonne, die weder aufging noch versank, die entschlusslos über dem Horizont hing, als scheinbar erloschene Sonne, wie Hölderlin im Turm, und er ebenfalls meinen Arm drückte, wohl um mich mit in diese Tiefe zu holen.

Samstag. Das Wetter hält, als gäb's doch einen Fußballgott, auch wenn er nicht in die Spiele eingreift, in göttlicher Gleichgültigkeit. Erst gegen Mittag der Aufbruch, die Fahrt auf der Uferstraße bis Garda, dann über die Hügel zur Autobahn, allein im Wagen, ein ungewohntes Fahren, und weiter auf der alten Königsstrecke, an der Etsch entlang und später am Inn, quer durch die Alpen. Am Ende geht es noch über den Achenpass ins Kreuther Tal hinunter, momentane Station für den Bären aus dem Trentin, wie man hört, und Endstation für etliche Alte aus allen Ecken des Landes (die Mutter meiner Mutter, das Ömchen, starb dort, nach dem letzten Auf Wiedersehen hat sie sich einfach zur Wand gedreht, und der Besucher ging durch die toten Flure davon).

Gegen halb vier dann die Mutter in ihrer Wohnungstür in einem Appartementhaus mit ungenutztem Rasen und Hecken gegen Blicke, die es nicht gibt. Sie sieht gut aus für einundachtzig, aber sie fühlt sich nicht so gut. Wir sitzen in ihrer bayerischen Ecke, wir trinken stilles Wasser, wir reden über die Enkel, ein behutsamer Anfang in den mütterlichen vier Wänden. Mit ihrem zweiten Mann hatte sie diese Wohnung über viele Jahre als Sommerlösung, und nun ist es die Alterslösung für eine alleinstehende Frau, die früher regelmäßig geschrieben hat, Bücher, in denen das Gute von Sieg zu Sieg eilt, die anderen Trost gaben und wohl immer noch geben. Sie glaubt an das Gute, der Sohn an das weniger Gute, aber darüber reden wir nicht. Wir reden über ihren Alltag, und schließlich fahren wir zu dem Hotel, in dem ich übernachte, dem Kirschner im fetten Rottach-Egern. Wir gehen ins Restaurant, dem besten im Ort, die Mutter führt den Sohn aus, schon seit Tagen ist ein bestimmter Tisch reserviert, der Kellner bringt eine Decke, von irgendwoher zieht es immer. Wir essen Lamm, wir sprechen jetzt über ihr Leben, nur will sie das gar nicht, sie will keine Einmischung, und sie hat recht, es steht mir nicht zu, ihr Ratschläge zu erteilen. Sie ist mit sich selbst am ehesten beraten, auch wenn andere das übersehen. Der Sohn fährt die Mutter nach Hause, und dort unterhalten sie sich noch eine Stunde, eine Stunde, für die beide dankbar sind. (Es ging weder um sie noch um mich und schon gar nicht um uns beide, es ging um irgendetwas anderes, sogar um Fußball; ich habe ihr zugehört und sie mir auch; gegenseitiger schlichter Respekt ist sicher das Schwerste zwischen Eltern und erwachsenen Kindern – in dem Fall einer Mutter, die nur eine Angst hat, nämlich hinfällig zu werden, den Rest einer Freiheit, für die ich blind bin, zu verlieren.)

Ein beendeter Abend, ein angebrochener Abend. Im noch frühjahrskühlen Doppelzimmer der Fernseher ohne Ton, die Stunde der Experten nach dem Spiel; der Hotelgast sitzt auf dem Bett, unter beiden Decken, vor sich das Telefon und sein Notizbuch, darin die Nummer einer Ärztin aus Berlin. Ich rufe bei Frau Doktor R. an, von der die Gefährtin erzählt hat, sie sei mit M. in Portugal gewesen, während er mit mir durch Kolumbien gereist sein will. Nach einigen Sekunden wird am anderen Ende abgenommen, ohne Hast; irgendwie kann man es hören, oder glaubt es gehört zu haben, sobald sich jemand ruhig meldet. Ich nenne meinen Namen, und sie weiß sofort Bescheid. Ah ja, sagt sie, und wir reden, bis es kein angebrochener Abend mehr ist. Die Experten sitzen längst beim Bier, es läuft noch ein Boxkampf ohne Ton. Frau Doktor R. war M.s platonische Liebe. Sie hat mit ihm zusammen die neurologische Poliklinik in Steglitz geleitet, er war dort als Assistenzarzt, Dr. P. in der Funktion eines Oberarztes, etwa von dreiundachtzig bis neunundachtzig, dann war sein Vertrag ausgelaufen und er hätte innerhalb der Uni-Klinik die Hochschullaufbahn einschlagen müssen, für ihn der Anlass zum Ausstieg. Für seine Patienten war er ein Idol, jenseits aller Hierarchie, und für seine Kollegin R. war er ein Freund; die beiden haben nie zusammen geschlafen, aber sie hat sich diese Nähe gewünscht (er vielleicht auch); was sie bekommen hat, war Innigkeit: eine, die sie bei keinem so gefunden habe. Und oft sei von mir die Rede gewesen – schon damals hatte er die Idee, ich könne eines Tages den Roman über uns schreiben. Und Portugal, fragte ich, waren Sie mit ihm dort? Zwei Wochen, sagte sie, davon eine in Lissabon, die intensivste Reise, an die sie sich erinnern könne. Und wann? Sie holte einen alten Jahresplaner, sie nannte das Jahr, ich nannte ihr den Monat – September. Ja, sagte sie, hat er das erzählt? Das hatte er nicht, aber ich war zur selben Zeit dort, weil nichts über Lissabon im September geht, und bei allen späteren Besuchen gab es immer den Moment, in dem ich meinte, ihn irgendwo von weitem gesehen zu haben, mit seiner Fototasche um die Schulter, Zigarette im Mund, und dabei hatte ich ihn wohl damals gesehen und meinen Augen nicht getraut. Sie hätten unendlich viel miteinander geredet, sagte die Ärztin noch, Tag und Nacht, und er hätte unglaubliche Fotos in Lissabon gemacht, nur immer ohne Menschen. Und wie ging es dann kaputt? Eine Frage, die sie nicht überraschte, so wenig wie mich die Antwort. M. hatte sie um ihren Golf-Diesel gebeten, er wollte damit nach Polen, angeblich um Fotos in Auschwitz zu machen, nicht die erste Bitte um ihre Dinge, aber die erste, die sie ihm nicht erfüllt hat, weil daran irgendetwas zu viel war, und danach hat sie nie mehr von ihm gehört (eine seiner Fluchten wie die vor meiner Schwester, über die ich versäumt habe mit ihm zu reden). Und M.s platonische Liebe, mit einer leicht gebremsten, defensiven Stimme, ähnlich wie die der Gefährtin, sprach dann von einem regelrechten Entzugsgefühl in der Zeit danach; immer habe sie auf einen Anruf gewartet, jahrelang. Sie erzählte das ohne Groll und war auch schon wieder bei M., der sie eine Woche in ihrem abgelegenen schwedischen Haus besucht habe, erst voller Abneigung, dann voller Zuneigung für diese Art Urlaub. Und ihre Vermutung über seine Todesursache? Ein Vorstoß am Ende des Gesprächs, nur hatte sie keine Vermutung oder wollte keine äußern, dafür nannte sie den Namen eines Freundes von M. und mir, der vielleicht mehr wüsste (R., der hustende Arzt – alter Gauloises-Raucher und alter Cellist mit neurologischer Praxis in Berlin, wir hatten schon im Knabenchor des Winnetou-Kantors nebeneinander gestanden), und ich fragte sie noch, ob sie irgendetwas über den Vierzigsten ihres früheren Kollegen sagen könnte, aber sie wusste nicht einmal, an welchem Tag M.s Geburtstag war; er hatte ihn totgeschwiegen, als sei er nie geboren worden.

Der Morgen von einer Reinheit, dass selbst Rottach-Egern sein Fett verliert unter all dem Blau. Gegen neun kommt die Mutter per Taxi zum Frühstück (alles geht hier nur mit Taxi, jedes Lokal, jeder Laden ist schon außerhalb ihrer Bewegungsfreiheit). Und auch das Frühstück ist dann wieder nicht ganz so einfach; die Tischdecke blendet, das Salz ist verschwunden, das Ei ist zu heiß, sicher nicht abgeschreckt – und der kleine Eimer für den Tisch, wo ist der? Fragen über Fragen. Wir wechseln den Platz, nun sitzt sie im Schatten, aber zieht es da nicht vom Fenster? Wahrscheinlich ja, und ich nehme ihren Arm, letztlich Heilmittel gegen alles, und so frühstücken wir zu Ende, siamesisch, und gehen dann zum Wagen, während ihr Taxi schon wartet. Ich umarme sie, so fest es ihr Körper verträgt, wobei der Geist sicher mehr wollte, wäre da eine liebende Hand und nicht nur die Hände der Kinder. Wir verabschieden uns, auf dem nächsten Weg nach Süden werde ich wieder vorbeischauen, die Mutter winkt mir, bis ich um die Ecke biege. Dann geht es langsam am Wasser entlang, vorbei am Gymnasium Tegernsee, einem schönen alten Bau, und der Fahrer beneidet die dortigen Schüler um ihre Umgebung oder vermeintliche Unbeschwertheit darin. Und auf der Autobahn ein Gasgeben, zum ersten Mal seit dieser Wagen angeschafft wurde das Austesten, bis der Motor sich selbst bremst, ein verrücktes auf Frankfurt Zurasen. Erst hinter Nürnberg ein Stau, der sich irgendwann auflöst, doch nur vorübergehend; der Fahrer – in Gedanken ganz woanders, bei einem Septemberabend im alten Chiado-Viertel, Lissabon, noch vor dem Großbrand, er am unteren Ende der Rua Garrett, mit Blick zu einer Liberia in Richtung des Fahrstuhlturms, davor ein Mann mit Zigarette, der die Auslage fotografiert, ein nur herzschlaglanges Bild, bis sich eine Gruppe von Schwarzen davorschiebt –, dieser Träumer am Steuer, drückt viel zu früh und zu heftig aufs Gas, immer noch in Gedanken, und kann nur mit einer Vollbremsung der Katastrophe entgehen. Zentimeter vor dem Vorausfahrenden steht der Wagen, mit dem Glück, dass ein LKW hinter mir genug Abstand gehalten hatte.

Aber oft sieht es nur so aus, als sei alles gut gegangen; das Herz ist ein wahlloser Sammler, es sammelt jeden Schrecken, ob über ein Beinaheunglück oder ein richtiges. Mein einziger Autounfall liegt sechsunddreißig Jahre zurück, ein Unfall in Tübingen während der Mexiko-WM. In Fußballlaune hatte ich mit M. eine Wette gemacht: ohne zu bremsen die Tübinger Gassen hinunter bis über die Neckarbrücke zu fahren, und hielt mich dann an die Bedingungen, obwohl M. gar nicht neben mir saß, und schleuderte auf die Brücke zu und krachte ins Geländer. Der Käfer (ES-TX 50) hing halb über dem Neckar, und ich lag halb auf dem Kühler in der zersplitterten Scheibe, Schnitte auf dem Kopf und im Gesicht, die ich nicht spürte, und einen langen tiefen Schnitt über der Halsschlagader, der mir halbwegs bewusst war, wie auch meine Position mit Blick auf den Hölderlin-Turm; aber dass die Hupe in einem fort hupte, erschien mir als das Schlimmste. Rettungswagen, Polizei und Feuerwehr kamen, man zog mich vorsichtig vom Kühler, auf die Gefahr, dass der Käfer samt Fahrer in den Fluss stürzte, man brachte mich in die Unfallstation einer Klinik, wo die Ärzte nebenbei Fußball sahen, irgendeine Verlängerung. Die Schwestern rasierten das Kopfhaar des Verletzten, die Ärzte nähten die Schnitte, und im größten übersahen sie einen Splitter (der sich elf Jahre später bei einem Essen in einem feinen Lokal mit meinem Vater nach kurzem Kratzen plötzlich hervorgebohrt hat, begleitet von einer irritierenden Blutung an dem vorneh-

men Ort, nur blieb mein Vater, aus dem Krieg an Blut ge-
wöhnt, ganz ruhig und gab mir seine frische Serviette, ein
Mann, der teilen konnte, und ich zeigte ihm den kleinen
Splitter aus Glas, wie er mir einst den großen aus Stahl,
der ihn ein Bein gekostet hatte).

18

Ankunft in einer glühend heißen Hochhauswohnung, Frankfurt, Gartenstraße, es ist endgültig Sommer geworden. Abends mit dem Sohn Fußball, Portugal–Angola, da wird um jeden Ball gekämpft, die früheren Herren tun sich schwer; in der zweiten Halbzeit stößt die Tochter dazu, noch hält der Kontakt, den wir am See hatten. Schließlich verzieht sich der Vater in seine Wohnung, und die Hitze dort zwingt dazu, alle Fenster zu öffnen. Vom nahen Mainufer der Lärm einer Fanmeile, heute erstmals gehörtes Wort, nur ist die Erschöpfung nach der Fahrt mit dem Fastunfall zu groß, um sich das noch anzuschauen. Es gibt eine selbstentwaffnende Müdigkeit, stärker als alle Gedanken (war es M., den ich vor der Liberia gesehen hatte, und hatte auch er mich in den Tagen gesehen?), eine Müdigkeit, die auch stärker als Trauer oder das Verlangen nach Liebe ist. Sie lässt einen einfach nur an den Schlaf glauben – schon der hilfreichste Glaube im Internat, wenn man sich abends in sein Klappbett gelegt hat – und damit auch hoffen, man würde gestärkt aus ihm hervorgehen.

Wochenanfang, erste Besserung am linken Auge, und wie oft nach stundenlangem Schreiben ein Gefühl der Verwunderung, wenn man danach unter Leute kommt, sich im richtigen Leben bewegt; nicht, dass Schreiben falsches Leben wäre, aber hermetisches, manchmal so umfassend, dass es eben verwundert, jenseits davon noch auf etwas wie eine Fanmeile zu stoßen. Und in der Post eine Anfrage des hessischen Sozialministers: Ob sich der Autor an Aktionen zur Belebung der Organspendebereitschaft beteiligen würde, eventuell Plakate, Fernsehspots oder Lesung in Anwesenheit des Ministerpräsidenten. Ja (aber ungern: zu billig der Nebeneffekt, dadurch irgendwie besser dazustehen). Und hätte ich für M. ein Organ gespendet, etwa eine Niere, falls es möglich und rettend gewesen wäre? Eher nein; M. hätte die Frankfurter Niere auch nicht angenommen, wie er überhaupt kaum etwas angenommen hat, außer einer abstrakten Liebe, die es seitens der Liebenden aber nicht gibt. Nur die verdeckte Liebe ließ er sich gefallen, ein Gefühl gleichsam hinter den eigenen feindlichen Linien.

Nachmittags Anruf in der neurologischen Praxis von Dr. H., Berlin. Der Anrufer nennt seinen Namen und bittet die Arzthelferin, den Doktor in einer Pause darauf anzusprechen: Es gehe um seine Privatnummer; sie möchte dann kurz zurückrufen und die Nummer durchgeben. Und wenige Minuten später kam schon dieser Rückruf, aber nicht von der Helferin, der Arzt war selbst am Apparat, heiser in sich hineinlachend, Was gibt's? Am anderen Ende also – kaum zu glauben, so ewig hatten wir uns nicht gesprochen –, inmitten seines Betriebes, der alte R., Neurologe mit Klassikliebe, großer Familie und Praxis in einer der zwei begehrtesten *Monopoly*-Straßen, eine Adresse, die auch M. in seinem letzten Lebensjahr aufgesucht hatte, zwischen ihm und R. gab es immer wieder Kontakt, eher lose als eng. Und R. und ich, wir waren noch halbe Kinder im Unterstufenheim – Jahre bevor M. auftauchte –, beide im Chor des indianischen Kantors, der seine Knaben, so gut es ging, vor dem Stimmbruch bewahrt hat und sich, so gut es ging, vor der Einsamkeit. R. zählte zu den ganz wenigen, die den hochbegabten Kantor Winnetou durchschaut hatten, und nach dessen Flucht war er der Einzige, der den geistigen Verlust beklagt hat; im Alter von zwölf fand er die klaren Worte, mit Herrn G. sei zugleich das Niveau verschwunden. Auch wir haben am offenen Fenster geraucht und mehr als das – einen Stock über dem Fenster von M. und mir, ein Jahr zuvor. Was gibt's?, seine alte Frage, und ich erzählte von dem Nachdenken über M. und dem Gespräch mit dessen früherer Kollegin – es gehe um die Todesursache, sagte ich. Und am anderen Ende, vor dem Gemurmel der Helferinnen, die mit Patienten sprachen – er stand wohl am Empfang, der weiße Kittel offen, zwischen den Augen seine steile Falte –, zuerst ein halber Satz, der habe ihn ja noch angerufen, drei Wochen vorher. Und dann stockte die Stimme, mitten im Wort, und ich hörte ein Atmen und dachte an Finnland, an eine Konzertreise mit dem Winnetou-Kantor, auf der ich jeden Abend in irgendeiner Holzkirche im Halbdunkel neben R. saß, während er mit glockenhellem Sopran *Cantate Domino* sang, schon damals die Falte zwischen den Augen, Kontrapunkt zu seinem weichen Mund, den ich nie aus den Augen gelassen hatte bei diesem Solo, und jetzt hörte ich, wie das Stocken und Atmen nichts anderes als ein Gefühl war, das ihn mitten in seinem Praxisbetrieb überwältigte. Er weinte, während hinter ihm die zehn Euro Gebühr über den Tresen ging und Termine vereinbart wurden, und ich sprach ihn mit seinem Namen an und erzählte, wie mir das auch passiert sei, auf einem Boot, und er fasste sich in einem Hustenanfall und brachte den Satz zu Ende, bevor er auf meine Frage einging. Demnach hatte sich M. telefonisch von ihm verabschiedet, indirekt (wie bei mir), am Ende mit den Worten, dass die Freunde von damals doch die einzigen und wahren gewesen seien. Drei Wochen später dann ein Sekundentod durch Kammerflimmern – gleich zweimal sagte R. Sekundentod, wie um sich und mich zu trösten –, nachdem M. einfach nicht aufgehört hatte zu rauchen, trotz eines schweren Lungenemphysems ein halbes Jahr zuvor. Er wusste, das Weiterrauchen würde ihn töten, in kürzester Zeit, also hat er es betrieben, wie andere auf ein Dach steigen. Und auf die Frage, ob M. auch Krebs gehabt habe, sagte der immer noch bewegte, heiser keuchende Dr. H., der einst engelhaft die Schütz-Kantate sang und bei jeder Schulfeier das Cello spielte (und meine Klassikliebe mit Dvořáks Violoncellokonzert in h-Moll opus 104 geweckt hatte), dass M. und er am selben Tag in der CT-Röhre waren – nein, kein Krebs, nur der Zusammenbruch von Lunge und Herz, auf den er hingewirkt habe. Und sonst keinerlei Nachhelfen? Eine halblaute Frage Richtung Berlin und von dort ein eher lautes Nein. Und ein Abschiedsbrief? Halte er so was für möglich, könnte irgendwo so ein Brief sein? R. sagte etwas zu seinen Mitarbeiterinnen, sie sollten ihm eine Nummer heraussuchen, dann hörte ich ihn wieder atmen (ein Geräusch, das mich schon damals, vor bald fünfzig Jahren, am Schlafen gehindert hatte). Arbeite jetzt lieber weiter, sagte ich, und er gab mir den Namen und die Nummer einer Psychologin, der er gelegentlich Patienten schicke, sie sei mit unserem Freund zusammen gewesen, am Ende parallel zu seiner letzten Frau, und habe ihn wohl deshalb verlassen. Und schließlich noch der Rat, A. anzurufen, also die eine der Schwestern, die von M. schwanger war. Er hat ihr vertraut, sagte R. und ich hörte ein Rascheln, als würde er in einer der kompakten hellblauen Gauloises-Packungen kramen, die von jeher in irgendeiner seiner Taschen waren.

Auf der Fanmeile am Main Italien–Ghana; die Begeisterung für nichts und wieder nichts beeindruckt einen mehr als das Spiel. Ebenso beeindruckend, im Sinne des kaum Fassbaren: wie im Gedränge zwischen den TV-Buden Männer in Lederkleidung ihre Glieder hervorholen – das Herz scheint an diesem Abend als erigibles Organ nicht zu genügen. Die Männer zeigen die Beweise ihres Dabeiseins, auch wenn die Beweisstücke alsbald im Vordermann versteckt werden; sie gehen im anderen unter wie das eigene Hurra im Hurra aller. Und der Beeindruckte erinnert sich an das einzige Stones-Konzert seines Lebens, Zürich, ein bewegender Abend, vermutlich sechsundsechzig. Ich stand mit M. in einer wogenden Menge, wir hörten nur Lärm und sahen zwischen tausend Köpfen und fliegendem Haar weit vorn auf der Bühne ein Hin und Her, wir ahnten höchstens, was da gesungen wurde, und machten unsere eigene Nummer. Let's spend the night together, schrien wir heraus, und M. warf die Faust hoch, als seien wir bei den Kommunisten, und ich hielt ihn von hinten, wie einer der Fanmeilenkerle den anderen.

Vormittags der Anruf einer Schülerin aus Gaienhofen, ein Name, der heute noch Stiche versetzt, wie die Straßennamen der Kindheit. Die Schülerin aus der Zwölften (Unterprima) möchte ein Interview mit dem Ehemaligen für das Jubiläumsbuch zum sechzigjährigen Bestehen des Internats. Verabredung eines Telefontermins, von ihrer Seite höchst professionell, und danach noch etwas Geplauder von Erwachsenenseite, höchst privat – in welchem Zimmer sie wohne, ob es die Räume unter dem Speisesaal noch gebe etc.; ihre Stimme klingt schön, sie passt zu ihrem Vornamen (dem der Segelfreundin von M. und mir, seiner ersten Liebe, an der ich Anteil hatte).

Und später der jährliche Heizungsablesedienst in Gestalt eines jungen Mannes, der wegen der Hitze im weißen Unterhemd seiner Arbeit nachgeht. Einunddreißig Grad seien im Haus, sagt der Junge à la Pasolini, *Accatone*, und kriecht zwischen Bücherstapeln und Mobiliar auf dem Boden, um die Plomben an den Heizkörpern abzuzwicken und neue anzubringen und mit Hilfe eines kleinen Hightech-Geräts meinen Verbrauch abzulesen. Er tippt irgendeine Zahl pro Heizkörper ein, man kann es nicht kontrollieren, man muss auch nichts unterschreiben, wie in all den Jahren zuvor; kein Beleg bleibt zurück, nur die Reste der abgezwickten Plomben. Der Mieter sammelt sie ein, als Accattone gegangen ist, und zwischen den hellroten Splittern gibt es auch ein paar dunkelrote, übersehene aus den letzten Jahren. Kaum etwas anderes zeigt mir so die verflossene Zeit an wie diese alten roten Heizkörperplombensplitter.

Die Tochter kommt vom Optiker, sie hat jetzt Kontaktlinsen; der Sohn trägt schon einige Jahre die diskreten Sehhilfen, die Zahnspange haben beide hinter sich, mit bestem Ergebnis, und überhaupt sind sie sichtlich wohlauf. Aber bei beiden neuerdings gezielte Bemerkungen wegen dieser und jener Gene, die ihnen nicht passen (Augen, Haare, IQ), als hätte man bei der Zeugung geschlampt oder schon im Vorfeld die eine oder andere Maßnahme nicht genug beachtet.

Und gegen Abend klingelt die Tochter, die jetzt keine Brille mehr tragen muss, in der Schreibwohnung, ein kleines Wunder. Sie will ein deutsches Fähnchen fürs Fahrrad, und wir erledigen das gleich. Selbstverständlich hätte ich auch die große Fahne am Stiel gekauft, einfach nur froh, trotz schlechter Gene etwas für die Tochter tun zu dürfen, aber die zu drei Euro fünfzig reicht ihr, jedoch in der Variante mit Bundesadler, Hoheitszeichen, das gar nicht verkauft werden darf, auf das sie aber Wert legt. Und der eigentliche Anlass für die Fahne, das Fußballschauen, bei den Nachbarsfreunden im Hof ihrer Firma (Filmbranche), Textorstraße, eins der verschönten Hinterhäuser dieser Gegend, früher düstere Manufakturen, jetzt lichterfüllt. Die Freunde haben gerade umbauen lassen, und wir sehen mit ihrer polnischen Truppe das Spiel gegen Polen, bei polnischen Würsten, polnischem Bier und polnischen Gurken. Mit dabei auch unsere polnische Haushaltshilfe (um die sich mehrere Familien streiten), die gute B. mit ihren ewigen Entschuldigungen für alles – fast noch bei jedem polnischen Angriff. Kein schlechtes Spiel, das lange, torlose Unentschieden kaum einzusehen. Und gegen Ende, als könnte das die Dinge voranbringen, kurz die Kanzlerin im Großbild, neben ihr der äußerlich so drollige polnische Präsident (wohl kaum mit einem letzten Erinnerungsrest an den Kussgeschichtenvorfall im Marmorsaal seines Kulturpalastes). Die Kanzlerin reißt den Mund auf zu einem Schrei, der dann ausbleibt: Das Tor will einfach nicht fallen; bis zur Erlösung in der Zweiundneunzigsten muss ihr offizieller Schrei warten. Dann aber schreien alle mit, und die polnische Truppe macht gute Miene zum verlorenen Spiel; nur unsere gefragte Haushaltshilfe scheint die Niederlage leichtzunehmen, ja sogar heimlich zu begrüßen, so muss sie sich für nichts entschuldigen. Und die Stadt ist außer Rand und Band nach dem Sieg, wie der weiterhin streunende bayerisch-trentinische Bär – ein Tier, das M.s ganze Sympathie gehabt hätte: immer schon weg, wenn die Jäger kommen, nie darauf aus, die Beute mitzunehmen, nur sie zu machen und dann zu verschwinden, sich in nichts aufzulösen.

19

Fronleichnam. In der Schwarzwaldkindheit neben Heilig-abend der am meisten zu innerem Jubel Anlass gebende Tag des Jahres, mit einem Himmel wie von Gott befohlen, und den Mosaiken aus Blüten, wohin man sah. Im ganzen Dorf Kirchzarten waren über Nacht, vor jedem Brunnen und jedem Kruzifix, auf jedem kleinen Platz entlang noch ungeteerter Straßen, Bilder in allen Farben entstanden, genau bis auf das Weiße im Auge der Jungfrau, eine Margeritenblüte, und den Heiligenschein aus Vergissmein-nicht, von Bienen umschwirrt. Und all das abgeschritten an der Hand des Ömchens, die gleich bei jedem Bild die Himmelsmutter grüßte, während dem Kind das ganze Glück des Auf-der-Welt-Seins in den Schoß fiel.

Mittags der Telefontermin mit der Schülerin S. aus dem alten Internat. Sie will Geschichten von früher hören, und der Ehemalige weicht dem aus und macht zugleich eine Andeutung, er fragt, ob es das schützende Schilf zwischen Gaienhofen und Horn noch gebe, und bekommt eine ökologische Antwort (was können wir für das Schilf tun, statt andersherum). Wir reden in verschiedenen Zeiten und treffen uns dann doch im Laufe einer Stunde beim Vergleich des Heute mit dem Gestern. S. zeichnet das ganze Gespräch auf, sie will so bald wie möglich die gekürzte Fassung mailen, fast schon verstörend professio-nell, ohne den Anklang einer Schwäche, wie etwa einem Lieblingslied, nach dem ich gefragt habe.

Tell Me, die alte Stones-Nummer, hätte der Ehemalige

ohne zu zögern geantwortet, aber die Gegenfrage kam nicht, und jetzt läuft dieses Lied, zu dem ich mit einer der Schwestern getanzt hatte, in der Garderobe unter dem Speisesaal, während M. die andere Schwester mit seinem Lächeln in Schach hielt, eine Hand auf ihrer Schulter, in der anderen, hinter dem Rücken, die Zigarette beim Tanzen. Ein sehnsuchtsvoll wiegendes Lied, I want you back again, I want your love again, und dabei hatten weder er noch ich die Liebe verloren. Er war für A., die etwas jüngere und zartere der Schwestern, ein kluger Prinz, zu dem sie aufsah, und ich für G., die erwachsenere – deren Nummer ich ermittle, während das alte Lied noch läuft – ein schön verrückter Jungdichter, den sie bestaunte, bis das sang- und klanglose Ende kam, als der Bestaunte beim Militär war.

Stimmen überdauern die Zeit oft besser als Gesichter, sie bewahren sich die Unschuld, vor allem wenn ein Dialekt mitschwingt. Die Stimme von G. ist nur einen Hauch dunkler als früher, aber die Freude über den Anruf hat noch das Helle, das ich geliebt hatte an ihr. Wir sind schnell bei M., wir reden über ihn, als hätten wir gestern zusammen gesessen, und ich höre zum ersten Mal etwas von der Beerdigung, auf der ich nicht war, dafür die Schwestern, sogar eine Stunde am offenen Sarg, vor der Zeremonie. A. hat den Toten gestreichelt, er war rasiert, bis auf den Schnurrbart, der mit verbrennen sollte. Das Beerdigungsthema ist mir unangenehm, ich frage G. nach ihrem Leben, nach ihrer Arbeit, den Kindern. Sie ist kürzlich Großmutter geworden, und einer ihrer zwei Söhne hat damit auch mich ein Stück älter gemacht. Beruflich ist sie ihren Weg gegangen, den gleichen wie die Schwester – beide hatten das Internat verlassen, auf Druck der Schule, auf Druck von zu Hause; beiden hatten M. und ich das Abitur verbaut. G. ist pharmazeutisch-technische Assistentin, in der alten elterlichen Apotheke. Ihr erster Mann ist kurz nach der Scheidung gestorben, ihr zweiter nach zehn Jahren Ehe, ihr Vater ist ebenfalls tot, die Mutter im Pflegeheim, eine Kette des Unglücks, aus der sie sich befreit hat, und auch vom Beruflichen will sie sich noch befreien; ihre Schwester hat bereits mit dem Arbeiten aufgehört, desgleichen der Schwager, er war Chefarzt. Sie gibt mir A.s Nummer, ich könne sie jederzeit anrufen, ihr Mann wisse Bescheid, er kenne all die Geschichten. Und ob ich auch all die Geschichten erzählen würde? Nur die wichtigsten, sage ich. Aber es wird keine Namen geben, höchstens Ortsangaben, Rom, Via Fratelli Bandiera. Und ich erinnere sie an das eine und andere aus diesen Frühlingstagen, das mir als wahr erscheint, gerade weil es so lange her ist, jedesmal voller Sorge, sie würde es nicht bestätigen. Doch sie bestätigt es, und ihre Stimme verliert dabei den dunkleren Hauch.

Und ein weiterer Moment von Verbundenheit oder Liebe – so lange her, dass er wahr ist, aber gestützt nur auf das eigene Erinnern – hatte sich im Turm des kleinen römischen Klosters auf dem Gianicolo abgespielt. Die beiden Schwestern waren in ihrem Kellerraum, wie von den Nonnen vorgesehen, und die Freunde berieten im Turmzimmer, wie sich die Spuren ihrer jungen erfüllten Wünsche beseitigen ließen. Zusammen wuschen sie dann die Bettlaken in einem winzigen Waschbecken mit einem Stück Klosterseife, aus dem sich nur Blasen lösten und keinerlei Schaum. Ein aussichtsloses Tun, und je klarer das wurde, desto mehr griffen unsere Hände ineinander in einem eisigen Wasser (der Hahn *aqua calda* fehlte im Haus) mit nur schwach rötlichem Ton, während die Laken ihre dunklen Male behielten, bis wir es aufgaben, uns auf diesem häuslichen Weg aus der Affäre zu ziehen. Stattdessen rieben wir uns gegenseitig die Hände warm (wie Jahre später auf dem Gipfel des Teide) und fassten, Stirn an Stirn, den Entschluss, die Laken unter unsere Mäntel zu stopfen und eine Wäscherei aufzusuchen.

Die Schülerin mit dem angenehmen Tonfall und der professionellen Art hat die Zusammenfassung des Interviews gemailt und bittet noch um ein Zitat über Gaienhofen. Zum Glück gibt es schon eins (aus *Infanta*), und der Ehemalige tippt es ab und ändert es leicht, hin zur Gegenwart, die er empfindet, wenn er zurückdenkt. »Wer ihn nach der Schulzeit fragt, bekommt keine Antwort; über das letzte Stück Heimat in sich kann er nur schweigen. Schweigen über die Schilffelder zwischen Gaienhofen und Horn an ersten warmen Tagen, Schweigen über die Junistille, wenn der See zu schweben scheint, über Sonntagnachmittage im schwankenden Holzboot, das Tasten und Streicheln und in Augen und Nabel Schauen. Schweigen auch über die aus weißem Dunst aufsteigenden Oktobertage, wenn herabgefallenes Obst in der Herbstsonne schmort, das Jahr sich im Fäulnisduft neigt und der See stetig schrumpft.

Und Schweigen über das Uferlose der Winterebbe und einen stelzigen Landungssteg, nur an der Spitze im Flachwasser, einzige Zuflucht für Dauerküsser und Kettenraucher, für ihn und den Freund.«

Die Stimme der etwas jüngeren, zarteren Schwester klingt eine Spur älter als die von G., der frischgebackenen Großmutter. Der Anrufer erkennt die Stimme wieder, aber es gibt darin ein Nebengeräusch, eine Art Knistern, wie auf einer alten Schallplatte, trotz sorgsamen Umgangs. A. hat mit mir gerechnet, die Schwestern haben telefoniert. Mit dem Geräusch in der Stimme, aber ohne jedes Zögern kommen ihre Antworten auf meine Fragen. Sie hat das Kind von M., ein Mädchen, im achten Monat verloren, weil die Nabelschnur es erdrosselt hatte; drei Tage lang war das tote Kind in ihr, noch während einer Bergwanderung, die wir zu dritt unternommen hatten, die Schwestern und ich. Nach zwei weiteren Fehlgeburten ist sie heute Mutter von drei Kindern, alle erwachsen. Und die Zeit mit M., das ist wie gestern, seinen Tod konnte sie erst am offenen Sarg fassen. Tage danach war sie in ihrem Ferienhaus (in den genannten Schilffeldern, eins der wenigen Häuser, die dort schon vor Naturschutzzeiten erbaut worden sind). Und ihre Tränen beim Schwimmen hätten den Wasserspiegel des Bodensees angehoben, sagt sie und lacht über die eigenen Worte (Übertreibung nur beim Lesen, nicht beim Hören). Sie hatte M. dreißig Jahre lang nicht gesehen – aber er war's noch in dem Sarg, für eine Stunde, bis alles ins Feuer ging. Und beim Schwimmen kam die ganze Soße wieder hoch, sagt sie; bitterlich lachend dieser Satz und Soße mit weichem S, halb Mundart, halb Gedanke. Ein Jahr vor seinem Tod hatte M. sie angerufen, sein Versuch, sich für die Soße zu entschuldigen und von seiner Krankheit zu erzählen, ein Versuch von zwei Stunden. Und auf einmal die Erwähnung von Tabletten, die er habe, um alles abzukürzen, Tabletten, die er ihr besorgen könne, falls sie je in so eine Lage käme – danach das übliche Lachen, als sei alles ein Witz. Und wenige Wochen vor seinem Tod hat er all ihre Briefe zu seiner Mutter geschafft und offenbar überhaupt vieles Verräterische, das er ja auch hätte verbrennen können, wie er es für sich selbst vorgesehen hatte. Etwas sollte ihn also überdauern; Genaueres wusste auch A. nicht. Nur auf die Fragen zu früher, die für sie Fragen zu gestern waren, gab es Antworten wie unter Eid, leise und klar, und ohne dass ihr Knistern in der Stimme verschwand.

Abendessen mit J. U., dem Verlegerfreund, der das neue Buch seines Autors auspackt, und der lässt es gleich unter dem Tisch verschwinden wie etwas Unanständiges, obwohl gerade dieses Buch, *Die kleine Garbo*, gänzlich jugendfrei ist. Wir sitzen draußen, die Leute essen und sehen dabei Fußball, Portugal spielt, aber nicht alle sehen hin; am Nebentisch ein nicht mehr junges verliebtes Paar, das den Verlegerfreund beschäftigt. Zwei Erwachsene, die Händchen halten, sich immer wieder beinahe küssen, Auge in Auge – kaum mitanzuschauen und gerade darum tut man's. Das Ausgeglichene dieser Verliebtheit, die Balance zwischen Frau und Mann oder Mann und Frau lässt dem Freund keine Ruhe, er weist mich flüsternd auf die beiden hin, schaut hinüber und lächelt, trinkt einen Schluck und schaut schon wieder. Er nimmt regen Anteil, wie man sagt, eine Art fassungsloses Mitglück, sogar noch in dem Augenblick, als Figo fast ein Tor geschossen hätte.

Siebzehnter Juni, vormals Tag der Deutschen Einheit, an die keiner geglaubt hatte, wenn wir abends vor einem wehrhaften Feuer die Reden der Lehrer, die aus dem Osten geflohen waren, ertrugen. Ganz am Rand der versammelten Schülerschaft standen M. und ich auf dem Sportplatz mit dem Feuer in der Mitte und hörten unserem später, mit dem Aufkommen neuer alter Geistesgötter, Marx-Bloch-Marcuse, so weitsichtigen, das Neototalitäre ahnenden Dr. B. zu, der in seiner Vaterlandsrede mit hochrotem Kopf die Ostzonendiktatur geißelte, worüber wir nur lachen konnten. Ein gelöstes, unbeschwertes Lachen nach einem freien Sonnentag auf dem Untersee; die Heimleitung hatte ein kleines Schiff gechartert, und M. und ich hatten diesen Junitag auf dem Kajütendach verbracht. Wir haben uns gegenseitig eingecremt, immer wieder und stöhnend vor Behagen, bis sich auch zwei aus einer höheren Klasse, zwei in Badeanzügen, von uns ihre Schultern und Rückenausschnitte eincremen ließen, ein Akt der Herablassung, obwohl sie dafür aufs Kajütendach geklettert waren. Und zur Erinnerung an diesen siebzehnten Juni gehört auch das Freundesgrinsen, als am Abend das Feuer brannte und die DDR samt Walter Ulbricht gleichsam den Flammen übergeben wurde, während wir uns schon langsam nach hinten absetzten, die beiden im Auge, die sich haben eincremen lassen, und die auch jetzt,

181

als alle anderen das komplette Deutschlandlied sangen, Entgegenkommen zeigten, indem sie sich uns anschlossen, hin zu den Büschen zwischen Sportplatz und Badewiese, wo M. schon sein kleines mobiles Tonbandgerät – frühester Vorläufer von Walkman und iPod – vorsichtshalber bereit gestellt hatte, mit *Tribute to Buddy Holly* am Anfang, der Totenhymne jener Jahre.

Einmal hatten wir noch über diesen Abend gesprochen, in M.'s japanischem Müllauto, dem Aschenbecher auf vier Rädern, mit dem billigen Kassettenrecorder und der einzigartigen Musiksammlung, und er sagte, das Gefühl von damals, sei noch genau dasselbe, und auch die damit verbundenen Wünsche seien noch genau dieselben. Und dann kam er darauf zurück, wie wir mit den beiden in den Büschen waren und dort nur den Duft der Haare aufnahmen, und die Hitze, die ihre Haut nach dem Sonnentag aussandte, und das Leuchten der Wangen im Feuerschein, der durch die Zweige bis in unser Versteck drang; ein Beschwören in wenigen Sätzen, während wir die frühere Stalin-Allee entlangfuhren und Cesária Évora ihre *Cabo-verde*-Lieder sang, ein Nicht-vergessen-Können und immer noch Wünschen, die Hand mit Zigarette auf dem aschfahlen Kopf, die andere am Lenker. Man wird nicht seriös, nur weil das Haar am Ende etwas Wattehaftes bekommt und alles Aufsässige verliert; die Wünsche altern nicht mit, wir haben uns selbst am Hals, ein Wünschen bis zum Gehtnichtmehr – M. hatte das vorhergesehen, und zuletzt waren ihm die jungen Wünsche im alten Schädel wohl unerträglich.

Weiterhin, stur, schönstes Wetter. Arbeit an dem Begrü-
ßungswort für die Hamburger Männerbuchhandlung,
die Lesung kommenden Samstag. Abends ein Anruf aus
Mainz – P. G. (weibliche Hälfte eines befreundeten Paars)
lädt zu einem kleinen Sommerfest in ihrem Haus ein,
auch um Robert Gernhardt noch einmal zu treffen, und
so höre ich erstmals von seinem Krebsleid. Wir reden
noch etwas über ein Sachbuch, an dem sie schreibt, darin
ein Kapitel über Ehen (und da sie mit U. schon gesprochen hat, bin ich als Quelle nicht gefragt). Vor dem Schla-
fengehen mit Lärm von der Fanmeile noch ein TV-Bei-
trag, der mich mehr und mehr interessiert, ein Beitrag
über die Umstände der Exekution von Tookie Williams,
die der Gouverneur Schwarzenegger nicht verhindert hat,
um seine Wiederwahl zu sichern. Angehörigen, erzählt die
Freundin von Williams, sei es verboten, während der Exekution, die sie verfolgen dürfen, zu schluchzen. Der Gouverneur Schwarzenegger ist zweifellos eine Drecksau (wie
M. gesagt hätte), aber die Freundin, die nicht schluchzen
durfte, trifft es am Ende viel besser: Er sei ein Feigling,
sagt sie, und der nächtliche Zuschauer denkt: So sollte
Fernsehen sein, das Ungeheuerliche zeigen.

Aber nicht alle Todesurteile werden offen verkündet
und vor Zeugen vollstreckt, manchmal spielen sich die
Dinge auch im Dunkeln ab, nur zwischen Täter und Opfer; und gelegentlich sogar in einem Bauch, ohne dass
irgendwer Böses will, so auf einer Sommerwanderung in
den Bergen oberhalb von Arosa, August siebenundsechzig. Erst ging es über wellige Matten, stetig bergan, unter
den Pfiffen von Murmeltieren, die sternschnuppenhaft

auftauchten und wieder verschwanden, dann weiter über Geröll, kollernd unter den Schritten, einziger Laut in einer Stille, als seien die Felswände, in deren Schatten wir gingen, ein Dom jenseits aller Geräusche. Und zuletzt das Klettern über große, uns drei Unerfahrene – die beiden Schwestern und mich – schon doppelt überragende Brocken und Kanten, die wir mit Räuberleitern bestiegen oder sonstwie erklommen, um bald von Fels zu Fels zu springen, mit dem Echo unserer Lacher aus den Wänden, bis wir neben glitzernden Schneeresten die Lunchpakete des Hotels öffneten, während die ungeborene Tochter von M. und A., erdrosselt durch die Nabelschnur, eine schon nicht mehr werdende Mutter zu vergiften begann.

Über der Stadt kreisen Hubschrauber, bereits seit dem Morgen. Argentinien trifft am Abend im einstigen Waldstadion, heute Commerzbank-Arena, auf die Niederlande. Man ist gespannt, weil gute Spieler und zwei Leidenschaften aufeinander stoßen; das so Schätzenswerte am Fußball: Der Jubel gilt nur dem Erstrangigen (in der Kunst wird dagegen gern das holprig Laienhafte gefeiert, das allerdings von Könnern). Aus einem vorbeifahrenden, mit Fahnen bestückten Auto plötzlich laut ein Lied aus den Achtzigern, *I'll Be Watching You* – zu dieser Zeit trug den Schreibenden die Musik auf den Philippinen, während des Aufstands gegen die Marcos-Herrschaft; und in der Nacht, als der Diktator floh und Manila im Taumel lag, gab es nur einen Wunsch, dieses Erleben mit M. zu teilen. Ich schrieb ihm in den Morgenstunden, als die Stadt immer noch glühte, einen langen Brief, aber der hat ihn wohl nie erreicht, jedenfalls hat sich M. nie dazu geäußert, so wenig wie zu einem langen Brief aus den USA aus meiner Zeit als Candyman in den Vororten von Pittsburgh und zu einem Brief aus Somalia, der ihn als verlässliche Feldpost eigentlich erreicht haben sollte. Und der Hubschrauberlärm in der Hitze des Nachmittags, so wie die vielen offenen Autos mit Fahnen, die Mitfahrer oft stehend wie in Pick-ups, dazu das kriegerische Umherziehen tausender von Holländern, erinnern auch stark an den Frühsommer dreiundneunzig in Mogadischu, als der Briefeschreiber mit einem jungen, besessenen Agentur-Fotografen die tägliche Wahnsinnstour durch die Stadt machte, als freiwilliger Fahrer des Jeeps ohne Begleitschutz. Anstelle von Angst gab es da nur die Begeisterung für den Verfall ringsherum, und die Freude am Allradantrieb, der die Fahrt zur Rallye machte, noch einen Tag bevor der Fotograf auf dieser Route aus dem Jeep gezerrt und gesteinigt wurde, während sein Begleiter schon in einer Transportmaschine der Italiener saß, weil an einer gebrochenen Leiste der Darm durchdrückte: eine Gewebeschwäche, die mich vor dem Gesteinigtwerden im weißen Trümmerstaub bewahrt hatte (und wenn es ein Prinzip der unverdienten Hilfe gibt, ohne das jeder, der sich Gefahren aussetzt, auch der Umsichtigste oder Naivste, verloren wäre, dann hat sich der Fotograf Hansi Krauss auf dieses Prinzip einmal zu viel verlassen, während ich es ausschöpfte, ohne es zu wissen).

20

Der Verfall einer ganzen Stadt, ihre sich selbst überlassene Pracht, die jedem offen steht, der ein Dach sucht, ganzen Familien, die in staubigen Sälen hausen, Verrückten mit Logenplatz in einem Theater, das keiner mehr bespielt, und einem Heer von Hunden und Katzen, das sich über leere Hotelhallen und bröckelnde Freitreppen verteilt, hat für Augenmenschen (auch wenn die Augen wenig taugen) etwas höchst Anziehendes, also wurde Havanna zu einem natürlichen Ziel. Schon in der Schule hatten M. und ich über diese Stadt viel gesprochen, aber nicht als Ort des Verfalls, sondern des Aufstiegs aus dem Zerrütteten der Batista-Zeit, und später fiel dieser Name immer wieder und bekam, mit Ende der Sowjetunion und ihrer Bruderhilfe, mehr und mehr einen Klang wie die Namen sagenumwobener Frauen. Und als ich an einem windigen Februarabend auf gut Glück von der einstigen Prachtuferstraße aus in Berlin anrief, so wie versprochen – ich stand zwischen Hunden und Katzen unter den Colonaden ohne Cafés oder Gucci und Co. und sah über den von alten blassroten Buicks und Chevys befahrenen Malecón zur Ufermauer mit den Verliebten, dicht an dicht, kreischend wie die Möwen, wenn ein Brecher bis nach oben schoss –, sagte M. als allererstes: Du hast mich nicht mitgenommen. Er hatte schon im Bett gelegen, rauchend und lesend, und war dann angeblich aufgestanden, um in einer wacheren Verfassung zu telefonieren, nur wurde es gar kein langes Gespräch, wie sonst – dem stand die Vernunft des Anrufers entgegen –, aber ein dringliches, als wär's darum gegangen, Leben zu retten. Wo ich sei, fragte er, wie es dort aussehe, und worauf ich im Moment gerade schaue, und ich sprach von den Colonaden, von denen der Putz abblättere, wie eine Haut nach Sonnenbrand, und von den alten Schlitten auf dem Malecón, etwa einem minzgrünen achtundfünfziger Pontiak Super Chief, der gerade vorbeifahre, mit seinem Jahrgang auf dem Nummernschild. Aber eigentlich, sagte ich, sei da nur ein kleiner knochiger Hund neben mir auf einem Plastikstuhl, das Fell graugelb wie die leeren Gebäude, und er wollte eine genaue Beschreibung, Augen, Nase, Schwanz, die Pfoten, die Ohren, die Haltung, und ich sagte, das werde zu teuer, und erzählte ihm noch von den kreischenden Pärchen, wenn die Brecher spritzten, und er bat mich, die Straße zu überqueren – um diese Feierabendzeit ein Himmelfahrtskommando. Aber er wollte die Brecher und das Kreischen hören, und ich hielt das silbrige Telefon Richtung Meer, im Vertrauen auf seine Fantasie und die kubanische Mobilfunktechnik, dann rief ich, wir sollten Schluss machen, das reiche jetzt, und kündigte meinen Besuch in zwei Wochen an wegen der Filmpremiere, und er wollte noch, heiser lachend oder hustend, wissen, was der Hund auf dem Stuhl gerade mache, und ich sagte, der schläft. Unmittelbar danach M.s Einlenken – es werde jetzt wirklich zu teuer, er möchte mich nicht arm machen –, dann sein Dank für diesen Anruf und das alte Halt die Ohren steif, ein guter Rat in den warmnassen Böen.

Trotz Sommerwetter wieder Arbeit an der Novelle, die langsam vorankommt, und gegen Abend ein fast beherztes Spiel, Italien gegen Tschechien, leider zwei zu null am Ende. Anschließend Karl Brückner, geschlagener, lebensgeprüfter Tschechen-Trainer auf eine idiotische deutsche, gänzlich heutige Reporterfrage nach seinen Gefühlen bezüglich dieser Weltmeisterschaft und dem eigenen Ausscheiden und Ende einer langen Karriere: »An Erinnerungen kann ich jetzt noch nicht denken.«

Nach dem Spiel das Bahnhofsviertel, ein streunendes Herumlaufen, wie früher (als U. hier in einer Frauen-WG war, Elbestraße); aber da ist nichts wie früher, als die Seitenstraßen entzündete Adern waren, voll Afrikaner und G.I.s, in Sommernächten höllisch. Heute hat alles seine schäbige Ordnung, in den Telefonshops die Dunkelhäutigen im kurzen Rock, weinend, wenn sie mit ihren Kindern in Kolumbien sprechen. Der Streuner wirft einen Blick ins Moseleck, die Kneipe, in der er Monate zugebracht hat, bei Bier und Boney M., nicht bei Cocktails und Tango. Das Moseleck, wo ich mit U. und den anderen Frauen saß, an jedem Wochenende, bis ultimo; wo ich mit den Fassbinder-Leuten war und mit Rosa von P., und wo die noch nicht Geliebte meines Verlegers mit prächtigem Hanauer Dialekt durchaus zur Stimmung beigetragen hatte. Wo aber auch U.s damaliger Hund, den jeder meinte streicheln zu können, sogar ein erster Geiger, den Tourneeplan der Boston Symphoniker durcheinanderbrachte, und wo U. ihren schönen Mut zeigte, als das Liebchen eines Zuhälters mit abgebrochenem Glas auf sie zukam, schön, weil das Liebchen samt Kerl von einem einzigen Lachen entwaffnet wurde. Inzwischen ein Stehlokal für Versprengte aus den Balkankriegen, alle telefonierend, und aus der Musicbox – immer noch in derselben düsteren Ecke – ein Gezetergesang (und wann, wenn nicht jetzt, an die genannten Erinnerungen denken).

21

Zugfahrt nach Berlin, im Speisewagen eine Fangruppe, jeder in die Fahne gehüllt, und immer wieder das Lied, das sich in diesen Tagen behauptet, *Wir verlieren nie*. Außerdem halbstündliche Durchsagen des Schaffners zur laufenden Weltmeisterschaft; und ab Wolfsburg überall stillstehende Windräder, wie ein Kommentar zu dem Service ohne Pfiff. Vom Gang aus dann ein Anruf bei der Psychologin, mit der M. vor seiner letzten Liebe (und vermutlich nach meiner Schwester) zusammen war und mit der zu sprechen mir R., der hustende Neurologe, geraten hat. Aber es läuft nur ein Band, und der Anrufer nennt seinen Namen – früher in ihrer Gegenwart sicher des Öfteren gefallen – und erklärt, woher er ihre Nummer habe, und worum es ihm gehe: um ein Gespräch über seinen toten Freund, mit dem sie, grob geschätzt, sechs, sieben Jahre verbracht habe, vor dem abrupten Ende auf ihr Betreiben (das M. zweimal erwähnt hatte, als Niederlage). Mir geht's um den Grund dieser Trennung, sage ich und gebe eine aufs Telefon geklebte Mobilnummer durch, noch mit der Bitte, falls sie grundsätzlich nicht mit mir sprechen wollte, wenigstens das zu hinterlassen.

Und schließlich die Stadt, in der M. untergetaucht war wie ein gesuchter Anarchist, aber auch wie der verdeckte Fahnder (immer hinter der Bedeutung der Bedeutung her, bis die Dinge, nach und nach, alle dasselbe bedeutet haben, nämlich nicht mehr daran teilnehmen zu können). Erstmals die langsame Fahrt durch den alten Bahnhof Zoo, oft

Anfang und Ende eines Treffens zwischen ihm und mir, und erstmals der Ausstieg am neuen Hauptbahnhof, in einem riesigen Nichts aus Glas und Stahl, darin die Gesänge der Siegesgewissen, die so wenig den Sieg machen wie die vielen Züge einen Hauptbahnhof. M.s frühere Gefährtin soll am Gleis stehen, so ist es verabredet, also das Umschauen nach einer Frau wie der auf den Fotos, die sie geschickt hat, Mitte vierzig, zerzaustes Haar, dunkelblond; feines Lächeln, Katzenaugen. Und während sich der Angereiste noch umsieht, ist da schon eine Hand an seinem Gepäck. Ich bin's nur, kommt es von der Seite, und bald darauf sitzen wir nebeneinander in einem Auto – der gereinigte Japaner – und hören Musik. H. fährt wie im Schlaf, und sie raucht, wie M. geraucht hat, ständig; ihr Haar ist kürzer und blonder als auf den Fotos, ihre Stimme ist trotziger als am Telefon. Beim Warten vor einer Ampel dreht sie sich eine auf Vorrat, aber sie dreht auch beim Fahren, akrobatisch mit einer Hand, die Katzenaugen, die eigentlich Schalkaugen sind, auf dem Verkehr. Wir fahren in den Osten Berlins, wo sie ihre physiotherapeutische Praxis hat, wir hören *Element of Crime*. H. fragt, wie die Zugfahrt gewesen sei, sie schaut den Beifahrer kurz von der Seite an, und er bittet um eine Zigarette, sie gibt ihm ihre und dreht eine neue – Du hältst die Zigarette wie er, sagt sie, zwischen Mittelfinger und Ringfinger. Sie vermeidet den Namen, der uns beide verbindet, oder spricht ihn nur leise aus – M. muss ihr viel erzählt haben über den schreibenden Freund und zugleich auch nichts, seine berühmten Andeutungen, mit dem Ergebnis einer Scheu wie gegenüber einem älteren Bruder, den sie nur selten sieht.

191

Die Praxis liegt in einem großen Hinterhaus, mit einem weitläufigen Keller, früher sicher Luftschutzräume, und in einem der Verschläge stehen die vorbereiteten Kartons. Die einstige Gefährtin bietet dem einstigen Freund an, ihn mit den Kartons allein zu lassen, wie man Trauernde an Särgen allein lässt, aber er will gar nicht allein sein, ja auch am liebsten die Kartons gar nicht öffnen, und so öffnet sie den ersten für ihn, und da liegt gleich die alte Joseph-Roth-Ausgabe, die jahrelang auf M.s Klappbettkante gestanden hat, zwischen seinem Akai-Tonband und dem Stapel von twen-Zeitschriften, der später Sartre und Camus weichen musste, und beide, Sartre und Camus, tauchen dann auch auf dem Grund auf. H. holt aus ihrer Praxis eine Waage, während ich die drei übrigen Kartons öffne, nur um das Obenliegende zu sehen – Heidegger, Jünger, Nietzsche, wie eine Großfamilie, und in der nächsten Kiste Lorca, Rilke und W. H. Auden, wie eine Speerspitze, und in der letzten alles, was damals schon über den Spanischen Bürgerkrieg zu bekommen war, ganz oben Orwells *Mein Katalonien*, das graue gebundene Exemplar, aus dem er mir nachts manchmal vorgelesen hatte, um meine Bereitschaft für den Militärdienst und das Training für den bewaffneten Kampf zu stärken. Es gibt nicht viel zum Aussortieren, M. muss sehr genau von seinem Phantomfreund erzählt haben, damit diese Vorauswahl so gelingen konnte; am Ende wiegen die Kartons zusammen hundertacht Kilo. Wir rufen einen Paketdienst an, wir erfragen den Transportpreis nach Frankfurt, und ich gebe H. das Geld. Dann fahren wir zu ihrer neu bezogenen Wohnung, Kreuzberg, Gneisenau-Straße, wiederum das Hinterhaus, dritter Stock. Und alles liegt dort noch herum, Mobiliar, Kisten, Bilder, Schallplatten, Kunstbände, Kleidung – Jacken, die ich wiedererkenne, weil ich M. darin schon bewundert hatte, wenn sie nach den Weihnachtsferien oder einer Mathezwei aufgetaucht waren, und LPs, die wir schon gehört hatten, um nachts in den Schlaf zu finden und morgens aus dem Bett. Nur der Sammler selbst fehlt – doch kann er nicht weit sein, denkt man, höchstens auf dem Weg zum Automaten, ja vielleicht steht er sogar noch im Flur, auf der Suche nach Münzen in allen möglichen Taschen, und ich höre noch sein Ich bin schon weg vor solchen Zigarettengängen, beim geringsten Versuch, herauszubekommen, was er vorhatte. Wie geht es dir? fragt H. (um nicht zu fragen, woran der Besucher denkt); eine leise, fast besorgte Erkundigung inmitten des Chaos, und die knappe Antwort, Geht schon, kann ihr nur bekannt vorkommen.

Wie Hinterbliebene stehen wir, rauchend, zwischen den Kisten und Möbeln, darunter das schwarze Ledersofa, auf dem ich mit M. während des einzigen Besuchs in seiner Wohnung gesessen hatte – von H. damals keine Spur, sie war verbannt worden für diese Nacht. Wir vermeiden es, über ihn zu reden, wir vermeiden es auch, auf dem Sofa zu sitzen. Wir setzen uns auf die Kisten, beide im Unterhemd wegen der Hitze, jeder sieht den anderen ab und zu an, kurze, kopfschüttelnde Blicke, und irgendwann geht der Besucher ins Bad, wo zwischen weiteren Kisten große, mit Packpapier umwickelte Bilder stehen, hat er gemalt? Was das für Bilder im Bad seien, frage ich H. nach dem Duschen, und sie kommt, die Zigarette im Mund, von ihrem provisorischen Sitz hoch; Rauchen steht ihr, so wie es ihm stand, und überhaupt hat sie seine Bewegungen, sein Lachen, seine Falten um die Augen. Sie holt die Bilder, sie stellt zwei auf das Sofa in der Verpackung, dann legt sie Musik auf – eine von über tausend Platten, die M. hinterlassen hat, die mit Yves Montand, als er blutjung war, auf der Hülle ein Schwarzweißfoto, der Sänger im legendären Olympia, und auf der Platte auch das Lied, mit dem M. mich bei unserer ersten Begegnung am offenen Fenster geprüft hatte, *Bella ciao*. Es sind Sachen von ihm, sagt H. beim Entfernen des Packpapiers. Und dann holt sie mehrere Collagen hervor, große und kleine, die er vor einigen Jahren gemacht habe, nachts bei Musik auf dem Fußboden, bis seine Krankheit – welche Krankheit? wirft der Besucher ein –, die mit den Beinen, seine Polyneuropathie, was das immer sein mag, mehr und mehr um sich griff; und der Besucher, das Haar noch nass vom Duschen, steht vor diesen hoch- und querformatigen Bildern, die sich aus Hunderten kleinerer Bilder zusammensetzen, wie vor Erinnerungen an ein ungelebtes Leben. Und die amtliche Todesursache? Wie nebenbei, diese Frage, während sich das Auge einen archimedischen Punkt in dem Wirrwarr wählt oder von selbst an einem der Splitter hängen bleibt, einem Foto von Pasolini, sein hagerer Kopf, der brennende Blick, Pasolini allein mit dem Laster. Ein Herzsekundentod, sagt H., und ich erzähle von dem Anruf in der Praxis eines erschütterten Neurologen (von dem sie natürlich gehört hat), aber auch dem Anruf im Haus eines pensioniertes Chefarztes auf der Schwäbischen Alb, verheiratet mit einer der Schwestern. Er soll Tabletten gehabt haben,

schon ein Jahr vor seinem Tod, sage ich, und die Gefährtin
dreht sich eine neue Zigarette – Ja, wahrscheinlich, er habe
ihr das auch angedeutet. Sie geht ins Bad, man hört die
Dusche, und der ermittelnde Besucher beugt sich über die
schreiendste der Collagen. Neben Pasolini Robert Mitchum in der Pose des Aufsässigen, Kopf im Nacken, Blick
gen Boden, auf das Foto darunter, die Erschießung eines
Partisanen; und drum herum ein Kranz von Frauen, ihre
Augen, ihre Lippen, ihre Hintern, als unendliches Versprechen von Ruhe, und mittendrin, auf Löschpapier getippt,
der Satz von Eich, dass Erinnerung eine Form des Ver-
gessens sei. Fetzen, die schon in der Schulzeit Bedeutung
hatten, und sich offenbar bis zuletzt hielten, wie Fetzen
alter Filmplakate an längst aufgegebenen Kinos, wenn der
Wind sie anhebt. Er hat die Art, wie er starb, ja vorhergesagt, ruft H. aus dem Bad; die Tür ist nur angelehnt, als sei
ich nicht das erste Mal hier, und dann kommt sie auch
bloß in ein Handtuch gehüllt heraus, Zigarette im Mund,
Feuerzeug und Tabakschachtel in der Hand, einer Hand,
die breiter ist, als seine es war. Und da gibt es auch noch ein
Album all dieser Fotos und Dinge, sagt sie, das schwarze
Poesiealbum, wie sie es nennt, in irgendeiner Kiste. Sie ver-
spricht, es mir bald zu schicken, und ich verspreche ihr,
gut darauf aufzupassen.

Will der Besucher etwas von der Besuchten? Er ist gern in
ihrer Nähe, er mag sie, auch die Raucherei stört ihn nicht,
er raucht einfach mit, sie teilen sich die Selbstgedrehten,
wie man früher Kaugummis geteilt hat; und auch alles
Übrige an ihr, die Stimme, die Gesten, die Blicke, der Kör-

per, hat etwas Kameradschaftliches; unser gemeinsames Abenteuer trägt den Buchstaben M., es gibt kein anderes. Wir gehen zu einem Italiener, ein paar Straßen weiter, man sitzt sich gegenüber, die Tische sind schmal, zu schmal für ein richtiges Essen. Der Gavi ist gut, das Risotto ist versalzen, es spielt keine Rolle. H. deutet an, dass M. irgendetwas getan haben könnte, um nicht durch Notärzte noch einmal ins Leben geholt zu werden, als Ruine. Und er wollte wohl an seinem See sterben, noch dazu in einer Gegend, in der die Notärzte nicht viel taugen. Sie redet gedämpft und etwas schleppend, wie bei der Nachricht auf der Mailbox (und wie M.s platonische Liebe, mit der er in Lissabon und in Schweden war). Und während sie redet, von seinen letzten Tagen und Minuten erzählt, halte ich ihre Hand, das hat sich ergeben, wie das Du am Telefon (oder war es andersherum mit dem Halten? Dann hätte sie meine Hand in ihrer gehabt – nur Stunden danach sind solche Dinge schon unklar); auf jeden Fall ein Bestreiten des ganzen Essens, bei Risotto kein Kunststück, mit jeweils einer Hand, was sich nicht ohne weiteres ergibt. Nur hörte es dann ohne weiteres wieder auf, beim Gehen durch die Kreuzberger Sommerabendstraßen, vor jedem Lokal schiefe Tische bis zur Bordsteinkante, provisorisch wie die neue Bleibe von H., als sei die gesamte Bewohnerschaft im Umzug begriffen, nicht wissend, wohin, auch nicht wohin mit den Dingen von früher. Wir gehen zurück in ihre Wohnung und trotz offener Fenster eine Ofenhitze in den frisch gestrichenen Zimmern; wir trinken Bier und sitzen in der Wäsche auf Kisten. Nachdem sein Kopf vornüber gekippt sei, habe sie sofort das Nötige getan, sagt H., Beatmung, Massage, Hilferufe. Und es sei auch schnell ein Arzt gekommen und habe ihm sogar die Vorderzähne gebrochen, um ihn zu intubieren, aber er habe sich, mit einem Rest an Leben oder Reflexen gegen jedes Bemühen gewehrt. Also kein Sekundentod? H. leckt ein weißes Blättchen an, eine Idee langsamer als sonst, dann schließt sie die Zigarette und bricht sie entzwei, eine Hälfte für mich, als rauche man auf diese Art weniger. Bei ihm war alles anders, sogar der Tod, sagt sie. Und wie zum Beweis bekommt der Besucher Fotos gezeigt – M. beim Rudern, einen Tag vor seinem Aus, im dunklen Unterhemd, das wie ein alter Herrenbadeanzug aussieht, mit Sonnenbrille und magerem Lächeln, ein Aschenbach, aber nicht der aus dem Film. Und M. unter einem weißen Tuch, nur die nackten Füße stehen hervor – so seien mehr als zwanzig Jahre zu Ende gegangen. H. erzählt und raucht. Sie redet immer noch schleppend, aber darin jetzt ein Trotz: dem Verstummen gegenüber; sie hat die Beine angezogen, volle weiche Beine, den Arm um die Knie, ein in die Jahre gekommenes wildes Mädchen. Unser gemeinsamer Freund, wie sie sagt, unser gemeinsamer Freund habe sie im Grunde von der Straße geholt, um sie zu fotografieren. Und dann zeigt sie ein paar dieser Fotos, wiederum ohne weiteres, alle schwarzweiß, die Bilder einer scharfen Braut, schamlos nur in ihrer Intelligenz: kühle Pornos, aber man könnte auch versteckte Liebesbeweise sagen. Erst als alle Fotos gemacht waren, hat er sie in Venedig, nach x Museumsbesuchen, verführt, erfährt der Betrachter der Fotos – sie, die vorher noch nie in einem Museum gewesen sei, bloß auf indischen Treppen gesessen habe.

Das war seine Italiennummer, sagt der frühere Freund, die hat er schon als Schüler in Rom durchgezogen. (Und später sagte H. noch, bevor sie dem Gast mit Nachdruck ihr Bett überließ und auf das schwarze Sofa auswich: Ich habe zu viel auf Treppen gesessen.)

Eine kurze Nacht, stickig, unruhig, fremd. Und um sechs ist alles hell, es gibt noch keine Vorhänge; gegen sieben scheint die Sonne auf die Collagen, der Freund des toten Künstlers stellt sie um. Später ein Frühstück auf dem Hofbalkon, Kaffee, Brötchen, Salami, es fehlt an nichts, der Gast soll sich wohl fühlen. Und sein Sterben, frage ich, wann fing das an? Keine gute Frage morgens um acht, aber H. gibt sich Mühe; ein Reden und Zuhören im prallen Licht, der eine mit dem Kopf zur Wand, die dunkle Brille auf den Augen. In seinen letzten Monaten, als das Sterben anfing, hatte M. mehr Musik gehört als gelesen, Nacht für Nacht den Sänger Antony, der ihm aus dem Mark sang. Und er hatte sich zurückgezogen, um zu rauchen, er wollte mit seiner Zigarette allein sein, wie früher auf dem Schulklo. Dann zwei Spätsommerwochen in der Waldhütte bei seinem See, die tägliche Ausfahrt, das tägliche Staunen; und die letzten anderthalb Tage, Freitag, Samstag: ein Sterben in bewussten Schritten. Am Freitag noch das Rudern, die Aschenbach-Fotos, Amalgam aus Ernst und Erschöpfung; dabei manchmal ein Blick ohne Sonnenbrille in die Sonne, die Zigarette in einer sinnlosen, auf dem Trödel erstandenen Spitze am Mund. Schließlich der Samstag, das Urlaubsende. Vormittags ein Einkauf im nächsten Ort und er zum ersten Mal – zum ersten

Mal überhaupt im Leben – in einem Trainingsanzug unter Menschen, dem Anzug, in dem er die kühlen Nächte verbringt, ein Umhergehen zwischen den Regalen wie im Halbschlaf. Und mittags tatsächlich noch etwas Schlaf, sogar schnarchend, friedlich, wie man sagt. Gegen zwei sein üblicher schwarzer Kaffee, während im Radio eine Kindersendung läuft, man irgendwie zuhört, weil eigentlich die morgige Rückfahrt zu besprechen wäre, auch sachte angesprochen wird, von ihr. Und um vierzehn Uhr zehn jäh das Vornüberkippen des Kopfes. Nach und nach rückt H. mit alldem noch einmal heraus, nur viel genauer im Laufe unseres Frühstücks in schon sengender Sonne; und auf einmal schien sie auf etwas völlig anderes zu kommen, M.s alte Schönheitssucht, die ihm das Leben am Ende wohl mit zur Hölle gemacht hat. Ganz am Anfang ihrer gemeinsamen Jahre habe er sie buchstäblich auf das Foto einer kleinen Kirche gestoßen, einer weißen Kirche zwischen Himmel und Erde in einem Ort mit dem Namen Ravello. Und von Zuhörerseite die Ergänzung der Geschichte, bis uns die Hitze in die Wohnung treibt.

Ein schwieriges Leben, das an dem Waldsee zu Ende ging, aber auch ein überschaubares, mit zyklischen Bildern, mit wiederkehrenden Antworten. Ich frage nach Briefen, und die einstige Gefährtin geht durch das Chaos, das M. hinterlassen hat. Irgendwo müssen noch welche in einer Tüte sein, sagt sie, und ihre nackten Arme verschwinden in einem Karton. Sie gräbt darin, wie andere in goldhaltigem Boden, dann kommen zwei Koffer an die Reihe, dann nochmals Kartons. Offenbar verfolgt sie eine bestimmte

Spur, Schweißperlen im ganzen Gesicht; sie sieht nur in Kartons und Koffer, die im Schlafraum stehen, und plötzlich schwenkt sie eine Plastiktüte, hochrot im Gesicht von der Hitze. Die Tüte wird über dem Bett ausgeleert, und es findet sich, zwischen den Briefen meiner Schwester – unverkennbar ihre Schrift auf den Kuverts –, auch ein Brief des Freundes, getippt auf seiner kleinen Olympia; und wie versehentlich in die Tüte gelangt und mit herausgefallen, liegt da noch ein altes Magazin mit Fotos von der Sorte, die M. gesammelt hat, und zwischen den Seiten, nur halb versteckt, meine drei Briefe aus den USA, den Philippinen und aus Somalia – getrocknete Blätter in einem Album. H. dreht mir eine Zigarette, sie steckt sie an und nennt mich Glücklichen Finder. Aber der Finder ist eher überrascht oder ertappt als glücklich: fast einer gewissen Dummheit überführt, wie jeder Liebende, der die Gesten des anderen nicht voraussehen kann, der sich beschämt fühlt, wenn etwa in einem Hotel die Nelke, die nur dem Frühstückstisch Farbe verleihen soll, feierlich überreicht wird anstelle eines Bouquets (nie hätte ich diese Art Lagerung der Briefe, sozusagen weich zwischen Beine gebettet, für möglich gehalten und doch war es so).

Wir gehen noch etwas im Freien trinken, Moccabar, Gneisenaustraße, lauter Nichtstuer beim Kaffee, aber nicht von der Münchner Sorte, Nichtstuer wider Willen. Wir reden kaum noch, wir sitzen da und rauchen, bis es Zeit wird für den Zug. H. fährt mich zum Bahnhof, sie sagt, wie sehr ich sie an M. erinnere und doch wieder nicht. Ich sei auch einer, der auf Schönheit aus sei, aber keiner, der andere in seine Sicht mit hineinziehe, nur durch Bücher, die man kaufen könne oder nicht. Und ich sei besessen wie M., aber weniger keusch, eben einer, der schreibe. Außerdem gebe es diese Ähnlichkeit, im Halbprofil, nur wirke mein Mund weicher – und dann berührte sie den Mund mit zwei Fingern, und bevor sie noch mehr sagen konnte, brachen im neuen Hauptbahnhof die Gesänge ganzer Hundertschaften über alles herein; heute Nachmittag Deutschland–Schweden.

22

Zugfahren und Erschöpfung, ein und dasselbe an Tagen wie diesem, mit einer Sonne so glühend nah, als seien schon alle schützenden Schichten dahin; auch keinerlei Dunst in diesen zwei Mittagsstunden zwischen Berlin und Hamburg, das flache Land nichts als Licht, und der Reisende, hinter halb heruntergelassener Jalousie und einer Sonnenbrille, die den Blindenbrillen im Stadttheater gleicht, würde gern schlafen, aber dafür ist es zu heiß. Es reichte dann nur zum Dösen, mit allen Gefahren des Dösens, Sekundenträumen, Bildern vom Autofahren, die Beifahrerin in heller Wäsche, Bildern vom Meer oder dem unversteckten italienischen See, voll weißer Wellen, Bildern von Bildern (M.s Collagen?), und in wacheren Momenten halbe Gedanken und Fragen – die Asche von M., eher grau oder schwarz?, und wie sie sich anfühlen würde zwischen den Fingern, flockenartig oder wie geschälte Haut nach dem Sommer, und was mag aus dem Ravello-Foto geworden sein, dem wir beide, H. und ich, aufgesessen sind wie dem Dokument eines Schwindlers, dessen Schwindel aber mehr von Herz erfüllt war, als alles, was nachweislich Hand und Fuß hat.

Ravello. Schon bei unserem ersten Abtasten am offenen Fenster hatte ja M. diesen Namen als Köder und Fangfrage in einem aus der Tasche gezogen, ich sollte darauf fliegen, und ich sollte davor verstummen, oder, falls ich dort je schon war, mich als Bruder im Schönen bekennen. Er selbst war, ehe wir Freunde wurden, wohl nur einmal dort gewesen, natürlich mit den Eltern, und dennoch oder gerade deshalb brachte er es fertig, von Ravello wie von einem Traum zu reden, den er geträumt hat und wieder träumen würde. Also sprach er auch von sich, sobald er damit anfing, oder besser gesagt, von einem idealen Bild seiner selbst, festgehalten auf dem erwähnten Foto, das er eines Abends nach den Sommerferien wortlos auf sein Klappbett gestellt hatte: die kleine Kirche, weiß und rein an der Bergkante hoch über dem Golf von Amalfi, das romanische Glockenfenster wie ein Fenster zur Ewigkeit: seine Idee von Schönheit und Liebe zwischen Himmel und Erde, ein Stück sakrale, abstrakte Schönheit, letztlich wohlfeil wie Mädchenbrüste.

Hamburg, ein kleines Schwulenhotel in villageartiger Umgebung, St. Georg, Sex-Shops, Türkenlokale, Fahnenverkauf; und im Zimmer ein winziger Fernseher, halb an der Decke. Es ist drückend heiß, und der eingeladene Autor sitzt nackt auf dem Bett und verbessert sein Grußwort für die Männerbuchhandlung, die am Abend ihr Jubiläum feiert, ein paar Striche und zwei Ergänzungen bis zum Spielbeginn. Und dann fällt es nicht leicht, allein vor einem Taschenfernseher die nationale Sache ernst zu nehmen, selbst das zwei zu null nach zwölf Minuten ändert daran nichts. Nach dem Spiel ein Fußweg durch die Lange Reihe, eine Straße, die man zusammenfalten möchte, um sie mitzunehmen nach Frankfurt (kein Handy-Shop, kein Schlecker-Markt, kein Wäschegeschäft etc.); und vor dem Buchladen, den man auch gern mitnehmen möchte, weil es viel zu wenig solche Läden gibt, mit Büchern für Körper und Geist, schon ein Andrang von Männern zwischen vierzig und sechzig, aber wegen des Jubiläums, nicht wegen der Lesung; einzige Frau weit und breit ist die kleine, traurige, immer noch brennende Gerichtsreporterin P. P., die den Autor begrüßt und wegen der Hitze eigentlich nicht bleiben will, aber dann doch bleibt, zum Glück, denn es bleiben nicht alle, fünfzig etwa, die meisten älter und darum hellhörig, als ich von früher anfange.

Schon vor fünfundzwanzig Jahren, als der Autor hier zum ersten Mal las, fühlte er sich einerseits deplatziert, in einer Art Fremde, und andererseits unter seinesgleichen, wenn man den Sinn dieses Worts etwas weiter spannt. Er war am falschen und zugleich am richtigen Ort, einer Wahlheimat wäre zu viel gesagt, aber einer Gegend, deren Dialekt ihm lag, mit Orten jenseits aller Orte – damals an kritischen Tagen, in den toten Nachmittagsstunden, konnten das Kinos oder Videokabinen sein; niemand wusste dort von einem, ja, man selbst wusste nicht einmal mehr, wo man war, in den Bildern oder davor. Eine Suche nach Momenten der Wahrheit inmitten von Gestelltem, nach dem einen Blick oder Laut, dem zu trauen war. Und immer noch ist da eine Sympathie mit denen, die das Laster anstelle des Ichs setzen; oft lieben sie das, was Menschen verschlingt, mehr als die Menschen selbst, aber sie wissen es und leiden darunter usw. – ein etwas lang geratenes Grußwort; danach die Lesung, im Anschluss ein Essen. Und zum Abschied schenkt der Leiter des Männerschwarm-Verlags dem Autor ein Buch aus seinem Programm, Hervé Guibert, *Verrückt nach Vincent* (Guibert, 1955–1991, keiner der klassisch Modernen wie Genet oder Baldwin, aber einziger seiner Generation, den ich verehre, siehe *Legenden um den eigenen Körper*); im Hintergrund Argentinien–Mexiko.

Auf der Mailbox noch keine Nachricht von der Psychologin, die sechs oder sieben Jahre an M.s Seite war, bis Mitte der Achtziger, um ihn dann über Nacht zu verlassen, wie er sonst über Nacht Menschen verlassen hat; offenbar ist das Kapitel für sie abgeschlossen oder zu schmerzlich, um darüber reden zu wollen. Dafür eine andere Nachricht aus Berlin, von H. – sie sei mit dem Maler, der ihr die alte Wohnung gestrichen habe, beim Fußball gewesen, er habe geflirtet wie die Sau, sogar ihr Fahrrad geschoben! Vor einer Bierbude mit Tischen im Freien höre ich das, nachts in St. Georg; die Männergruppe vom Essen ist noch in ein Männerlokal gegangen, der Gast wollte lieber allein sein (oder lieber nicht mit), er sitzt an einem der Blechtische, vor sich das geschenkte Buch. Es gibt eine Parallele zwischen M. und Guibert, neben der des zu frühen Todes – beide haben, mehr oder weniger im Verborgenen, fotografiert, jeder mit dem Blick für eine Schönheit, die den meisten entgeht, weil sie entweder gar nichts sehen oder es für belanglos, ja für hässlich halten. Die Parallele endet beim Mut – Guibert war in den Mut verliebt, ein junger Mann voll kindischer Stärken, waghalsiger als M. es war (der sich niemals Aids geholt hätte), ein schwuler Draufgänger, zum Äußersten bereit in der Liebe, während M. zwar das Riskante gesucht hat, ihm aber im letzten Moment elegant auswich. Während unserer Teneriffa-Flitterwochen zwischen Schulzeit und Leben im Spätsommer

205

achtundsechzig (M. hatte noch knapp siebenunddreißig Jahre vor sich), gingen wir eines Mittags an einen damals völlig einsamen schwarzsandigen Lavastrand mit hohen Wellen. In die etwas weniger hohen warf M. sich hinein und tauchte unter ihnen hindurch, mich aber traf eine der großen, stieß mich ein Stück vor sich her und stürzte über mir zusammen. Ihre Masse drückte den umgerissenen Körper flach auf den Grund, und als das Gewicht gerade nachließ, kam schon der Rücksog und die Panik, dass hier und jetzt das Leben ende. Nur warf mich dann die nächste Welle in ihrem Wirbel an den Strand, ohne Badehose, als purzelnden Körper, fast bewusstlos in meiner Erinnerung, spuckend und aufgelöst, und der Freund tat sein Bestes, er sprach mich an, und da war eine Hand, die den Kopf stützte, und das erste, was ich sah, war sein Lachen, Signal zum Weiterleben. Dann aber kam er damit, dass er unter dieselbe Welle geraten sei, eine Lüge, und beschrieb mir, wie er sie genommen hatte, und was überhaupt in hohen Wellen zu tun sei, während ich immer noch spuckte, statt seine Tat zu kommentieren. Kein Wort von mir, worauf er versuchte, mich zum Sprechen zu bringen, erst in vernünftigem Ton, wie bei Verhören vor den schärferen Maßnahmen, dann in einer Mischung aus Ärger und Sorge, bis ich mit Sand in den Händen durch sein Haar fuhr und wir uns beide, halb ringend, in die Schaumausläufer der Wellen rollten und dort mit Schlamm beschmierten, die Wangen, die Hüften, den Hals, dabei schon ein Zurückrollen in den Sand wie in schwarzes Paniermehl, und ich fing an, ihn einzugraben. Immer noch nackt, blutend an Schultern und Rücken von den Muscheln, über die mich der

Sog geschleift hatte, schob ich mehr und mehr Sand über seine Beine und Arme, über den Bauch und die Brust, ohne dass er sich wehrte; er schloss sogar die Augen. Und am Ende kniete ich auf der warmweichen Aufschüttung, aus der bloß noch sein Kopf hervorsah, um den ausgelieferten Mund zu bestreuen, und M. verzog keine Miene, als mir der schwarze Sand durch die Finger lief, ein stummes Spiel, über Minuten wenn nicht länger. Oder hätten wir sonst beide einen Sonnenbrand davongetragen, der eine im Gesicht, der andere am Hintern?

Sonntagmorgen, im Zug nach Frankfurt, als einziger im Großraumwagen, auf dem Schoß *Verrückt nach Vincent*. Guibert erzählt von einer körperlichen Besessenheit in rückwärts laufenden Tagebucheintragungen, vom Ende zum Anfang; literarische Anstrengung und Sujet halten sich bei ihm meist im Gleichgewicht. »Vincent und ich haben ein Gutteil dieser Nacht dem Bemühen gewidmet, ihn mir reinzudrücken. Das erinnerte mich an unsere jugendlichen durchwachten Nächte zu zweit, die allerersten, als die Sinnlichkeit noch stärker war als die Erschöpfung, als die vergebliche Suche nach Lust erhebender war als die Lust selbst, und wo die Körper begannen, einen eigentümlichen Duft auszuscheiden, einen Dunst jenseits der Sexualität, einen Schweiß des Absoluten.«

Und warum gerade diese Stelle? Sie zeichnet die Grenze von der vollzogenen zur unvollzogenen Liebe und verwischt sie zugleich, sie ist Glut und Asche in einem; M. hatte immer das Absolute gesucht, sein Sammeln war ein Ausdruck dieser endlosen Suche, auch um den Preis, eine

Liebe dabei zu verlieren und letztlich das Leben; denn er wollte das Absolute ohne den Schweiß, die für ihn sauberste Lösung, bis hin zur Feuerbestattung.

Abends mit dem Sohn vor dessen Riesengerät das Spiel Portugal gegen die Niederlande, eine Hitzeschlacht. Nachts endlich dann Gewitter; und auf dem Küchentisch, der längst ein Büchertisch ist, die alten Briefe an M. – ein Blick auf die ersten Zeilen, dann landen die Briefe in einer unteren Lade, der Lade mit den Tagebuchheften aus den letzten Internatsjahren. Etwas Vergebliches haftet diesen Briefen an, sie sind nicht Teil einer Korrespondenz, wie erhofft, sondern singuläre Schreiben und dabei letztlich nur Variationen zweier Sätze, Ich denke an dich und Mir geht es gut (selbst wenn alle Umstände dagegen sprachen). Aber dieses Denken war weitgehend leer, es war nur das ferne Wiederauftauchen eines einstigen Zuhörers, dem der Schreibende von den Philippinen oder aus Somalia erzählt hat, im Grunde nach Art eines Liebesbriefs, in einer Sprache, die den anderen zu einer Antwort verpflichtet, der Antwort, die nie erfolgt ist, weshalb es auch so schwerfällt, die alten Briefe nachzulesen, als gleichsam Versetzter.

Meldung Nummer eins in den morgendlichen Radionachrichten: Bär Bruno sei tot – und der Hörer weiß nicht, was ihn mehr ekeln soll, diese Namensgebung (von welcher Seite überhaupt?) oder die Tatsache, dass Jäger in den Morgenstunden, zur Hinrichtungszeit, im Gebiet Spitzingsee den Bären außer Rand und Band erschossen haben. Es ist der Verlust eines tierischen Freundes. Seine Spur war das Bewegendste, das sich in letzter Zeit durch die Nachrichten zog; der Bär, der allen entkam, immer schneller als die Verfolger, der seiner Gattung keine Ehre machte und die Schafe nicht einmal aufaß – ein einsamer Grenzgänger wie M. es war, mal hier und mal dort, ein Tier inmitten seiner mörderischen Pubertät, von Jägeridioten abgeknallt, nachdem die Vergrämung, wie es offiziell heißt, nicht gelungen sei.

Tagsüber Notizen und Arbeit an der Novelle. Und am Abend die Nähe zu einer echten Tragödie: Ein Mädchen, mit dem unsere Tochter zum Hundetraining geht, ist von der Straßenbahn überfahren worden und tot, die Nachricht kam als Mail. Die Tochter, dreizehn, sitzt starr auf dem Bett, sie weint kaum, sie atmet nur heftig, ihr Fernseher läuft ohne Ton. Bis heute war der Tod nur bei zwei alten Katzen vorgekommen, als Erlösung, sein wahlloses Zuschlagen kannte sie nicht. Der Vater steht vor dem Bett, und ihm fällt nichts Tröstendes ein, also zieht er sich wortlos zurück. Irgendwie beschämt es den Erwachsenen, dass so etwas überhaupt passieren kann, als hätten Eltern nicht nur für die Ausstattung ihrer Kinder zu sorgen, vom iPod bis zum Flachbildschirm, sondern wären auch dafür verantwortlich, dass all die blutigen Dinge auf dem Schirm diesen Rahmen ja nie verlassen.

23

Verhangenes Sommerwetter, vormittags der Paketdienst, die Bücher aus Berlin; ihr Gewicht macht zum Glück auch physisch zu schaffen – unter den Küchentisch geschoben, bleibt die Sendung vorerst ungeöffnet. Gegen Abend eine Verabredung mit der Tochter bei Douglas, überraschend für den Vater: Die Tochter ist schon wieder mehr ins Leben verwickelt als in die Tragödie eines tödlichen Unfalls. Wie ein kleines Raubtier, das, von trügerischen Gerüchen verwirrt, die Beute zwar wittert, aber nicht anpeilen kann, streift sie durch das Parfümeriereich. Soll sie nun eine Kette kaufen oder doch lieber Ohrringe oder etwas ganz anderes, eine Creme, eine Tönung? Väterlicher Rat ist nicht gefragt, dazu trägt der Vater ein zu gestriges Hemd; außerdem sagt er Clip statt Ohrring (das Obszöne des Unzeitgemäßen inmitten der Mischung aus dem Kostspieligbilligen, das der Laden bietet, und dem Billigfemininen, mit dem es angeboten wird).

Erst nachts das Auspacken der Bücher, der Vergessenen und der Verfemten, die M. in verschiedensten Ausgaben zusammengetragen hatte, aber auch der großen alten Männer und bedeutenden Schwermütigen. Immer wieder Jünger, Borges und Benn, immer wieder Kleist, Hölderlin, Nietzsche. Und unter den Alten und Schwermütigen auch verstreut ein paar Frauen, die Bücher alle so, als hätte er sie besonders geschont oder neu gekauft – Zwetajewa, Achmatowa, Virginia Woolf, Droste-Hülshoff. In der

Dichtung hatte er sich allerdings mehr an die Männer gehalten, an Vergil, an Chamisso, an Novalis, Klabund oder Rilke. Und dazwischen wieder ein Magazin, diesmal mehr als schwarzweiß – junge lachende Frauen, heftig in ihren Blicken, wie H., als M. sie aufgelesen hatte, und neben einer, zweifellos der schönsten, der Vermerk: Ja, ja, ja, zu allem Ja, wie Nietzsches Esel! M. hatte sich immer bewusst in die Liebe verrannt, als intelligenter menschlicher Esel, der das Fleischliche sorgfältig vom Liebesalltag abgelöst hat, als göttliche Angelegenheit; in dem alten Vergil-Band, *Aeneis*, fand sich beim Blättern eine Bleistiftunterstreichung, Buch IX, Vers 184: »Sind es die Götter, die in meine Seele die Glut wehen, welche ich fühle, oder wird wohl ein heftiges Verlangen für jeden von uns zum Gott?« Und in Jüngers Tagebüchern sind zwei Stellen vom Juni achtundsechzig unterstrichen, die auch auf ein bewusstes Verrennen hinweisen. »In unserer Zeit scheint eine Neigung für das Widrige zu wachsen – hierher gehören gewisse Exzesse der Dokumentation, vor allem durch Lichtbilder.« Und einen Tag später notiert Jünger: »Einmal werden wir alles zurücklassen, mehr als die Lichter und Stimmen der sinnlichen Welt. Der Gang bleibt keinem erspart. Man kann füreinander, doch nicht miteinander sterben, das sind Kleistsche Fiktionen ...« Und doch häufen sich bei Kleist M.s Ausrufezeichen neben den todessüchtigen Zeilen, und auf einem eingelegten Papier findet sich eine Leseliste zu Kleist und Henriette Vogel, die sich kaum kannten und doch zusammen in den Tod gingen. Am Ende bedecken die durchblätterten Bücher den Tisch, und der neue Besitzer der nicht neuen Werke – über die wir schon, wie über Jüngers *Afrikanische Spiele*, in Internatszimmer, jeder auf seinem Bett, gestritten hatten: ob das wohl überholtes Zeug sei – weiß nicht, wohin damit; es wird wohl auch auf ein neues Regal hinauslaufen, auf eine Veränderung der Wohnung.

Und zu Jünger das unvermeidliche, klärende Wort (das M. verweigert hätte). Es war dessen nüchterner, in den Augen vieler, die ihn nur angelesen haben, grausamer Blick auf die Dinge unseres Verhaltens und der Natur und des Zusammenspiels von beidem, der M. so angezogen hatte, die besondere Form von Empathie, eines Mitleids ohne jeglichen Gefühlsschmuck, Jüngers reine Passion. In den Tagebüchern (*Siebzig verweht I* und *II*) finden sich unzählige entsprechende Unterstreichungen, viele mit dem Vermerk Zitat!, als hätte M. eine groß angelegte Jünger-Biografie geplant oder sich als jemanden vorgestellt, der sich mit einer solche Aufgabe trägt. Eine kaum versteckte Sehnsucht spricht für den schreibenden Freund aus all diesen Vermerken, die Sehnsucht, selbst zu schreiben und das eigene Erleben dadurch auf die Füße zu stellen oder überhaupt auf die Füße zu kommen. Und schließlich eine so dick unterstrichene Eintragung, dass sich sein ganzes Schweigen oder Nichtschreiben daraus erklärt. Am fünfzehnten Mai achtundsechzig (in den Tagen unseres Abiturs) hatte Jünger etwas notiert, das für M. zum Credo wurde: »Das Beste behält man für sich.«

Auch sein herbeigerauchtes, angestrebtes Aus-dem-Leben-Gehen wollte er – als negatives Bestes – für sich behalten, und doch gab es Ankündigungen aus einer Art Weltverachtung, die ihn mit einschloss. Wenige Wochen vor seinem Tod hatte M. der Gefährtin ausgemalt, wie er sich zuerst irgendwo den Schädel aufschlagen werde, um dann, sonstwie benommen, das letzte Stück zu gehen, bis er irgendwann umkippen würde, dort, wo Notärzte nichts taugten. Und nachdem er, scheinbar versehentlich, mit der Stirn gegen einen niedrig hängenden Ast gerannt war, hätte ein wächterhafter und letztlich nicht liebender Beobachter das von da an geradezu systematische Rauchen und Kaffeetrinken bemerken können und vielleicht auch die Einnahme von irgendetwas, den Tabletten, die er sich schon ein Jahr zuvor verschafft haben wollte. Er hatte sich aufgegeben und konnte auch nicht mehr in den Sätzen anderer tröstlich das eigene Denken wiedererkennen, höchstens noch wie Kleist das eigene Untröstlichsein. Und danach? Letztlich war niemand dabei, nicht einmal die Gefährtin an seiner Seite. M. hatte sich über die Folgen des Weiterrauchens nach dem Lungenemphysem genau informiert, das entsprach seiner Art, und bei allen Nachteilen überwog der winzige Vorteil eines am Ende vom Sterben entlasteten Todes. Ihm war klar, was auf ihn zukam, er kannte den Verlauf, aber nicht die Daten. Er war vorbereitet, und er verstand sich als einen, der hart im Nehmen war, nur drohte wohl auch dieses innere Gewappnetsein mit der Selbstaufgabe am Ende etwas verloren zu gehen. Aber wie verhielt sich einer, der nicht so hart im Nehmen war? Sollte er jammern, erstmals im Leben, sollte er trinken oder im Bett bleiben? Nichts davon. Er schloss sich ins Bad ein, hörte seinen letzten Sänger und rauchte.

Im Grunde eine alte Übung, nur dass der Sänger dabei kein letzter war, eher ein erster in einer neuen, erstmaligen Lage – nachdem die Schwangere der Schwestern das Internat verlassen hatte und unweit der elterlichen Apotheke das Kind in ihrem Bauch heranwuchs, verbrachte M. ganze Nachmittagsstunden auf einem der verwaisten Schulklos, rauchte und hörte Musik, von einem inzwischen noch kleineren und besseren Tonband. Er hörte Yves Montand, dessen weiche Stimme zum zerfurchten Gesicht seine eigene Janusköpfigkeit wiedergab, und er hörte Eartha Kitt mit ihrem kindlich-hexenhaften Nachtclubton. Eine Weile hatte ich nichts von diesen Sitzungen gewusst, bis eine Andeutung kam, wo er manchmal die Nachmittage verbringe, und so besuchte ich ihn, und wir rauchten zusammen, aber jeder auf seinem Klo, während die Musik lief. Erst beim zweiten oder dritten dieser Besuche erzählte M., was mit ihm los war. Er hatte mir in Latein geholfen, und auf einmal kam er auf A., und ich erfuhr von seiner Panik wegen des Kindes, das von Tag zu Tag in ihr menschenähnlicher wurde. Die beiden telefonierten nur einmal in der Woche, so war es mit den Eltern vereinbart, und nach jedem dieser Gespräche war sein Vaterwerden nähergerückt. M. sah mit dem Kind sein Leben einstürzen, noch ehe es begonnen hatte. Eine Abtreibung kam nicht in Frage, weder für die künftigen Großeltern noch für die Schwangere selbst, während M. und ich natürlich sofort an diese Lösung gedacht hatten, sogar eine Züricher Adresse war schon ermittelt, nur fehlten uns zweitausend Franken. Und so wuchs das Kind im Bauch, und M. sah sein Vaterschicksal besiegelt; also schloss er sich ein, rauchte und hörte Musik, eine Phase von etwa drei Monaten, die damit endete, dass wir uns gegenseitig rasiert und gegenseitig die Haare geschnitten haben, wie zum Beweis einer Intimität, aus der kein neues Leben hervorgeht, sondern höchstens eine neue Frisur (und beim privaten Haareschneiden ist es meinerseits auch geblieben, längst von eigener Hand, gegen den Zinnober der Frisöre).

Heute Deutschland–Argentinien, die Stadt in Unruhe wie vor einer Sonnenfinsternis. Nur in Antiquitätenläden, durchstreift auf der Suche nach einem Regal, die übliche Stille. Und schließlich findet sich auch etwas Passendes, drei Fächer, eine Lade, kleine Beine mit Füßen, diskreter Jugendstil, leider nicht passend im Preis. Wie viel will ich ausgeben, damit M.s Bücher das Regal bekommen, das sie verdienen? Das Problem wird vertagt, könnte aber schnell einer Lösung näher kommen – der Autor hat eine Verabredung mit dem Verlegerfreund in dessen Büro. Man schließt dort einen Vertrag ab, nicht den ersten; die beiden kennen sich schon lange, sie teilen die Schwäche für das Schwierige und die Schwäche für das Schlichte. Hat der Verlegerfreund M. abgelöst? Nein. Er und ich haben ausschließlich eine Geschichte unter Erwachsenen; sein Schicksal mit dem Verlag des Vaters ist zum Teil auch meins. Der Verleger fragt nach der Arbeit des Freundes, nach dem Eheroman, den sein Autor seit Jahren im Kopf hat (wie einen Traum, an den man sich in immer neuen Bruchstücken erinnert), und auf einmal rede ich über M. und das Nachdenken über ihn, über unsere Zeit, damals und später, und der Zuhörer, etwas verwirrt von den Sprüngen, bittet um eine Übersicht.

Lebenslauf, soweit bekannt. M. P., geboren am 1. 10. 1947 in Heiligenstadt, Thüringen; Einzelkind. Frühe Flucht der Eltern in den Westen, Karlsruhe, Gründung des väterlichen Ingenieurbüros (später florierend). Nach vier Jahren Gymnasium, altsprachlich, Wechsel auf die evangelische Internatsschule Gaienhofen, Bodensee; Abitur 1968. Befreiung von Wehr- und Ersatzdienst, Studienbeginn in Frankfurt/Main, Jura, später Tübingen; Berufsziel Neurologe. Zulassung zum Medizinstudium in Freiburg, dort bis zum Staatsexamen. Anschließend Berlin/West, Tätigkeit als Assistenzarzt in der Neurochirurgie, erste Anstellung am Klinikum Steglitz; ab 1983 auf der Position eines Oberarztes, verantwortlich für die Ambulanz. Nach Ende des Vertrags das Ausscheiden aus dem Beruf, 1989. Von da an ohne feste Stellung; unregelmäßige Arbeit in Antiquariaten, Kurse in Neurologie, Tätigkeit als Notarzt, angeblich auch Verkäufe von Fotos. Seit Tod des Vaters (1998?) finanziell auf sich gestellt; Beginn der Verarmung, zunehmende Selbstisolation und Ausbruch einer ungeklärten Krankheit (Polyneuropathie). Ab 2003 Atembeschwerden, eingeschränkte Bewegungsfreiheit; letzte Zuflucht ein kleiner See nördlich von Berlin, dort gestorben am 20. 8. 2005 an Herzversagen. Werke: Hunderte von Briefen an Frauen (nachweislich), mehrere Tagebücher (verschollen); Zehntausende von Fotos (Frauenkörper, Seenlandschaften, antike Szenarien, sizilianische Kargheit, Berliner Verfall, Lissaboner Verfall, die Ästhetik des Rauchens,

Schaufensterwelten, alte Plakatwände, Detaildramen jeder Art); Schaffung einer Musiksammmlung und einer Bibliothek der Traurigkeit, Schaffung einer Bernsteinzimmerwohnung und mehrerer Collagen.

Und im Übrigen wäre es keine große Sache, an einige der Briefe heranzukommen, aber was könnten diese schriftlichen Ansprachen an Frauen (deren Geschichte mit M. ja im Dunkeln bliebe) noch aufhellen? Wie der Briefeschreiber gedacht hat? Das ist bekannt. Und M.s Schreibstil entsprach der jeweiligen Adressatin, mal schwärmerisch, mal verführerisch, mal dogmatisch und manchmal von jedem etwas – der Chronist hat weder die Gefährtin (H.), noch die jüngere der Schwestern, noch die eigene Schwester nach dem Inhalt von M.s Briefen gefragt, aber alles, was dennoch herauskam, aus einer Art Überdruck, den die Briefe hinterlassen haben, ergibt ein Bild durchdachter Appelle, immer eher das Leben der Angesprochenen oder das Leben überhaupt im Blick als sich selbst oder gar die berüchtigte Beziehung. Es waren klassische Briefe, wie sie heute wohl kaum noch geschrieben werden, stets ein Thema umkreisend und nur in dieser Denkverführung Liebesbriefe, ohne jede mündliche Haltung (fern aller E-Mails oder gar des Chattens); Briefe, die man entwirft, um sie noch einmal zu schreiben, ehe der Entwurf in Flammen aufgeht, und Briefe, in denen Lieben und Lügen unter Umständen ein und dasselbe waren: M.s persönliche Wahrheit, die er immer wieder einfließen ließ. Und der, der nie einen der Briefe bekommen hat (auf all seine Briefe hin), tröstet sich mit den Mitteilungen, die an anderer Stelle aufgetaucht sind, in Form von Strichen und Ausrufezeichen.

Unter den Büchern aus Berlin fand sich auch eins, das schon vor vielen Jahren in Frankfurt war, eine psychoanalytisch umraunte Doktorarbeit, darin die guten Wünsche des Verfassers und gezielte Unterstreichungen von Empfängerseite. M.s Neugier galt dem Bereich des Fading, jener leidvollen Prüfung für den Liebenden, bei der das Objekt, also er, sich ohne Gründe zurückzuziehen scheint, in einer oft rätselhaften, verletzenden Gleichgültigkeit, die sich gar nicht gegen den anderen richten muss, die eher eine Gleichgültigkeit gegenüber dem eigenen Leben ist. Der Freund oder Geliebte entfernt sich dabei in einen vagen Raum (als verlöre man ihn im neuen Hauptbahnhof von Berlin), und man erschöpft sich bei dem Versuch, ihn aufzuspüren, doch der Betroffene erschöpft sich auch selbst in seiner Verflüchtigung; wenn man ihn schließlich wiedersieht oder auf einmal am Telefon hat, scheint er aus einem Schattenreich zu kommen. Als M. eines Abends aus einem Krankenhauszimmer anrief und den schreibenden Freund darum bat, der behandelnden Ärtzin ein Buch mit Widmung zu schicken, kam er aus dieser vagen, fernen Region, so vage wie das Wort, das bei der Gelegenheit zum ersten Mal fiel, Polyneuropathie. Eine genaue und zugleich dürftige Angabe, mit einer Stimme wie von einem Ende der Welt, das ein Gesunder nur postalisch, durch das Versenden eines Buchs, erreichen konnte; ein Dasein und Nichtdasein am Telefon, letztlich die fortgesetzte Verflüchtigung. Und bis auf eine Ausnahme blieb es dabei auch, und da war der Gesunde der scheinbar Entferntere (wieder unter den Colonaden am Malecón, Anruf Nummer zwei von dort, während M. in diesen Ausnahmeminuten förmlich nach mir oder dem, was er um mich herum vermutet hat, rief).

Erzähl von den Frauen, kam es mit der Plötzlichkeit, mit der er ein halbes Jahr später von dem versteckten See anfing, und ich bereute es schon, noch einmal seine Nummer gewählt zu haben, nur um zu sagen, dass es den knochigen Hund immer noch gab, oder um noch einmal die Sehnsucht in seiner Stimme zu hören: nach diesem Ort und vielleicht auch nach mir, nach uns beiden in Havanna, unter den Colonaden am Meer, nass von Gischt wie in dem Lokal auf der Klippe vor Puerto de la Cruz, ehe wir durch die Bananenpflanzung zu unserem Hotel gingen. Los, rief er und lachte heiser, als hätte ich schon losgelegt; er wusste nicht, wo ich stand – halb hinter einer der blassgelben Säulen, damit das alberne kleine, perfekte Gerät trocken bliebe. Ich hatte nur gesagt, ich sei noch in Havanna, dort sei früher Abend, mit Massen von Leuten, Musik und Gehupe, und in den alten Autos ganze Familien, schwarze, braune, weiße, und er fiel mir ins Wort, mit dieser Bitte oder Forderung, die im Grunde ein Witz war, einer seiner ernsten Witze über sich und die Welt, Erzähl von den Frauen, und da war's schon zu spät oder wäre zu teuer gekommen, noch den Hund einzuschieben. Die seien überall, sagte ich, mit Anbruch der Dunkelheit säßen sie auf den Steinbänken am alten Paseo del Prado, der hinunter zum Malecón führt, und sie stehen in lichtlosen Haustoren, ein Kind auf dem Arm, oder auf den Balkonen

219

verwaister Palais, neben sich ein altes Kofferradio, hinter sich Kerzenschein statt brennender Lüster, aber diese Angaben reichten ihm nicht, und ich sagte, leicht übertrieben, die allermeisten seien wunderschön, kraftvoll, dunkel und dabei zart oder einfühlsam aufgrund ihrer Bildung, mit Augen allerdings, die immer über das Meer zu blicken scheinen, bis nach Miami, und auch das genügte ihm nicht. Erzähl von einer, rief er, mehr im Ernst als im Spaß, und ich begann von einer zu erzählen, die mich am Vorabend angesprochen hatte, auch ein Kind auf dem Arm: ob ich ihr folgen wolle, mit viel Abstand, wegen der Polizei – es ist ein Polizeistaat, warf ich ein, sie knüppeln hier die Dreiradrikschafahrer nieder, wenn sie für ein paar Pesos Ausländer mitnehmen –, aber politische Dinge interessierten ihn nicht. Und wie war's?, rief er, sag, nur gab es nichts zu sagen, ich hatte die junge Frau mit ihrem Kind zum Essen eingeladen, sogar Fotos von ihr gemacht, mit meiner Taschenkamera, darauf hatte sie bestanden; ein schöner Abend mit ein paar Worten Spanisch und ein paar Worten Englisch und von ihrer Seite mit einem Gedicht von Pablo Armando Fernández unter einem Foto von Commandante Che, der schon am selben Tisch gegessen hatte, in dem Jahr, als M. und ich uns kennenlernten, wenn sie die Widmung richtig übersetzt hat. Und dann?, rief er von seiner Bernsteinzimmerwohnung aus, schon etwas matter, rauchend im Bett, während ich kurz auf die Uhr sah. Fast zehn Minuten hatten wir schon geredet, und der Anrufer machte im Stillen eine idiotische Rechnung auf, als seien fünfzig oder achtzig Euro irgendeine Summe und der Grund, nicht weiterzureden, wenn es sein müsste, bis alle Energien des kleinen Geräts erschöpft wären, aber das Zögern und ausweichende Antworten erschöpfte nur M.s Energien. Du musst nicht, sagte er schließlich, und da erfand der schreibende Freund, als sei er dem anderen noch eine Geschichte schuldig, die Fortsetzung des Abendessens mit Mutter und Kind. Ihm war nicht wohl dabei (so wenig wie beim Aufschreiben dieser Geschichte, die einem Fremde abends in Bars erzählen, mehr traurig als stolz), aber ein Wort gab das andere. Ich sei dann hinter der jungen Mutter mit viel Abstand hergegangen, keine leichte Sache bei dem Gewühl in den Straßen, rief ich. Und das bis zu einem Wohnhaus mit vielen Etagen, in allen nur Kerzenlicht, ein Schimmer in den dunklen Fenstern (sein Wertlegen auf Details kam mir entgegen); und vor dem Haus gerade der Tankwagen mit Frischwasser für die Bewohner und seinem lauten Generator, um es nach oben zu pumpen. Und trotzdem, sagte ich, war ein Gemurmel und Gelache zu hören an jeder offenen Tür in dem finsteren Treppenhaus, weil ja alle wussten, was der Ausländer wollte, und ganz oben gab die Frau ihr Kind ab und führte den Mann, der sie zum Essen eingeladen hatte, in eine Kammer mit Bett und Kerze. Und der knochige Hund, rief M. dazwischen, als hätte er gar nicht zugehört oder das Ganze durchschaut, gibt's den noch auf dem Stuhl? Er lachte und hustete, es schien für ihn alles eins zu sein, was da aus Havanna zu ihm nach Berlin drang – eine schöne Scheiße, in der sich der Freund da bewegte, und ich sagte, es gebe ihn noch, und wie es ihn gebe: wenn ich den Arm ausstreckte, könnte ich ihn streicheln, worauf er mich bat, das für ihn zu tun, jetzt gleich, nachdem wir aufgelegt hätten – Das war's, rief er, danke, Schluss! Und dann knackte es, das kam von seiner Seite, während ich schon den Arm streckte, aber mehr auch nicht.

24

Erneut glühendes Sommerwetter, wie ein blendender statt dunkler Tunnel, durch den man taumelt. Und am frühen Nachmittag schon ein Sturm auf die Plätze vor den Leinwänden in Parks oder Lokalen. Ab sechzehn Uhr sind Vater und Mutter auf Wunsch der Tochter, die einen Fahnenrock trägt (der Sohn ist bei Freunden) im brechend vollen NYC, einst Frankfurter Wirtschaft mit Frühschoppen am Sonntag, inzwischen ein Lokal mit Beamer und einer Musik, die alles erzittern lässt und erst bei Spielbeginn abgestellt wird. Die ersten Minuten nur nervöses Gerenne und ein Kommentator, der die fremden Namen ausspricht, als klapperten Gauchosporen mit, bis das Hurra im Raum ihn übertönt, obwohl die Abwehr das Spiel zu ersticken droht. In der Pause steht es noch null zu null, die Eltern des Mädchens im Fahnenrock bestellen alkoholfreies Bier; auch bei der Hymne hatten sie nicht mitgesungen, aus altem Prinzip. Und kurz nach der Pause, in der Neunundvierzigsten steht es plötzlich null zu eins nach Eckball, wie eine Ohrfeige von der Seite, und es wird ruhiger im NYC, leider, denn nun schlägt erst recht die Stunde des Kommentators, er nennt die Schwächen, er zeigt die Auswege auf. Und das Spiel wird zum Gebolze, aber die Mannschaft, der das Hurra galt, verliert nicht den Faden; völlig unerwartet in der Achtzigsten der Ausgleich, als Abschluss einer Kopfballstaffette. Der Jubel erfasst auch die Nüchternen, Popcorn fliegt durch die Luft, die Tochter tanzt auf dem Tisch, Geschirr geht zu Bruch, allein die Bedienungen behalten die Übersicht. Wir bestellen nun richtiges Bier, während die Musik wieder stampft bis zum Beginn der Verlängerung, und da merkt man schon gleich, wer die größeren Reserven und die größere Ordnung hat, immer noch zu spielen versucht, und trotzdem fällt kein Tor mehr; das Mittelfeldgestrüpp ist entzweigerissen, die Argentinier jetzt eindeutig kopfloser als der Gegner, nur noch beim Mauern finden sie sich, und so kommt es zum Elfmeterschießen. Keinen hält es mehr auf dem Stuhl, der Kommentator redet ins Nichts, das Publikum ist sein eigener Herr. Die Schützen sind bleich, jeder Treffer ein erhörtes Gebet, bis ein Zettelchen in die heimische Torwarthand wandert, und das gute alte Lesen wieder eine Rolle spielt, mit dem Ergebnis, dass ein Ball nicht landet, wo er hätte landen sollen – zu unseren Gunsten, wie man weiß. Und der Rest ist auch bekannt, der lesende Torwart verhindert einen weiteren Treffer und ist der Held des Tages oder überhaupt dieser Tage – an die man sich erinnern wird wie an die hellen Tage einer Freundschaft, als man gemeinsam Siege davongetragen hat ohne einen Finger zu rühren.

M. war, wie ein guter Torwart, seinem Wesen nach immer auch ein Verhinderer. Er ging jahrzehntelang auf Menschenfang durchs Leben und hat dabei nie oder kaum einmal das Ganze gewollt, sondern immer nur eine Besonderheit, die das Ganze verhindert hat. Er wollte das so Scheue eines Lächelns, die Blässe einer Kniekehle, eine bestimmte Art, sich das Haar hinter die Ohren zu legen, nur mit den Daumen, oder die Asche von der Zigarette zu streifen durch eine sachte Drehung, wie nebenbei; ihm lag an gewissen Blicken des anderen, auch auf dessen eigene Blöße, vor allem beim Fotografiertwerden, an einem eleganten Umgang mit offenen Wunden. Und bei alldem hat er das Tor seiner selbst stets bewacht, das Spiel mit den Detailbällen aber angeheizt, aufgrund eines Talents, das eine unheilbare Krankheit war, eine Krankheit mit dem Namen Ich sehe die Sprache, auch Krankheit des befreundeten Autors.

Als wir uns zwei Wochen nach den Anrufen aus Havanna in Berlin zum letzten Mal sahen, da fragte er schon im Auto – er hatte mich am Bahnhof abgeholt –, was die Kubanerin mit dem Kind genau gesagt habe, damit ich ihr folge, und kaum waren ihre holprig englischen Sätze wiederholt, war es, als hätte er ein Foto gesehen; auf die tatsächlichen Fotos, die beim Essen entstanden waren, warf er nur einen kurzen Blick, und dass wir an Ches altem Tisch gegessen hatten, rundete sein inneres Bild ab. Er fuhr mich zu meinem Hotel gegenüber vom Sony-Center, ich forderte ihn auf, mit aufs Zimmer zu kommen. Aber er wollte nicht, er wollte im Foyer eine rauchen, solange der Gast seine sieben Sachen nach oben brachte. Ich eilte mich, und als wir dann die Straße überquerten, um in das elende Schnellrestaurant zu gehen und unsere letzte Stunde schon keine ganze Stunde mehr war, packte er mitten auf der Fahrbahn plötzlich meinen Arm, weil ein schwarzer Regierungs-Audi heranschoss, ja zog mich sogar aus der Gefahrenzone – mit einem Lächeln, das kaum verlegener hätte sein können, als ich Danke sagte und dazu noch seinen Namen in den Mund nahm. Ein schöner und zugleich peinlicher Moment, mitten im Straßenverkehr, zwischen den Glas- und Stahlbauten auf dem einstigen Niemandsland (das wir auf unserer Berlin-Klassenfahrt, Oktober siebenundsechzig, von dem hölzernen Turm aus fotografiert hatten). Schön, weil zart; und peinlich, weil abgebrochen und letztlich sprachlos. Wer bin ich, wenn ich liebe (im weitesten Sinne)? M. hatte sich das wohl nie oder nur beim Zusammenstellen seiner intimen Collagen gefragt.

Ein Anruf von U., nach ihrem morgendlichen Blick in die Zeitung – Robert Gernhardt ist tot. In wenigen Tagen hätten wir ihn in Mainz auf dem privaten Sommerfest noch einmal treffen sollen – jetzt bleibt die Beerdigung (und man fragt sich, warum es nicht rechtzeitig zu einem Treffen kam; stattdessen nur Begegnungen im Park, zwei Paare und zwei Hunde, die Menschenblicke auf dem Spiel der Tiere). Und mittags in der Post ein Scheck von der Verwertungsgesellschaft Wort. Halbjährlich kommt dieser milde Regen, vor den großen Ferien und vor Weihnachten, den kritischen Zeiten für Kleinunternehmer, diesmal sind es 3.524 Euro, davon das allermeiste für Fernsehzeug, was doch mit Sprache kaum etwas zu tun hat, aber da fließt das Geld, während aus öffentlichen Bibliotheken höchstens Beträge kommen, die für eine warme Mahlzeit reichen. Es ist süß und bitter zugleich, diesen Scheck zu erhalten, und der Empfänger fährt sofort in die Stadt und kauft das schon entdeckte Regal mit einer Lade für Briefe und Fotos; es muss nur farblich noch etwas aufgearbeitet werden, hin zu einem Bernsteinton.

England–Portugal an der Seite von U., das Zuschauerpaar im Freien, Bier in der Hand, den Temperaturen ergeben. Es steht null zu null, wie in einer langen Ehe, man weiß schon, was zu tun ist, damit nichts passiert, nur passiert dadurch auch nichts; in der Zweiundsechzigsten muss Rooney immerhin den Platz verlassen, wegen eines Tritts. Und auch die Verlängerung bringt nichts, also wieder Elfmeterschießen und noch ein Bier – im erwartungsvollen Publikum Mick Jagger, ein bleiches Gespenst, das unserer verschleppten Jugend. England scheidet aus, erneuter Schwenk auf die Logen. Beckhams Sohn popelt, seine frisösinnenhafte Mutter findet Trost bei einer anderen Spielerfrau, die ebenso aussieht. Anschließend die Nachrichten, kein Wort über Gernhardt. Wir zahlen und gehen noch etwas durch die Straßen, zwei unter vielen; Gefühl von Ehe beim Nebeneinandergehen in warmer Luft, einer Verlängerung, die einfach immer weiter läuft, bei der unentschieden und entschieden eins sind. Trennung für eine Nacht dann am Schweizer Platz, mit kurzem Winken, wie schon tausende Male.

Ob er noch mit dieser Frau zusammen sei, hatte der Verheiratete seinen zuletzt viel eheähnlicher eingerichteten Freund alle Jahre gefragt, und die Antwort fiel von Mal zu Mal etwas präziser aus, von einem halblauten Ja, schon bis zu einem durch Räuspern hervorgehoben Ach, ja, sicher. Und in dem Zusammenhang auch erstmals das Wort Gefährtin (das ich übernommen habe, weil mir nichts Besseres einfiel), verbunden mit einer Gegenfrage: Ob's in einer Ehe nicht irgendwann den Wunsch gebe, noch mal etwas ganz Neues zu erleben, nein? Es war auch oder eher eine Frage an sich selbst, wie weit man sich mit dem finalen anderen abgefunden hatte, nur sollte der Freund sie für ihn beantworten, und ich sagte, es sei schon gut so, und M. bekam seinen Lachhusten und steigerte diese Aussage noch, als er wieder Luft hatte: Es sei besser so. Und das klang, als wäre der andere Zustand, der der offenen Wünsche, eine Alterskrankheit, der einzigen, die sich scheinbar bekämpfen lässt – in Wahrheit aber unheilbar wie fortgeschrittener Krebs, nur dass man nicht an Geschwulsten leidet, sondern an Hohlräumen.

Und die Ehefrau (U.) vor kurzem nach einem Kuss: Es sei ja inzwischen so, als würde sie gar keinen anderen mehr küssen. Kein Vorwurf an den Mann, ein Vorwurf an das Leben; aber den Wiederholungen in der Ehe, der Abnutzung des anderen als anderen, entsprechen bereits die Tautologien der Verliebtheit (Sweets for my sweet, sugar for my honey), die x-te Wiederholung des alten Seufzers Ich-liebe-Dich, und schon das liegt nicht jedem. Was für die einen pure Selbsterhaltung ist (täglicher Liebesbeweis als Droge), ist für andere die Aushöhlung ihrer selbst. M. war natürlich erklärter Gegner von Wiederholungen und damit der Ehe, hatte aber immer Frauen aufgegabelt, die sich zum Nestbau anregen ließen, ja, er hat sie darin unterwiesen, und wenn das Nest auch mit dem eigenen ästhetischen Zutun schließlich fertig war, hat er es benützt, um von dort aus fortzufliegen. Er brauchte einen Hafen, um sich davonzumachen, und am Ende hat er sich auch noch innerhalb des Hafens davongemacht, eingeschlossen im Bad, um mit seiner Wenigkeit als Gesellschaft zu rauchen (während der Verheiratete bis heute eine eigene Wohnung hat und damit auf das Nest von Frau und Kindern auch nur ein begrenztes Anrecht).

In der Sonntags-Zeitung eine Klagenfurt-Nachlese, die neuen Schreibenden. Man komme aus dem Internet, so eine Antwort auf Fragen der Herkunft (für einen, der gar keinen Internetanschluss besitzt, eine Antwort ohne Belang). Und weiter hinten eine Seite für Gernhardt, mit einem seiner letzten Gedichte, darin die Zeilen: »Warst einst viel groß / Bist jetzt viel klein. // War einst viel Glück / Ist jetzt viel Not. / Bist jetzt viel schwach / Wirst bald viel tot.« M. hätte sich das im Bad aufsagen können, wäre er ein zu Tode betrübter Dichter gewesen, aber wer weiß, ob er sich nicht genau das, nur mit anderen Worten oder gänzlich ohne Worte beim Rauchen vor dem Spiegel mit Blick in sein frühes Greisengesicht aufgesagt hat, einem Blick, dem nichts entging, am wenigsten der eigene Schwund – dem Blick auf die Karikatur des Früheren, den jeder über fünfzig kennt, und den viele auf ihre Art korrigieren. Die einen färben sich das Haar und hungern, die anderen gehen ins Sonnenstudio, die ganz Nervösen zum Chirurgen; und M. wollte nur nicht mehr angefasst werden. Er hat seine alte Haut gerettet, indem er jeder anderen Haut auswich, und hungern musste er nicht, weil er von selbst abnahm. Er wurde immer weniger, das hatte er am wenigsten ertragen. Bei unseren letzten drei Treffen im Abstand von einem Jahr fielen die Umarmungen zur Begrüßung und zum Abschied immer flüchtiger aus. Seine schmale Hand lenkte meine breitere schon auf ihrem Weg Richtung Kopf zur Seite; er wollte sein Gesicht nicht mehr in fremde Hände legen, und neben der Haut, die nicht mit sich spaßen ließ, gab es noch das Problem der angemessenen Antwort, nach der ja jede Berührung verlangt. Also wich er dem Ganzen aus, auch durch Verpuppung mit einem immer dichteren Bart; ungeschützt waren nur die Augen, die man bekanntlich nicht anfassen kann.

Am Wochenanfang ein Mittagessen mit einem alten Freund und früheren Lektor in der hochsommerlichen Stadt, das erste Treffen seit der Staroperation und den Folgen. Der Autor erzählt, was in dem Zusammenhang erzählt werden muss, dann interessieren ihn die neuesten Turbulenzen in seinem Ex-Verlag, und der alte Freund macht einige Bemerkungen in den Grenzen der Diskretion (die ich an H. U. so schätze), einer Tugend, ohne die man gar nicht erst anfangen sollte als Lektor. Anschließend berichtet der Autor von seinen Reisen im vergangenen Monat und erwähnt die Notizen als Ersatz für die Arbeit am Bildschirm. Der langjährige Wegbegleiter aber sieht schon die Umrisse eines Buchs und weiß die richtigen Fragen zu stellen; sein loyaler Wegbegleiterwille und das Wohlgesonnene für ein Manuskript, bei nicht bestechlichem Ohr: die unscheinbaren Eigenschaften, die ihn groß machen.

Nachts im Bett Ennio Flaianos *Alles hat seine Zeit*, der Roman, der auch beim dritten Wiederlesen noch hält. (Anfang Kap. 8 – »Es gab zu viele Vögel in den Bäumen, die rings um die Hütte standen. Ihr unaufhörliches Gekrächze hinderte mich sogar daran, zu erwachen, und stürzte mich immer wieder in einen qualvollen Halbschlaf, aus dem ich erschöpft zu mir kam.«) Ein Lesen bei offenen Fenstern, aber auch Durchzug ändert nichts an der Hitze; aus der Wohnung der Sprachschüler heute kein Lärm. Und in der ungewohnten Stille für einen Moment der Gedanke oder die aberwitzige Hoffnung, das Telefon könnte klingeln und am andere Ende M.s Räuspern vor seiner knappen Begrüßungsformel, und dann mehrmals ein halblautes vor mich Hinsprechen dieser Formel mit seinem Namen und ein Erschrecken darüber, wie gut ich die Freundestelefonstimme in Erinnerung habe und nachmachen kann, bauchrednerhaft; auch ein Gekrächze, aus dem Baum der Erinnerung.

Beständige Sommerglut wie eine Herausforderung an die eigene Beständigkeit. Weiteres Durchblättern der ausgepackten Bücher, besondere Freude über eine kleine alte Ausgabe von *Rot und Schwarz* sowie Eichendorff in der Reihe *Die Bücher der Rose*; außerdem Mörike, *Gesammelte Werke*, im alten Insel Verlag, und Rilkes *Brigge* in zwei Bänden, Leipzig 1919. Vor allem aber Roths *Radetzkymarsch*, das abgewetzte gebundene Exemplar, das jahrelang zwischen M.s Plattenspieler und seiner Kameratasche vor dem Kopfende des Bettes stand, in Gesellschaft von Sartres *Ekel* und Nietzsches *Zarathustra* (und im Übrigen war es M., der mich in unserem ersten gemeinsamen Jahr, er fünfzehn, ich vierzehn, darüber aufgeklärt hat, dass, wann immer in den Schulgottesdiensten, die wir besuchen mussten, mit warnendem Unterton der Name Nietzsche fiel, nicht unser verschrobener Hausmeister Nietsche gemeint war). Es droht auseinanderzufallen, das alte Joseph-Roth-Buch über den Zerfall der k. und k. Monarchie, als lebten die Sätze in jeder Seite, ich wage kaum darin zu blättern, wie damals, als ich es ohne zu fragen an mich genommen hatte, um den Anfang zu lesen, stehend zwischen unseren Klappbetten, damit es sich schnell wieder hätte einreihen lassen, wäre die Zimmertür aufgegangen. Er lieh mir das Buch dann aus, mit gewissen Auflagen, wie ich es behandeln sollte (keine Knicke in die Seiten, keine Flaschen darauf abstellen), und ich betrat die Welt des jungen Trotta. Und später hat mich der Roman als Taschenbuch durch meine Zeit als Ausbilder begleitet, neben einem gänzlich anderen Buch, das mir M. vor der Einberufung geschenkt hatte, einem Hurrawerk über die Green Barretts, darin eine doppelt unterstrichene Widmung (einzige Widmung neben der in dem Plattenalbum), »Was uns nicht umbringt, macht uns noch härter – halt die Ohren steif, wenn es nachts mit Gewehr in die Kälte geht, M.«

25

Vor dem Spiel Deutschland–Italien, Halbfinale, noch ein
Augenarzttermin. Der Arzt leicht zerstreut, die Folgen der
Gesundheitsreform lassen ihm keine Ruhe. Dennoch
sieht er dem Patienten mit Hilfe der üblichen Tropfen
und aufgestülpter Linsen tief in die Augen und kommt zu
dem Ergebnis, nichts mehr für ihn tun zu können, abgesehen von einer Überweisung in die Klinik – eine weitere
Operation könne zum Beispiel den Augenhintergrund
säubern, nur habe die Klinik eigentlich kein Interesse
mehr an neuen Patienten, wegen der Reform. Und jede
weitere Operation bedeute auch ein weiteres Risiko, fügt
er hinzu und greift zu seiner Teetasse, die immer bereit-
steht, wie auch in den abgedunkelten Räumen der Praxis
immer eine leise, problematische Musik läuft, heute
Schuberts Sinfonie Nummer drei in D-Dur (im Warte-
zimmer jeweils ein Hinweis auf das Programm). Der Arzt,
mit modischer Brille, trinkt den Tee, als sei es Winter, und
stellt prophylaktisch eine Überweisung an die Augen-
klinik Höchst aus, um dann schon wieder von der Gesundheitsreform anzufangen, mit einem versteckten Lächeln,
das der Patient trotz Verdunklung erkennt, eine Ermuti-
gung, was sein Augenlicht betrifft. Und folglich landet die
Überweisung, kaum ist er im Freien, eine Hand über der
Sonnenbrille, so schmerzt jede Helligkeit in den Riesen-
pupillen, im nächsten Abfallkorb. Mehr ein Torkeln als
Gehen, nur den Schatten suchend, während von der Fanmeile schon Vorjubellärm zu hören ist: für das geschärfte

Ohr des Sehbehinderten etwas anders geartet als bei den Malen zuvor – eher macht man sich Mut, als schon den Sieg zu feiern.

Der halbdunkle Raum, das versteckte Lächeln, die modische Brille – und auf einmal war da, im Gehen, ein Bild aus den Anfängen mit M., der eigentlich in jungen Jahren eine Brille getragen hat, eine, die nur bei Gelegenheit auftauchte: das Bild seines Blicks durch die Gläser, mit dem Ausdruck des Arztes, der es bedauert, nichts mehr für einen tun zu können. Sie war schwarz und damals schon elegant schmal, diese Gelegenheitsbrille mit dem teuersten Schliff; M.s Augenleiden war so exquisit wie die Musik von seinem kleinen Tonband, angeblich sah er in einem bestimmten halbnahen Bereich so gut wie nichts. Dennoch trug er die Brille nicht immer, als sei auch das Leiden nicht immer da, eine Waffe, die er nur bei gewissen Anlässen zückte; er war den Dingen dann näher und gleichzeitig weiter von allem entfernt.

In einer Schülertoilette (der halbdunkle Raum?), der unteren Toilette des Schlossheims, mit dem Fenster im dritten Stock, an dem wir uns kennengelernt hatten, kam es einmal mit anderen zu einer Szene, die sich mit dieser Brille und M.s verstecktem Lächeln verbindet, der einzigen Szene dieser Art, die hierher gehört. Wir waren zu fünft – ein Leichtes, jeden Namen zu nennen –, und der Erzähler gab auch damals den Ton an; er hatte die Idee zu dieser Zusammenkunft, bei der es um einen intimen Vergleich ging, mit dem Lockmittel, dass der Sieger von jedem fünfzig Pfennig bekäme. Also war es auch an ihm, eine Vorgabe zu machen, keine einfache Sache bei vier kritischen Zeugen, und M. verteilte Zigaretten, um das Ganze zu entspannen. Nur der Erzähler ging leer aus, er sollte sich ja konzentrieren, solange M. den anderen Feuer gab, um dann seine besondere Brille aus einem besonderen Etui zu nehmen und aufzusetzen. Und ich werde nie den Geruch der hellgrünen Kugeln in den Urinalen dieser Toilette (wenn man das Schlossheim betrat, hinten links) vergessen, der so sehr an die Bemühungen erinnert, das zu Vergleichende auch im bestmöglichen Zustand zu zeigen, und das in der ewigen Kälte dieses heizkörperlosen Klos mit eisigen Holzdeckeln. Mehr recht als schlecht gelang das Bemühen schließlich, und G., der Mathematiker im Kreis, hatte die Aufgabe des Messens mit Hilfe von Zirkel und Lineal sowie der Zahl Pi, während M. auf einem Blatt Klopapier das Resultat festhielt. Den nächsten fiel die Sache dann leichter, das prinzipielle Gelingen war unter Beweis gestellt, die Reihenfolge ergab sich aus der Natur der Dinge; aber irgendwie war von Anfang an klar, dass M. der letzte wäre, und als er an die Reihe kam, setzte er die Brille ab, legte sie in das Etui zurück und sagte, das Ganze sei unwürdig. Dann verließ er den Raum, den inzwischen noch andere betreten hatten, mit der Folge, dass ein Gerede entstand und die Heimleitung von der Toilettenrunde Wind bekam. Jeder der Teilnehmer sollte daraufhin ins Dienstzimmer von Internatsleiter Müller, der sich seiner Vernehmungserfolge rühmte und den Beinamen Müller-Schmier hatte, und M. erreichte es, als Erster befragt zu werden. Er zog seine Brille auf und betrat das Zimmer im Parterre, und man hörte von innen ein Brüllen, das immer leiser wurde. Endlich kam M. wieder heraus, die Brille in der Hand, und die Geschichte war beigelegt. Er erzählte nicht viel, aber was in dem Zimmer passiert war, hatte mit seiner Brille zu tun, mit seinen Augen, mit seiner Intelligenz; angeblich konnte er glaubhaft machen, dass in der Toilette nur geredet wurde: dass es Worte gebe, die anderen wie Taten erschienen. Ganz sicher ist dagegen, dass er mir einige Tage danach, wieder verknüpft mit dem Aufsetzen der Brille, gesagt hat, diese Schwanzsache sei keine gute Sache gewesen. Keine so glückliche, sagte er wörtlich.

Abends ein Gang von Wohnung zu Wohnung zu den Nachbarfreunden, und dann rücken die immer noch lichtempfindlichen brillengeschützten Augen das Halbfinale (bei bestem italienischen Essen auf der Dachterrasse) in eine gewisse Ferne, die auch eine gewisse Distanz zu dem Gegenstand nach sich zieht. Die Italiener, so viel wird deutlich, greifen überraschend viel an und bleiben auch dabei, prallen jedoch auf stabile Abwehr und haben dann Glück, als einer der unseren in der Dreiunddreißigsten die Chance der Chancen vergibt. In der Pause (beim Carpaccio) steht es null zu null, und nach neunzig Minuten (nach Spaghettini al pesto) steht es immer noch so, obwohl wir besser geworden sind, ebenfalls angreifen. Und dann kommt die Verlängerung (beim Semi-freddo), und schon nach zwei Minuten fast die Vorentscheidung, hätten wir nicht Schwein gehabt – der Ball rollte aufs leere Tor zu und blieb irgendwie am Pfosten hängen, und so steht es auch nach hundertfünf Minuten noch null zu null. Dann aber kommen die Italiener noch einmal und das nicht angefacht von der Kulisse, sondern nur mit der Faust ihrer Herkunft im Nacken; zweitausend Jahre Kulturgeschichte stürmen da über das Feld der Ehre, Erwachsene spielen ein paar Jugendliche aus, die zwar alles geben und auch manches zu bieten haben, nur eben kaum mehr sind als das immer wieder beschworene Team, während die Italiener in diesen letzten Minuten ganz sie selbst und gleichwohl ganz Italien sind. Grosso ist Grosso und zugleich ein Nachfahre Scipios und Michelangelos, aber auch eines Garibaldi und Mastroianni, als er in der Hundertachtzehnten das erste Tor macht, und Del Piero ist ganz Italien, mit heiligem Ernst, und darum auch ganz Del Piero, als er in der letzten Minute die Sache mit dem zweiten Tor besiegelt. Nicht die bessere Mannschaft, die bessere Geschichte hat sich am Ende behauptet.

Heiliger Ernst (und heiliger Strohsack). Bei unserem vorletzten Treffen an einem windigen Herbsttag im Einstein, Kurfürstenstraße, hatte M. nach einer Nusstorte, auf die er scharf war, plötzlich seine geheimsten Lieblingsbücher aufgezählt, und die Titel und Autorennamen schienen im Zigarettenrauch, der ihn umgab, eine Girlande zu bilden, während er mit dem Knie wippte und in den schwarzen Kaffee sah (und ein paar Tische weiter ein Parteivorsitzender mit seinen Gesellen saß). M. schaute nicht nach links und rechts, nur in die Tasse und manchmal zu mir, von unten nach oben, jeweils beim Anzünden der Zigarette, und ich sah förmlich das eheähnliche Leben, das er mit diesen Toten und ihren Büchern führte, aber konnte es auch heraushören bei jedem Namen, den er mit leisem

Nachdruck aussprach, etwa so, wie man auf dem Standesamt Ja sagt, wenn man insgeheim mehr daran glaubt als jeder Heiratsselige. Und kaum war die Aufzählung beendet, tippte er mit der Kuchengabel an ein Vokabelheft für Notizen, das der schreibende Freund so unvermeidlich neben sich liegen hatte wie er sein Feuerzeug – ob ich meine Tagebuchhefte von früher noch hätte, fragte er, und von mir nur ein Nicken, und er sagte, Heiliger Strohsack, und kam noch im selben Atemzug oder einen Zigarettenzug später damit, dass er seine verbrannt habe, schon vor Jahren. Aber warum, das war sofort die Frage – falls er sie verbrannt hat, und falls solche Hefte oder nennenswerte Eintragungen darin jemals existiert haben und er damals im Zimmer nicht nur so getan hatte, als würde er schreiben. Warum? M. schaute an mir vorbei, er rieb über sein Kinn, dass es knisterte, und der Mund wurde breit, ohne dass die Augen mitlächelten. Er hatte den Parteivorsitzenden entdeckt und flüsterte nur den Namen eines einstigen Schulsprechers, der mit Schlips zum Unterricht kam, bevor er in sein ersticktes, höllenviehisches Lachen ausbrach und die Gespräche an den Nachbartischen verstummten. Immer wieder kam dieser Schulsprechername aus seinen Bronchien, mit einem Erstickungskeuchen, als würde er sterben an dem Kaffeehaustisch, und ich wiederholte die Frage, warum er die Bücher oder Hefte verbrannt habe, um ihn irgendwie zu beruhigen, aber auch um die Blicke von uns abzulenken. Einfach weil es bessere Tagebücher gebe, erwiderte er hustend und mit angelaufenem Kopf, Tränen in den Augen vom Lachen, während ich das Vokabelheft auf den Schoß nahm und der Parteivorsitzende, mit sicherem Gespür für jeden, der sich Notizen macht über ihn, sein verständnisvollstes Lächeln zeigte für diesen Ausbruch an Jugend drei Tische weiter.

Spät nachts in der Stille der Wohnung, die auch die Stille der Stadt ist nach dem Fußballaus, das erste Aufstellen einiger der Bücher, die M. mit so leisem Nachdruck genannt hatte. Chamisso, *Der Mann ohne Schatten*; Dostojewski, *Erniedrigte Aufzeichnungen*; Schlegel, *Lucinde;* Stifter, *Der Nachsommer;* Jünger, *Eumeswil;* Walter Flex, *Wanderer zwischen zwei Welten;* Ernst Wiechert, *Wälder und Menschen;* Klabund, *Die Himmelsleiter;* Horaz, *Oden und Epoden;* Marc Aurel, *Selbstbetrachtungen* sowie eine vergilbte *Werther*-Ausgabe von Reclam, das Exemplar, auf dessen Rückseite unser letzter Stundenplan steht (Mo., Engl.-Engl., Geschi., Dtsch, Sport – kein so schlechter Wochenanfang, der Dienstag dafür schon trostlos, zweimal Mathe, dann Latein, später Bio). Und auf der hinteren Innenseite ein paar M.'sche Zeilen, die mich glauben lassen, er hätte damals doch mit mir um die Wette linierte Hefte gefüllt. Seine Schrift ist kaum zu lesen, wie ein Geheimhalten vor aller Welt, auch vor sich selbst, aber wenn man das wenige Lesbare großzügig ergänzt, dann steht dort »Werther ist kläglich, weil er nicht merkt, wie kläglich er ist, obwohl er plant, sich umzubringen. Er geht zu Recht drauf, ihm war nicht zu helfen.«

26

M.'s Hefte waren keine Erfindung, ich habe sie jeden Abend gesehen; denkbar aber, dass es über Jahre dasselbe Heft war, dessen Seiten er, auf dem Bett stets zur Wand gedreht, füllte oder zu füllen schien, mit langen Pausen zwischen den einzelnen Sätzen und vielleicht auch nur Stichworten. Ich schrieb wie wild, und er versuchte mitzuhalten. Und hätte ich nicht wie wild geschrieben, wäre das unter Umständen sein Part gewesen, man weiß es nicht; wären wir uns aber nie begegnet, hätte er womöglich gar nichts geschrieben. Nur sind wir uns begegnet, und für den einen war es das Natürlichste der Welt aufzuschreiben, was ihm durch den Kopf ging oder das Herz schwer machte; es geschah einfach, wie er sich in einem fort Zigaretten ansteckte. Hat also mein Schreiben sein Schreiben, auch wenn es irgendwie stattfand, verhindert? Ebenfalls denkbar. Aber ob es so war oder nicht: M. kam zu seinem harten Urteil über das, was in den Heften stand (dem Urteil, das bekanntlich auch Kafka über das eigene Schreiben hatte). Folglich verbrannte er dieses Tagebuch, das auch seine Reaktion auf meine Hefte war, die seit damals in einem Karton ruhen, verstaut in der untersten Lade eines Schranks für aufgegebene Drehbücher und Ähnliches. Und mehr bang als irgendwie feierlich wird diese Verschlusssache endlich geöffnet.

Neun sogenannte Große Schulhefte, liniert und ohne Rand, das Stück zu *80 Pf.*, wie noch mit Bleistift auf dem Etikett steht, kaum verblasst, liegen da nebeneinander auf dem Tisch, und jedes, mit Ausnahme des abschließenden, voller Einträge (gleich ein hastiges Blättern, voller Sorge, widerlegt zu werden). Es sind die Tagebuchhefte der zwei letzten Internatsjahre, siebenundsechzig, achtundsechzig, nur in diesem Zeitraum haben M. und ich abends im Bett Notizen im Wettstreit gemacht. Beide zogen wir das Heft dem Freund vor, jeder in seiner Trauer um den anderen, der selber trauert, und beim etwas genaueren Blättern in Heft Nummer eins, Oktober siebenundsechzig, findet sich dazu auch schnell eine Stelle. »Donnerstag, 5. 10., abends. M. auf dem Bett, er näht einen Knopf an. Gleichzeitig notiert er auch etwas, wobei nicht klar wird, ob das Nähen oder das Schreiben Nebensache ist; er läßt einen bewußt im Unklaren. Während er näht, hat er die Zigarette im Mund, beim Notieren hält er sie in der Hand und bläst ganz langsam den Rauch aus. Wir hören seinen Fahrstuhl-zum-Schafott-Jazz, und wie immer hält er geheim, was da genau vom Tonband kommt. Er will einem das Gefühl geben, unendliche Vorräte an solcher Musik zu besitzen und nur ganz wichtige Sachen in sein Heft zu schreiben. Du schuldest mir noch drei Mark, sage ich, und er näht einfach weiter an dem neuen Hemd mit den feinen blauen Streifen, das plötzlich aufgetaucht ist, als hätte er nichts damit zu tun, und vielleicht näht er den Knopf nur an, um zu zeigen, daß er auch mit diesem Hemd auf seiten der Werktätigen steht. Warum können wir abends nicht reden, warum müssen wir auf den Betten sitzen und schreiben? Rechne mir die Zinsen aus, sagt er, zehn Prozent für zwei Tage! Dann sein Lachen, die Hand mit der Zigarette am Hinterkopf, während er schon weiter notiert und ich dasselbe tue.«

Und so ging das Tag für Tag oder Seite für Seite, für den einen immer mit dem Ziel, aus dem Schreiben ein Leben zu machen, für den anderen eher mit dem Ziel des Moments, wie ein weiteres Rauchen und sich mit Geheimnis umgeben. Das zweite der neun Hefte trägt die Aufschrift *Berlin*, die Notizen unserer Klassenfahrt Ende Oktober, und auf jeder Seite ist die Stadt, in der M. später versinken würde, schon als Fernziel erkennbar. »U-Bahnstation Kurfürstenstr., gegen Abend. M. will vor dem Errol-Garner-Konzert noch Bücher kaufen, angeblich kennt er einen Laden in der Nähe, aber woher soll er den kennen? Ich glaube ihm nicht, aber er geht jetzt wieder nach oben und bleibt nur kurz stehen, um sich eine anzustecken, halb zu mir gedreht, damit ich sehe, wie er den Kopf etwas schräg hält und dabei neigt, um an die Flamme seines mit der anderen Hand vor einem Wind, der gar nicht bläst, geschützten Feuerzeugs zu kommen, als würde er nicht sich, sondern einem Fremden Feuer geben. Was für Bücher? rufe ich, und er verschwindet, wohl nur um zu rauchen und dann die nächste U-Bahn zu nehmen.«

Ein schon krampfhaftes Festhalten aller Kleinigkeiten in unserer eheähnlichen Verbindung, ein ständiges leichtes Misstrauen, ein ständiger leichter Neid, und in gewissen Abständen auch eine Bilanz, wie in der Nacht vom 25. zum 26. November (Heft Nummer drei), nachdem M. und ich am Ende des samstagabendlichen Feierns in der Garderobe unter dem Speisesaal zusammen getanzt hatten, zu dem französischen Lied von seinem tragbaren Tonband, während die Schulband schon abbaute. »Seltsame Sache vorhin: M. und ich haben unten im AD-Saal getanzt, zu

Adamo. Auf einmal lief das Lied, das er abends oft als letztes hört, bei der letzten Zigarette, Notre Roman, und irgendwie ging es los. Wir standen hinten in der Garderobe, neben den Bierkästen, und er breitete die Arme aus, wie um zu dirigieren, was er ja gern macht, aber dann landeten die Hände auf meinen Schultern, zack-zack, und meine auch gleich auf seinen, und wir schwankten herum, muß man sagen. Er machte sogar die Augen zu und griff mir um den Nacken, so tanzten wir bis Schluß war. Und jetzt liest er, während ich schreibe, und macht wieder, daß ich nicht sehen kann, was er liest, ich glaube, irgendwas über Trotzki, er benützt immer noch den Einband, den er auch um das Malcolm-X-Buch hatte, die ewige Geheimnistuerei. Keiner darf mehr wissen als er. Und vielleicht hat er gemerkt, daß ich einmal beim Tanzen die Augen aufgemacht habe, um zu sehen, ob er mich ansieht, und ist befremdet, wie er immer sagt. Oder ärgert sich, weil ich noch schreibe, während er nur liest. Ich hasse ihn, wenn ich so warte, dass er etwas sagt. Jetzt legt er das Buch weg, jetzt drückt er die Zigarette aus; gleich kommt der Schlag auf den Lampenknopf.«

Und das letzte der neun Hefte endet am 24. März 1968, einem Sonntag, die Schlusssätze lauten: »Dem guten M. habe ich in den vergangenen Tagen wiederholt Geld geliehen, obwohl er doch viel mehr als ich in der Hinterhand hat, mal war es eine Mark, mal zwei Mark, mal fünfzig Pfennig. Ich verlange das Geld nicht zurück, ich verlange gar nichts von ihm, er hat es mit sich schwer genug, er kann nicht sanft sein, er kann nur so tun, wenn er mir zunickt oder sagt, Halt die Ohren steif, oder mir Feuer gibt: Das kann er besser als jeder Sanfte, mit einer Hand die

Flamme schützend, während sie meine leicht hinzuzieht. Und am *Zauberberg* lese ich immer noch, wegen Naphta, von dem er dauernd erzählt, über den wollten wir reden, man wird sehen.«

An diesem Punkt reißen die Notizen ab, als sei etwas vorgefallen, ein Ende, obwohl erst die dritte Seite des letzten Heftes erreicht ist. Alle übrigen Seiten sind leer, aber zwischen zwei der leeren Seiten fand sich ein Foto (das nur noch in der Erinnerung existiert hatte, mit einer Suchaktion niemals zu finden). Ein kleines Foto, neun mal neun, seine Farben durch die Lagerung zwischen Heftseiten gut erhalten. Es zeigt zwei junge, braungebrannte Müßiggänger am Pool eines schlossartigen Hotels (dem Taoro-Park auf Teneriffa, das es längst nicht mehr gibt). Sie lachen beide, jeder auf seine Art, der eine sichelförmig und mit leicht offenem Mund, der andere eher verschmitzt. Der Linke, vom Betrachter aus, stützt sich mit durchgedrückten Armen auf die Poolkante, er trägt ein Kettchen mit Amulett, und die weiße Schnur seiner schwarzen Badehose hängt ihm in den Schritt, mit etwas Abstand gesehen ein Riss durch den Unterleib; neben ihm steht ein Glas mit Cola, neben seinem Freund eine Flasche Bier. Und dieser Freund bin ich, meine Haltung ist etwas aufrechter als M.s, Beine leicht angewinkelt, linke Hand auf dem rechten Schenkel, doch unsere Körper könnten die von Brüdern sein, desgleichen die dunklen, eher kurzen Haare. Einen Monat lang führten wir dieses Leben am Pool und teilten danach unser schönes Zimmer, oft lagen wir dort nackt und bis zum Koller erregt auf den Betten, und ich musste für ihn Geschichten erfinden, wie sechsunddreißig Jahre später unter den Colonaden am Malecón von Havanna. Ein leises Erzählen in der Stunde zwischen dem Badetag und dem Drink vor dem Dinner im Speisesaal, wenn es schon dunkler wurde und sich die Vorhänge bauschten, weil vom Atlantik Wind aufkam, man die Brandung bis nach oben hörte, wie eine Filmmusik zu den Geschichten vom Ficken, und keinem wäre auch nur entfernt die Idee gekommen, im anderen ein Ziel zu sehen. Denn jeder sah den anderen, bei allem Koller, immer und in erster Linie als Denkenden; man sah ihn denken statt begehren. Und doch nahm ich bei jeder Gelegenheit M.s silbernes Feuerzeug in die Hand, und er ließ sich von mir die Krawatte binden, ehe wir später in den Speisesaal zogen, wo damals noch Kleidervorschriften galten. Und dort gingen die Geschichten dann weiter, mit zwei jungen Italienerinnen, die jeden Abend an der Seite ihrer Golduhrenmänner gelangweilt das Menü ertrugen, sie kamen in jeder Fortsetzung vor, und oft steckten wir, genau wie sie, zwischen den Gängen die Köpfe zusammen und lachten. Und immer hatten wir zwei Zimmer in diesen Geschichten, jeder war mit seiner Italienerin allein – sicher auch ein Ausdruck unserer heiklen Beziehung, in der es nie zur vollzogenen Liebe kam, aber immer wieder zur Verliebtheit (von der ja schon eine Spur genügt, um jede Freundschaft unvergleichlich zu machen).

Liebe, Ehe, Freundschaft, ein Gang auf der Fanmeile. Wir schieben uns durch das Gewühl, meine Idee: in dem Glauben, dieser Corso hätte sich nach dem verlorenen Halbfinale erledigt und man könne wieder mit Hund am Main spazieren gehen. Aber dem ist nicht so, und U. trägt das Tier wie früher den Sohn oder die Tochter, ein inniges Bild. Das alte Ehepaar mit Kind, sagt der Mann, als sei er kein Teil des Bildes, und die Frau fällt über den Ausdruck Ehepaar her, ja schon das Wort Ehe lässt sie nicht gelten: Es sei ihr angehängt wie dem Ganzen hier die Fahnen. Und obwohl der Zurechtgewiesene ähnlich empfindet, hat er doch Bedenken – schließlich ist die Fahne dieser Ehe auch eine gewollte Fahne, sie flattert nur im Verborgenen, wie die der Freundschaft (ein Wort, das zwischen M. und mir kaum gefallen war); und auf einmal, im Gehen, ein Erzählen von dem, was da mehr unter der Hand als geplant entsteht, ein Buch über die Person, die U. nie gemocht hatte, und den Mann, mit dem sie zwar verheiratet ist, aber in keiner Ehe lebt, jedenfalls nicht wie andere. Und was wird das, fragt sie, der Roman einer Freundschaft oder die Freundschaft als Roman? Beides, sage ich. Und in beiden Fällen spielt die Internatszeit eine Rolle, unsere Entdeckung des Denkens und der Liebe in den Sechzigern, unser Glaube, die Welt auf den Kopf stellen zu können. Danach das stille Auseinandergehen und später das stille Wiederanknüpfen, unsere Telefonate, unsere Treffen, unsere zwei Welten – die eigentliche Freundschaft bestand aus der Sehnsucht danach. Und die Frau, die seit langem mit dem Erzähler der Geschichte ihr Leben teilt, möchte wissen, ob er den Freund, um den es da geht, geliebt habe. Geliebt? Keine einfache Frage, wenn sie so frontal kommt, noch dazu auf einer Fanmeile. Ich weiß nur, wir hatten etwas miteinander, vierzig Jahre lang, aber nie das, was du denkst. Und auch davon erzähle ich: Wie dieses Etwas entstand, und wie es sich hielt, und warum es vor seinem letzten Höhepunkt zu Asche werden musste. Also mehr als eine Frage – viele! Am Ende des abendlichen Gangs im Menschengedränge noch dieser Ausruf, etwas gereizt, wie immer, wenn man ein Stück Extraliebe verteidigt.

Und die eheliche Liebe, ebenfalls eine Art von Freundschaft? Ja und nein, denkt der Gereizte. Ja, weil aus der jungen Ehe, wenn sie etwas taugt, eine alte wird, die Gemeinschaft zweier Sprachen oder ähnlich erzählter Leben; man sieht den anderen selbst in seiner Blöße als Geschichte. Und nein, weil es in einer alten Ehe, wenn sie etwas taugt, immer auch noch etwas Bewahrtes gibt, das man einander entreißen will, in einem Akt liebender Dummheit, jenseits der Sprache, wenn beide Körper noch einmal zu allem Ja und Amen sagen. Freundschaft duldet keine Dummheiten dieser Art, während die Ehe sie braucht; kein noch so kurzer blinder Moment ohne ein Verlassen des Niveaus. Und hinterher raucht man eine, das schöne alte Kinobild: Wenn das tierische Paar zur menschlichen Ausgangslage zurückkehrt, die unterbrochene Geschichte fortsetzt und mit etwas Glück ein Wort das andere gibt.

Als sich das Freundespaar zum letzten Mal gegenübersaß, ohne von diesem letzten Mal etwas zu ahnen, vielleicht weil das elende Schnellcafé neben dem Sony-Center nicht nach Schlussworten aussah oder der Angereiste eigentlich auf die Filmpremiere wollte, was dem Treffen etwas Untergeordnetes gab, waren es nur drei kleine Worte, die nach der Hälfte der knappen Zeit aus dem Gespräch über Beweggründe von Jurys (die Berlinale war gerade vorbei) ein Gespräch über uns machten. Woran denkst du, fragte ich zwischendurch, ein Reflex, nachdem M. minutenlang auf die Straße gesehen hatte beim Reden und Rauchen, ein Fragen ohne an etwas zu denken, am wenigsten daran, dass es die Standardworte der Verliebten waren, wenn sie rascher vorankommen wollen. An die Frau mit dem Kind aus Havanna, sagte er, an die Fotos von dem Essen mit ihr, unter dem Bild von Che Guevara – alles Mögliche hätte ich erwähnt, nur nicht den Namen der Frau. Wie hieß sie? Er sah jetzt wieder zu mir, die Ellenbogen in seiner Jeansjacke aufgestützt, ein über den Tisch gebeugtes Dasitzen, auch meine Haltung, und wir rauchten auch beide, die Zigaretten berührten sich fast mit der Glut. Sie hieß Teresa, sagte ich und überlegte, wie ihr Kind geheißen hatte, ein Mädchen, aber der Name fiel mir nicht ein – Carmen, Maria, Dolores, ein sinnloses Hin-und-her-Überlegen, während M. noch einen Kaffee bestellte, den dritten. Und du warst also mit ihr und dem Kind in einem Wohnhaus ohne Strom und Wasser, fasste er die Dinge noch einmal zusammen, schon am Rande seines erstickten Lachens bei dem Gedanken, wie sich der Freund wohl im Dunkeln angestellt haben mochte, nebenan das Murmeln und Kichern der anderen Bewohner, und ich sagte – zweiter Reflex –, diese Geschichte sei gar nicht wahr, ich hätte sie für ihn erfunden, wahr sei nur das mit dem knochigen Hund auf dem Plastikstuhl unter den Colonaden am Malecón. Und von M.s Seite ein Räuspern, das Räuspern von seinen unerwarteten Anrufen, bevor er mit etwas tieferer Stimme als sonst die bekannten Worte sagte, immer mit leichtem selbstironischem Druck auf dem eigenen Namen, und auch auf mein Geständnis hin kam dieser besondere Ton. Er zog die Brauen hoch, dass man die Stirnfalten zählen könnte, und nannte den Namen, den ich vor Jahren als Pseudonym gewählt hatte, Odette Haussmann (eine Figur samt Legende, um hinter ihr zu verschwinden und noch einmal von vorn anzufangen: ein Anfang, der auf gutem Weg war, mit ersten Erfolgen, bis Verrat dem Ganzen ein Ende gesetzt hat). Odette Haussmann, nur dieser Name mit feinem Nachdruck bei hochgezogenen Brauen, das war sein Kommentar zur Auflösung der Havanna-Teresa-Geschichte; dann kam er schon mit Fragen zum wahren Teil meines Berichts, zu dem Hund auf dem Stuhl. Und während ich erzählte, was es zu erzählen gab, stützte er den Kopf in die Hände und legte ihn etwas schräg, die Hand mit der Zigarette, halb zur Faust gerollt, an der grauen Wange. Er hörte zu, als ginge es um einen Verwandten, einen aus der Art geschlagenen und doch bewunderswert verrückten, in den Straßen von Havanna lebenden Neffen, den ich an seinem Lieblingsplatz auf einem Stuhl unter den Colonaden am Malecón getroffen hatte und der ihn herzlich grüßen lasse, von Hund zu Hund. M. nickte bei jedem Detail, das mir noch einfiel, etwa dass der Hund einen zu großen Kopf für seinen knochigen Körper hatte oder der Stuhl nur drei Beine, ein Nicken, als hätte er den entfernten Verwandten auch schon besucht; und er wartete sogar mit dem Anzünden der nächsten Zigarette, bis auch das Panorama aus Sicht des Lieblingsplatzes vollständig offengelegt war. Dann sah er auf meine Uhr, indem er mir den Ärmel etwas zurückstreifte, und sagte, ich müsse jetzt los, und gab der Bedienung auch schon ein Zeichen, als hätten wir es beide eilig. Und während die Bedienung am Tisch stand, ich seine Kaffees und meinen Tee bezahlte, dankte er mir noch einmal für das gemalte Bild, das ich ihm vor zwanzig Jahren geschenkt hatte, ein Dank aus heiterem Himmel für etwas, das längst erledigt war, aber wohl nur für mich. Er nickte mir wieder zu, er räusperte sich noch einmal, eine Art Schlusspunkt, und erst jetzt steckte er sich im Aufstehen die Zigarette an (die letzte, die ich ihn hatte anstecken sehen) und lief auf die Straße, wo er gleich den vorbeifahrenden Taxis winkte, wie einer, der im Leben steht und dringend zum Flughafen muss. Er hatte mich abgehängt für ein paar Augenblicke, also lief ich ihm geradezu hinterher, und dann standen wir beide vor dem Schnellcafé vis-à-vis von meinem Hotel, und M. sagte nichts mehr, außer dem Üblichen, Halt die Ohren steif, und als ein Taxi heranfuhr, nahm ich ihn, wie bei jedem Abschied, kurz in den Arm und zog seinen Kopf an meinen. Drei, vier Herzschläge lang standen wir so – irgendwie hielt er auch mich umarmt –, und ich fühlte seine verkümmerten Muskeln unter der Jeansjacke, das heißt, ich glaubte sie zu fühlen, weil da kaum etwas war, und erschrak (das Verkümmerte ist ja im Grunde nur der Schreck, weil etwas nicht mit unserer Erinnerung übereinstimmt). Er war einfach weniger geworden, er hatte sich nicht nur entliebt, wie die Polen sagen, er hatte sich auch entleibt, und irgendwie merkte er meinen Schrecken. Denn mehr als sonst ließ er das kurze Andrücken seiner Wange und Schläfe an meine Wange und

Schläfe durchgehen und spannte sogar den verkümmerten Muskel, um mich dann förmlich ins Taxi zu schieben. Und das Letzte, das ich von ihm sah, war sein Greisengesicht von einer fürchterlichen Schönheit, die Zigarette im Mund und ein Griff an den eigenen Oberarm, als wolle er den Schrecken nachfühlen.

27

Der nächste Geburtstag, den M. erlebt hätte, wäre sein achtundfünfzigster gewesen, den ich heute erlebe, bei bewölktem Himmel nach Gewitter an diesem sechsten Juli. Ein Vormittag allein (unsere Tochter auf der Beerdigung der Freundin, die unter die Straßenbahn kam, der Sohn in der Schule, U. im Italienischkurs). Nach morgendlichem Schreiben ein spätes Frühstück mit Radio, Frankreich im Finale. Dann italophiles Geschwätz, um sich als guter deutscher Verlierer zu zeigen, am Ende das beschwingte Ciao! (erstrebenswertes Ziel: selber nie wieder Ciao sagen, schon gar nicht am Telefon zu Landsleuten und ums Verrecken nicht auf einen Anrufbeantworter). Nach dem Frühstück die Geburtstagsanrufe im Zehnminutentakt, den Anfang macht H. aus Berlin, noch verschlafen – sie habe mir ein Päckchen geschickt, mit dem schwarzem Poesiealbum. Als nächstes ruft die Mutter an, sie klingt frisch, was auch als Geschenk zu werten ist (kommenden Montag, auf meiner Fahrt zum See, wieder der Besuch bei ihr). Und danach gleich die Stiefmutter in der seltenen Variante der lieben Stiefmutter: Wir kennen uns sehr lange, es war nie kompliziert. Und später die Schwester, die mit M. lange verbunden war, nicht immer leicht für den Bruder, aber ohne den kleinsten bleibenden Schatten; und es gratulieren auch ihr Mann, Ex-Raucher, der längst das Leben inhaliert und der gemeinsame Sohn mit seiner Begabung zur Freude. Als nächstes meldet sich S., die Pianistin, und Minuten später ruft H., ihr Lebensbegleiter, aus seinem Klinikgehäuse an. Den Abschluss macht der Verlegerfreund, auf dem Weg zu Gernhardts Beerdigung – Worte am Friedhofstor, nicht weit vom Grab des Verlegervaters.

Glückwünsche von verschiedenster Seite haben etwas Aufmunterndes und Erschreckendes zugleich, sie machen einen sprachlos – Geburtstagen scheint, je älter man wird, etwas zunehmend Paradoxes anzuhaften, man ist der Erinnerungssammler, der einmal im Jahr seine besten Stücke aufgereiht sehen will, und wenn es soweit ist, der Schrecken, weil man selbst nicht in der Reihe steht, sondern davor. Also war es für M., je älter er wurde, immer näher liegend, diesen Tag einfach ausfallen zu lassen, ohne Allüren, während der Erzähler mehr und mehr dazu neigt, seinen Geburtstag auch schreibend zu feiern; zwei Arten von Skepsis, die eine schon früh erkennbar. Als wir beide noch zusammen gefeiert hatten, seinen Siebzehnten, meinen Siebzehnten, tanzend mit den Schwestern im Garderobenkeller, beschenkt mit dem Duft ihres Puders und dem Geschmack weißen Lippenstifts, dazu zwei Kisten Bier und die Lieder von Paul Anka, verbreitete M. bereits das Gefühl, dass solche Feste nicht der Anfang unendlich besserer Feste zu späterer Zeit waren, sondern ein früher Höhepunkt – besser werde es nicht, war sein üblicher Satz nach solchen Geburtstagen und anderen Nächten mit Qualm und Musik. Und in der Nacht von Ravello, er Mitte zwanzig, schon die Bemerkung, dass überhaupt alle unguten Ahnungen der Jugendjahre im Laufe des Lebens zur Gewissheit würden. Träume, die man gehabt hätte, platzten still, Ehen scheiterten oder es käme erst gar nicht soweit; und körperlich gehe es sowieso verlässlich bergab. Nur mit der Freude am Kleinen, die nach und nach größer wird, hatte er damals nicht gerechnet, Freude an einem Sommermorgen im Wald, Freude beim Zirpen einer Grille, tief in der Nacht, oder dem Blick auf eine dunkle See-scheibe. M. hatte bei unserem Schlusstelefonat um eine genaue Beschreibung dieses Blicks gebeten, und die eine Liebe zum Detail traf sich mit der anderen; immer wieder seine Fragen, bis er im Bilde war (ich sehe etwas, das du auch gleich sehen wirst) und neben mir auf dem Haus-dach zu sitzen schien. Und zum Dank ein Buchtipp, Pali-nurus, *Das ruhelose Grab*. Lies den Anfang, sagte er, und du schreibst nie wieder Drehbücher (seitdem auch nicht mehr geschehen).

Nach den Geburtstagsanrufen ein In-Reihe-Legen der letz-ten Fotos von M., die an seinem See entstanden sind, dar-unter nur eins ohne Sonnenbrille – dicht neben ein eigenes Foto gelegt (aus einer Serie für den letzten Buchum-schlag). Ein ernster Frühgreis, im Gesicht ein herrenloses Zuviel, das die verschiedensten Vermutungen zulässt, von dem erwähnten Astronomen über einen vergessenen Filmstar (Nouvelle vague), bis zu dem Schriftsteller, der sich und sein Werk hinter einem Pseudonym versteckt; und ein ernster Spätling, nicht mehr jung und noch nicht alt, eher etwas altersdiffus, abgesehen vom weißen Haar. Ein langes Betrachten beider Fotos (auch der erste Ver-such einer Beschreibung, die zu lang wurde); eine der Stunden, in denen sich das Herz gegen seine ewige Mitar-beit zur Wehr setzt, als wortlose Warnung. Und am Abend

die guten Wünsche und kleinen Geschenke der Familie –
eine Kühltasche für das Boot, zwei alte Bücherstützen,
immer zu gebrauchen, und vom Sohn ein Kabel, um einen
iPod mit der neuen Anlage im Boot verbinden zu können,
sowie seinen jüngsten Beitrag zum Kunstunterricht, den
er sonst wegwerfen würde, wie er wegwerfend sagt, so,
dass der Vater die Gabe kaum annehmen kann, worauf
der Sohn sie zerknüllt und in den Müll wirft, worauf der
Beschenkte sie wieder herausholt und nun doch annimmt,
aber da ist der Geber schon im Bad verschwunden. Und
die Tochter, noch mitgenommen von der Beerdigung der
Hundekursfreundin, schenkt ein Fotobuch zum Jahrgang
achtundvierzig, damit dem Vater endgültig klar wird, wie
hinterherhinkend er ist, auf ewig hinter dem Mond.

Das frisch gebeizte, aufpolierte Jugendstilregal ist einge-
troffen, es hat schon seinen festen Platz, außerdem war
das Päckchen mit M.s schwarzem Poesiealbum in der
Post. Die Deckel sind aus graubrauner Pappe, die Seiten
aus besserem Packpapier, und das Ganze hat die Größe
eines Briefmarkenalbums, aber keinerlei Verwahrungs-
charakter – ein graubraunes Provisorium, als Cover das
Foto einer aufgegebenen Apotheke. Und die Sammlung:
scheinbar willkürlich auf jede Seite geklebte Fotos oder
Erinnerungssplitter, vom Betrachter ebenso willkürlich
(oder auch nicht) herausgegriffen. Amerikanische Polizisten mit Sonnenbrillen, dreimal ein perfekter Hintern,
Rudi Dutschke beim Marsch durch Berlin mit aufgeris-
senem Mund, bei ihm eingehängt ein Junge wie M. einer
war. Carl von Ossietzky mit KZ-Nummer vor einem seiner

Peiniger, Joseph Roth als alter Trinker; Berlin in Schutt und Asche, eine Frau mit schimmerndem Telefonhörer zwischen den Beinen. Ezra Pound mit einem aufgeklebten Foto von Benn im Schoß, Jeanne Moreau und Luis Buñuel mit einem alten Fahrrad; Robert Mitchum im Unterhemd, Genet im Profil, zwei weitere Hintern. Der Gangster Vito Genovese, der junge Sartre; ein De-Chirico-Gemälde neben einer Karikatur: Hitler mit Schnupfen. Die Erschießung eines Deserteurs, Klaus Mann in obszöner Pose mit einem Freund, Brando im *Letzten Tango*. Ein abgetippter Auszug aus Roths *Der stumme Prophet* (»Denn es entspricht unserer Meinung nach einem enttäuschten Mann, sein Heimweh nach der Einsamkeit zu unterdrücken ...« usw.), daneben ein Ausriss vom Pariser Metro-Netz rund um den Gare de l'Est und eine Eintrittskarte, Arena Berlin-Treptow, für *Element of Crime*, Stehplatz, Samstag den 2. Oktober 2004 (sein letzter Konzertbesuch); der schmerzverzerrte Dubček und ein Zeitungsartikel: Der Lieder-Dichter Leo Ferré ist tot. Ferner eine Karte für *Angry Woman Live*, Fr. 3. 9. 93, Tempodrom, und ein Porträt der kühlen Haydeé Politoff in dem Film *Die Sammlerin*; sowie Chaplin als Tramp, eine Karte für das Peggy-Guggenheim-Museum, Venice, und das Foto einer Frau von hinten, die, einen Fuß auf einer Kloschüssel, den Rock hochgeschlagen, sich mit zwei Fingern in den Anus fasst; und auf dem hinteren Deckel noch einmal der Tramp, mit seinem kleinen entgeisterten Jungen bang um die Ecke schauend. Ein paar Beispiele von Aberhunderten.

Das schwarze Album kommt in die Lade des Regals, neben die alten Briefe und Ansichtskarten an M., wie eine verspätete Reaktion in Bildern, die sein früheres Schweigen erklärt oder in Schutz nimmt – und es dem Absender der Briefe und Karten irgendwie möglich macht, das nie Beantwortete nachzulesen. Ein intimes Ermitteln in eigener Sache, das auch bei der eigenen Schrift beginnt – auf den Ansichtskarten stark verkleinert, um deren geringen Raum auszuschöpfen, bis an den Rand der Briefmarke und den Platz für die Empfängeradresse, und auf einer Karte, aus Cagayan de Oro, Mindanao, auch über diesen Rand der Erschöpfung hinaus. Die Karte ist über und über beschrieben, wie eine gänzlich tätowierte Haut, und es gibt eine präzise, geradezu physische Erinnerung an diesen Schreibvorgang an einem heißen Januartag auf den Stufen einer Kirche, während die eine Hälfte des Himmels fast dunkel und die andere gleißend hell war. »Einer wie Du«, steht auf der Karte, schon in Richtung der Anschriftzeilen, »verirrt sich auf diese Insel und wird von alten Missionaren aufgenommen, nur nicht aus reiner Freundlichkeit – sie wollen ihn auf ihre schöne Haushaltshilfe, in die sie alle heimlich verliebt sind, ansetzen, und am Ende haben sie eine wilde Liebesgeschichte unter ihrem Dach, die jeder auf seine Art protokolliert, Gruß B.« – eine zwanzig Jahre alte Karte, deren Inhalt mir noch nah ist, während der zehn Jahre ältere Brief, auf der kleinen, für die Dissertation angeschafften Olympia getippt, wie der von einem fernen Verwandten anmutet (so fern wie der Neffe aus Havanna), ein Brief, der zwar unbeantwortet blieb, den M. aber mit peniblen Unterstreichungen versehen hat, die erste nach einer halben Seite.

»Für mich das Buch der Bücher im Moment: *Der Wen-*

depunkt von Klaus Mann.« Und dann folgende Stelle, doppelt unterstrichen: »Geistiges Verzweifeln hat auch eine körperliche Seite, in einer Einsamkeit der Haut; die Frage ist nur: Folgt unser Verzweifeln einem Diktat aus dem Hirn (Neurologie, Dein Fach), oder sind wir beide nur zu blödegescheit, um glücklich zu sein? Und wollte nicht Klaus Mann letztlich nur aus ganz Europa sein Tölzer Sommerhaus machen? Und warum hat er sich nicht gleich erschossen, am selben Tag wie sein geliebter Ricki? (diese irren deutschen Abschiedszeilen: Herr Wachtmeister, ich habe mich soeben erschossen!) Klaus Mann scheiterte an seiner politischen und sexuellen Ohnmacht; für das Gelingen blieb allein der Freitod, nur daß man den Erfolg da nicht mehr erlebt. Wäre ihm vielleicht mit einem neuen Liebhaber zu helfen gewesen, mehr als mit dem erhofften freien Europa? Laß mal demnächst von dir hören, Dein Bilabu.«

Bilabu war M.s Abkürzung für Bilanzbuchhalter, er hatte mich früher oft so genannt, wenn ich ihm etwas vorhielt oder, wie er es sah, kleinlich vorrechnete, auch wenn er bei diesem Brief einzelne Posten der schriftlichen Vorhaltungen ebenso kleinlich unterstrichen oder mit Ausrufezeichen versehen hatte. Und solche Unterstreichungen finden sich dann auch in dem Brief aus den USA über das Candyman-Leben in den Vororten von Pittsburgh und den Überfall durch zwei Schwarze: »Habe fast in die Hose geschissen, als ich die Waffe am Kopf hatte«, ist dort dreimal unterstrichen; ebenso Geständnisse meiner Angst in Addis Abeba im Wagen eines humorlosen DDR-Geheimdienstlers und bei einer Vernehmung durch das Militär auf Mindanao, aber auch das Erwähnen einer *tierischen Lust* an der Seite des legendären Consuls Weyer im Beziehungslabyrinth von Asunción. Lust, Angst, Verzweiflung, Freitod – die Unterstreichungen werden in dieser Reihenfolge heftiger; und dennoch war M. kein Überläufer zum Tod, er war nur ein Wegläufer vor dem Leben, einer, der dem Leben anderer vieles entrissen hat, um es mitzunehmen. »Und doch möcht ich im Grabe liegen, / Und mich an ein totes Liebchen schmiegen«, sagt Heinrich Heine, den er mir auch hinterlassen hat, und in M.s alter *Werther*-Schulausgabe findet sich der geradezu wütend, aber mit Lineal angestrichene Satz: »So ist mir's oft, ich möchte mir eine Ader öffnen, die mir die ewige Freiheit schaffte.«

Die Luft in der Wohnung ist immer noch warm, die Vögel pfeifen, bald geht die Sonne auf, das Licht eines werdenden Sommertags. Als der spätere Briefeschreiber nach seinem nächtlichen Autounfall in Tübingen, im Gesicht und am geschorenen Kopf x-fach zusammengenäht, morgens um sechs auf schwachen Beinen vor dem späteren Leser und Verwahrer der Briefe stand (ich hatte mich selbst entlassen, von einer ungeheuren Vorfreude auf diesen Augenblick erfüllt), pfiffen ebenfalls die Vögel, und es herrschte dasselbe vielversprechende Licht. Der ganze Sommer schien an diesem Morgen anzubrechen, und ich klingelte M. aus dem Bett, kaum noch in der Lage zu stehen; er öffnete die Tür, er erfasste sofort den Ernst, zweimal fiel mein Name. Ich sei durch die Windschutzscheibe geflogen, sagte ich, und M., in einer dunklen Dreiecksunterhose, seinem Schlafanzug in Sommernächten, schob mich zum offenen Fenster, ins Licht, und flüsterte Scheiße, als er das Blut sah, das noch überall klebte, auf dem Kopf, am Hals, am Hemd. Ich versuchte zu lächeln, wie Soldaten in Kriegsfilmen bei ähnlichen Blessuren lächeln, während er sich die Hände wusch; und dann hob der künftige Arzt sachte den Mull an und begutachtete jeden einzelnen der Schnitte, besonders den fast tödlichen neben der Halsschlagader, mit sechs Stichen genäht, er zählte sie halblaut; und immer wieder sein respektvolles Scheiße, als würde er den Freund um den Unfall beneiden, um die Begegnung mit dem Tod und das Schnippchen, das er ihm geschlagen hatte. Erst als das Ausmaß der Verletzungen feststand, kam seine Frage nach dem Hergang und als Antwort nur, ich sei zu schnell gefahren und auf der Neckarbrücke ins Schleudern geraten – vom Einhalten und Verlieren der Wette kein Wort. Und M. sagte, ich solle mich hinlegen, worauf ich in sein Bett ging, während er eine Platte aus seiner Sammlung zog, mit dem Rücken zu mir und noch immer in Unterhosen, aber schon rauchend; er fuhr mit dem Staubtuch über die Platte und legte sie auf, zärtlich wie immer, und damit nicht genug: Ich sah ihn zwei Tassen spülen und Kaffee aufsetzen, ich sah ihn Knäckebrote mit Butter und Marmelade bestreichen und einen Apfel schälen. M. bereitete im Glanz eines Tübinger Frühsommermorgens für uns beide oder mehr für mich, den Verletzten, ein komplettes Frühstück vor – einzige Tat dieser Art in all den Jahren – und servierte es in seinem noch schlafwarmen Bett zu unserem Leib- und Magenlied aus dem letzten Internatsjahr, *Eve of Destruction,* dieser beschwörenden Rede an einen Freund, gesungen mit der zornigen Stimme von Barry McGuire. Schulter an Schulter saßen wir auf M.s Lager, er vor jedem Zigarettenanzünden mit dem Blick auf meine Schnitte, vor allem den einen, und hörten immer wieder den rauen Gesang über eine verrückte Welt am Vorabend ihrer Vernichtung und nickten einander zu, wie eine Antwort auf die wiederkehrende Frage des Sängers, Tell me over and over and over and over again, my friend, ah, you don't believe, we're on the eve of destruction? Nur war unser Bejahen des drohendes Untergangs zugleich auch das Ja zum Leben in dieser verrückten Welt, zu einer Freiheit, die aus geöffneten (und sachgerecht wieder geschlossenen) Adern erwuchs – ein Ja, das sich in M.s Art des Rauchens zwischen Kaffee und Knäckebroten mit Marmelade ebenso ausgedrückt hat wie in einer Geste: als er mir seine Zigarette an den Mundwinkel hielt – auch meine Unterlippe war genäht –, damit ich ziehen konnte. Es war ein Ja als Auflehnung gegen die Welt und ein Ja als Bereitschaft zum Sturz in das Leben, das jedem von uns in dieser Welt bevorstand. Wir saßen nebeneinander im Bett, während die Sonne aufging, und nickten zur Musik gegen das drohende Ende unserer Freundschaft an – die zwar keine Dummheiten zuließ, aber jenen Funken Liebe, der auch aus der Stimme von Barry McGuire schlägt, wenn er die Worte *my friend* singt. Zehn Tage später flog und floh ich, noch mit den Fäden im Gesicht, in die USA, um dort Eis zu verkaufen, ein Sommerjob, und anschließend zu reisen, eine Flucht, auch vor der eigenen Unfähigkeit (mich mit anderen zusammenzutun, das Herz einer Frau zu gewinnen, endlich ein Buch zu schreiben, anstatt Bilder zu malen); der Anfang einer Trennung unserer Lebenswege, bis am Ende jeder seinen besonderen See hatte, er den versteckten zwischen Wald und Schilf, ich meinen unversteckten zwischen Bergen und Zypressen, und wir noch einmal, auch wenn wir nur telefoniert haben, wie nebeneinander am selben Ufer saßen.

M.s plötzliches Erzählen von dem versteckten See, auf dem zu rudern für ihn mit Sicherheit das letzte Glück war, hatte nicht nur etwas Erschütterndes, es hatte auch etwas Verbindendes, als teilten wir uns wieder zwei Schwestern, die eine zart, die andere kräftiger. Schon nach den ersten Sätzen, meiner immer gestellten Frage, ob ich ihn störe, und der immerselben gemurmelten Antwort Neinnein-wieso, hatte ich gesagt, von wo mein Anruf kam, nicht aus Frankfurt, sondern vom Gardasee, aus dem Haus oberhalb von Torri – ich sei dort allein und schaute vom Dach zu den Lichtern am gegenüberliegenden Ufer –, nur fing er darauf nicht gleich von seinem See an. Er wartete bis zur ersten kleinen Pause – Ziehen eines Weinkorkens auf meiner Seite –, um dann wie aus dem Nichts mit dieser Ruder-glückgeschichte zu kommen. Es war eine Juninacht, in der wir zum letzten Mal telefoniert haben, mit einer warmen Luftmasse, die vom Südrand der Alpen bis nach Brandenburg reichte, und er freute sich schon auf seine Wochen an diesem See im August. Auf das frühmorgendliche Aufstehen und das Gehen durch den Wald freute er sich, erst auf Kiefernnadeln, dann auf märkischem Sand, bis zu dem Steg, an dem das Boot lag, blau gestrichen; er freute sich auf das Einsteigen und Abstoßen durch raschelndes Schilf und auf das erste Eintauchen der Ruderblätter in ein Wasser, das morgens um sieben noch die Farbe von Moor hatte, dazu glatt wie ein Spiegel. Man wage kaum, die Ruder durchzuziehen, es sei eher ein Paddeln, die Blätter wie eine Verlängerung der Arme, die das Wasser sachte teilten, so, dass es sich hinter einem gleich wieder schließe, mit einer unsichtbaren Welle, die zum Ufer gehe und die ersten Halme im Schilfgürtel bewege. Das ist am Anfang alles, sagte er, bis die Sonne durch die Kiefern dringt, ihr erster Strahl die Farben verändert, dem See etwas Smaragdenes gibt, oder ist das zu viel, dieses Wort? Sein ersticktes Lachen drang aus dem Hörer, schlimmer als sonst, und ich sagte, nein, es sei in Ordnung, und er war schon wieder bei dem See: der später am Tag den Ton von Salbei habe – aber den gibt's ja nur bei dir, kam es heiser lachend, und von meiner Seite die Frage nach dem Namen des Sees, und er nannte einen Namen und bat mich, ihn zu vergessen oder einen zu erfinden, so, wie ich für mich einen erfunden hätte, die Odette-Haussmann-Geschichte, und ich rief ihm ein Ja zu, Ja, natürlich, und M. sprach weiter, aber nicht mehr von dem See; er sprach von seinen Beinen und von Berlin, von dem Gefängnis einer Wohnung im vierten Stock ohne Fahrstuhl. Er saß dort allein, während wir telefonierten, die Gefährtin, wie er sie halblaut nannte, war angeblich bei ihrer Schwester, und ich saß allein auf dem Hausdach, tausend Kilometer von Nord nach Süd trennten uns trotz gemeinsamer Luftmasse, nur lag in seinen Worten eine Nähe, die wiederum mit Worten nicht nahezubringen ist. Selbst wenn man jedes Wort mitnotiert hätte, bliebe es eine unlösbare Aufgabe: das Heiße all dieser Worte aus M.s Mund wiederzugeben, sein Erzählen von einem Sommermorgen, als sei es sein letzter oder der einzige, den ein zu lebenslanger Haft Verurteilter aus Gnade gewährt bekommt. Für mein Ohr aber auch ein Erzählen wie von einer Geliebten, der man sich nur frühmorgens, zur Unschuldsstunde, auf Zehenspitzen nähert, um sie im Halbschlaf zu lieben.

28

Das Paar vor lösbaren Aufgaben – die Frau überlegt, was sie am Abend auf einem Sommerfest in Mainz anziehen soll, nicht so ganz einfach, denn die Gastgeberin scheint über eine unerschöpfliche Garderobe zu verfügen, jedes Stück immer so neu wie die Nachrichten, die sie moderiert, während der Hausherr dem männlichen Gast die Kleiderfrage geradezu abnimmt (wie sich auch U. im Grunde nicht für Kleidung interessiert, sie stellt nur Scheinüberlegungen an und greift dann zum Bewährten). Und so bereitet dem Mann diese Frage nur insofern Kopfzerbrechen, als es ihm um die möglichst perfekte Ablenkung geht: um Kleidung, die nicht verrät, wie und was ihr Träger denkt. Und natürlich bespricht das Paar die textilen Probleme auch in der Absicht, das Liebenswerte der eigenen Dürftigkeit vom anderen mitgeteilt zu bekommen.

Nachdem die Garderobenfrage geklärt ist, ein Anruf bei der Mutter. Sie trotzt der Hitze mit Gängen im Keller (im Winter das Mittel gegen den Schnee), die Stimme fast stabil, als sie von dem einsamen Hin und Her erzählt. Sie will auch nachher wieder Fußball schauen, das Spiel um den dritten Platz, und erwähnt sogar den deutschen Trainer mit Vor- und Zunamen, einen Mann, der ihr sympathisch sei und auf seinem Posten bleiben sollte (und der Sohn denkt: Das hat das Fernsehen also geschafft, eine Frau, die ihr Leben lang nicht gewusst hatte, was beim Fußball im Großen und Ganzen passiert, so umzudrehen, dass sie nun wahrlich hofft, die Reste unserer Mannschaft um den sympathischen Trainer mögen die Portugiesen mit komplettem Kader, wie sie sich ausdrückte, und einem viel weniger netten Trainer am Abend besiegen). Ja, sie will sogar bei ihrem heutigen Mittagessen im Ort erstmals einen Blick in die *Bild-Zeitung* geworfen haben, bis sie der Ausdruck Schwarzrotgeil gewissermaßen zur Vernunft gebracht hat, wie man heraushört, und sie wohl wieder zur *FAZ* griff. Bis übermorgen, ruft der Sohn ihr zu, dann gehen wir zusammen im Keller spazieren!

Zwei kleine, wahre Geschichten – das Paar und die Kleiderfrage, die Mutter und das Fußballfieber –, Geschichten, die das Leben diktiert hat, nicht der Tod. Sie hielten jeder Prüfung stand – Prüfungen, die mit Sicherheit kommen –, während viele der anderen Geschichten ungeprüft bleiben, also dasselbe Schicksal haben wie M.s Legenden um sich. Die wahre, nicht erfundene Wahrheit kannte nur er, wie der Romancier, und was er über sich verbreitet hat, besaß auch den Gehalt eines guten Romans, jedenfalls innerhalb seiner kleinen Kreise, für die das Gesetz des Schweigens galt; alles andere war ihm egal. Er log, um lieben zu können, nicht, um geliebt zu werden. Und er musste immer so weitermachen, die Sucht des Romantikers, wie er auch immer weiter geraucht hat. M. war ein Leben lang damit befasst, einen Zigarettenroman in hunderttausenden von kurzen Kapiteln zu schreiben. Eine zu rauchen war seine wahre Beziehung zur Welt, sein Credo (am entgegengesetzten Ende zu jedem Fitness-Glauben), und die einzige Form der Freundschaft mit sich selbst. Und als er sich am Ende mit Zigaretten und Feuerzeug im

Bad einschloss, wie sich die Elefanten mit ihrem guten Gedächtnis zum Sterben zurückziehen, war er Raucher und Autor in einem, jemand, der sein Leben in die Luft schrieb, in Ellipsen, die sich nach und nach auflösten, während sein finaler Sänger traurige Lieder sang. Es blieb das leere Päckchen in der Hand und der Blick in den Spiegel, auf den großen Unbekannten, der ein als sinnlos empfundenes Leben systematisch in Rauch auflöst, Vorstufe der eigenen Auflösung zu Asche.

Und diesseits aller von innen abgeschlossenen Türen eine Sommergesellschaft in einer Doppelhaushälfte mit kleinem, aber feinem Garten, der an einen Park grenzt, als gehörten die alten Bäume dazu. Vor der Parkkulisse eine aufgestellte Leinwand für das fast finale Fußballspiel als Hintergrund des Festes und auf der Terrasse mit Zierfischbecken der erforderliche Beamer. Das Paar mit dem Garderobenproblem, das keins war, steht mit dem Verlegerfreund, der wie immer seinen Bücherstoß dabei hat, neben der strahlenden Gastgeberin und deren Bruder (einst über Tage Gegenstand ihrer Moderationen), während sich der Hausherr mit dem äthiopischen Prinzen, der durch seine Manieren bekannt wurde, um das Bierfass bemüht. Die meisten Gäste aber sitzen, kurz nach Anpfiff, schon in Richtung der Leinwand, allen voran das Ehepaar L., er im Nationaltrikot (das dem Kritiker von Rang keinen Schaden zufügt), sie dicht an seiner Seite, Füße auf dem Rand des Zierfischbeckens; beide sind Dauerläufer, erprobt im Kampf ums Jungsein, und doch verfolgen sie das Spiel wie alte Geschwister, die sich an Kinderzeiten erinnert fühlen. Nur die kühleren Köpfe gehen noch

ihrer üblichen Dinge nach, mit einem Auge auf den Fußball; der Verlegerfreund protegiert seine Bücher, der Prinz
gibt Erziehungstipps, die Gastgeberin zapft moderat das
Bier, und der Autor hört einem Frankfurter Bankier zu,
der die Welt- und Geldlage analysiert. Erst als der junge
Schweinsteiger in der Dreiundfünfzigsten gewaltsam sein
Tor schießt, eint sich alles zur privaten Fanmeile, und die
geschwisterlichen L.s rücken noch näher zusammen, jetzt
wie in einem Trikot. Das Eigentor der Portugiesen über-
sieht man dann eher, der zweite Schweinsteiger-Treffer
aber lässt alle so aufspringen, dass die Zierfische abtau-
chen, und das Ehrentor der Portugiesen reißt man sich
auch noch unter den Nagel – Figos Vorlage war ja die Vorlage eines nicht mehr ganz Taufrischen, als hätte einer aus
der Gästerunde geschossen. Nach dem Spiel mischt sich
die Gesellschaft, und das allgemeine Hin und Her führt
dazu, dass mich die Hündin, die zum Haus gehört, leicht
in die Wade beißt, was wiederum dazu führt, dass die
Gastgeberin die Wade öffentlich untersucht (und der Autor eine Ahnung davon bekommt, was es bedeuten mag,
wenn die eigene Wade im Mittelpunkt des Interesses
steht, ein kurzes Fußballergefühl). Gegen ein Uhr brechen
die meisten auf, wir fahren mit dem Verlegerfreund wieder nach Frankfurt; vor seinem Haus der Abschied für
zwei Sommermonate. Man umarmt sich kurz, man sagt,
Bis dann, man hebt noch die Hand und steigt in ein Taxi.

29

Die Bücher von M., die nach Italien sollen, passen in meine alte Tennistasche. Noch einmal das Schütteln jedes Buchs, falls ein weiterer Brief darin läge, und statt etwas Schriftlichem rutscht aus E. T. A. Hoffmanns *Kater Murr* ein Foto, die Schwarzweißaufnahme zweier Frauen auf einem Bett (der beiden, die mit M. eine Nacht verbracht haben, denkt der Finder). Jede lächelt für sich in die Kamera, als würde sie allein fotografiert, ein unbestimmtes Lächeln, so vage wie das gezeigte Geschlecht. Die eine kniet, sie hält den Hintern hin und schaut frech über die Schulter zurück, die zweite sitzt, ein Bein gestreckt, das andere abgewinkelt, eine Hand mit Zigarette auf dem hellen Schenkel; und über allem ein unsichtbarer Schleier, die Blöße als Form der Bekleidung. Zwei schöne Frauen Ende zwanzig, jede auf ihre Art schön, die eine knabenhaft wie Jean Seeberg in *Außer Atem*, die andere mit der Ausreißerinnenglut von Maria Schneider in *The Passenger* (wie M. in seiner besten Zeit auch etwas vom noch schlanken Jack Nicholson besaß). Und Kater Murr, der mir aus Kindertagen, aus einer feinbebilderten Volksausgabe, in der ich gelesen hatte, ohne lesen zu können, als geschmeidige Zwitterschönheit mit langem Schwanz in Erinnerung ist – kein schlechter Aufbewahrungsort für das Foto (zwischen den Seiten 272 und 273 einer Ausgabe im Propyläen-Verlag, Berlin 1923); und in dem Versteck ein angestrichener Vers: »Pfot' in Pfot' und Brust an Brust, / Soll uns nichts verdüstern. / Katzbursch sein ist unsere Lust, / Trotzen Katzphilistern!«

Unsere Freundesjahre im Internat – Tag für Tag den See vor Augen, gegenüber die Schweiz, hinter uns nur ferne Eltern und im Nacken protestantische Unlust und Enge – waren ein einziges Trotzen, mal im Stillen mit Zigarette auf dem Klo, mal lautstark, als wir zum Boykott der Schulandacht aufriefen. Und einmal ganz körperlich, im noch junifrischen See, wir beide allein, allem zum Trotz. Nur ein paar Mark in der Badehose sind wir an einem Samstag zuerst ins Schilf und dann ins Wasser gegangen, um gegen strenges Verbot in die Schweiz zu schwimmen, über den Seearm, der vor kurzem unter mir lag, als sei's nur ein Fluss, überflogen wie nichts. Beide hatten wir diese Idee einer Flucht, auch wenn M. das Vorhaben anders nannte und damit mehr vorantrieb; er sprach vom Sich-absetzen ins neutrale Ausland, das wir in Angriff nehmen sollten. Immer wieder diese Formulierung, Sichabsetzen, sein Appell an uns, und auf einmal ist es soweit, wir schwimmen einfach los, von einer Bucht im Schilf aus, schwimmen, obwohl das Wasser nicht warm ist, kaum zwanzig Grad, und obwohl wir keine Übung haben, nur uns beide und etwas Mut. Wir schwimmen nebeneinander, nicht zu hastig, nicht zu langsam, wir reden nicht, wir atmen nur, und sehen ab und zu Richtung Steckborn, dem Ort auf der anderen Seite, und manchmal auch kurz zurück. Und als das Schilf hinter uns nur noch ein gelber Streif ist, zittrig im Dunst, und unsere Füße plötzlich in kalte Strömungen kommen, da gibt es schon kein Zurück mehr, nur noch ein Weiter, jetzt doch etwas hastig, wie die Vierbeiner, und auch unter Tierlauten, rauen Tönen, um sich Mut zu machen, zwei kraulende Katzburschen auf der Flucht in die Schweiz. Wir treiben uns gegenseitig an, mal liegt er etwas vorn, mal ich, und als wir schon über die Mitte sind, ein keuchendes Erschrecken bei ihm, wie nach dem Ritt über den Bodensee, nur dass der Ritt im Nassen noch andauert; wir sind im Strom des Rheins, irgendwo im Niemandswasser – ob da jetzt schon die Grenze sei, höre ich M. noch keuchen, als hätte das helfen können, ein schweizerisches Wasser unter sich zu wissen. Und dann kam dieses Stichwort, *Krampf*, und er lachte dabei, und ich sehe auch noch, wie sein Mund in die Breite geht, da hatte er schon die zwei Sichelfalten, die sein Lachen oft so schön und am Ende so bitter gemacht haben, mit sechzehn fing das an oder war über Nacht aus ihm herausgekommen, trotzig gegen die Philister. Wollen wir zurück? rufe ich, und M. sagt Nein, und hält sich an mir, Brust an Brust. Er lockert seinen Fuß, einen der Füße, die ihn später im Stich lassen werden, dann stößt er sich ab und klatscht in die Hände: Es war gar nichts mit dem Fuß, er hat mich verarscht oder wollte keiner sein, der Krämpfe bekommt. Und so schwimmen wir weiter, Seite an Seite bis zum Steckborner Landungssteg. Und den erklimmen wir, als keiner hinschaut, und lassen uns hinter dem Zollhäuschen trocknen, dann geht's in Badehosen zum nächsten Kiosk, und M. legt seine Münzen hin, ein Fünfmarkstück mit Adler und drei Fünfziger mit knieendem Mädchen. Und das reicht für eine Tafel Sprüngli und vier Maryland-Zigaretten, die es in der Schweiz damals einzeln zu kaufen gab, für eine Cola und ein Päckchen Streichhölzer; er lädt mich ein, wir sind im Ausland, da gelten andere Sitten, Schon gut, sagt er. Wir gehen mit dem Einkauf ans

Wasser, an eine geschützte Stelle, die sich gleich findet, vor der Mauer einer Caféterrasse – der Instinkt für geschützte Stellen begleitet uns beide überall hin. Wir teilen Schokolade und Cola, wir rauchen die vier Zigaretten und sehen den Möwen zu; unser Haar ist schon lange getrocknet, aber wir spüren noch den See an der Kopfhaut. Weit drüben das Internat, man ahnt die Fensterfront des Speisesaals, zum Abendessen müssen wir zurück sein, Brot – Eden – Tee steht auf dem Speiseplan, Schmelzkäse und Lyoner, Prothesentee nennen wir das, am Ende kommt alles in die Kanne, die Margarine, der Käse, das Bot, wir wollen nicht zurück. Wir wollen bleiben, wo wir sind, in der Schweiz, die wir schwimmend erreicht haben – wie die Emigranten, sagt M., nur ohne Mantel; wir wollen uns vorstellen, dass es kein Zurück mehr gibt, dass drüben die Häscher warten und wir uns hier durchschlagen müssen, dass wir unsere letzten Zigaretten rauchen, bevor wir uns weiter absetzen, über die Alpen in den Süden. Wir hocken da und schöpfen Kraft, nicht aus der Schokolade, nicht aus den Zigaretten oder der Cola, nur aus der gemeinsamen Sicht auf die Dinge. Die Sonne verschwindet hinter Wolken, es wird langsam kalt auf den feuchtmoosigen Steinen, wir rücken zusammen und teilen die eine Maryland, die ich noch aufgehoben habe, für ihn. Er nimmt drei Züge, auf Lunge, dann gibt er sie weiter, ich nehme einen Zug, mehr paffend; seine Lippen sind etwas blau, als hätte er sie geschminkt, beim letzten Zug hält er den Stummel mit Daumen und Zeigefinger, dann lässt er die Kippe verschwinden. Irgendwann ist alles vorbei, sagt er und meint nur das Internat, und wir raffen uns auf, ein Stelzen ins Wasser, die Arme über dem Herzen verknotet, dazu das Lachen über unsere klappernden Zähne, und die Algen, die von unten kitzeln. M. spritzt mich nass, ich schreie, und die braven Schweizer im Terrassencafé beugen sich über die Brüstung, während er schon vorausschwimmt; wir müssen jetzt gegen die Strömung halten, sonst würden wir in Hemmenhofen landen. Ich will unter Wasser nach seinen Füßen greifen, aber er ist schon zu weit voraus, und ich höre mich noch *Warte!* rufen und sehe seinen Arm, der mich heranwinkt. Und der Arm war auch noch da, als mein eigener Krampf kam, nicht erfunden, und wir trotzdem weiter schwammen, mit drei Beinen und vier Armen, als lebendes Floß. Den letzten Kilometer zogen wir uns gegenseitig, aus den Tierlauten war ein Stöhnen geworden, aber auch das voll trotziger Lust, bis wir das Ufer vor dem Sportplatz erreichten, auf allen vieren im flachen Wasser, ein verdüsterndes Ufer, kein rettendes. Und am Abend, erschlagen im Zimmer, der Plan, mit den Schwestern, die wir bis dahin nur im Auge gehabt hatten, nach Rom zu fahren – wir müssten sie herumkriegen, weiter dachten wir nicht. M. saß auf dem Bett, die Zigarette brannte in seiner Hand herunter, ich weiß es, weil die Asche auf eins meiner Bücher fiel, um das ich ihm voraus war, Moravia, *Die Gleichgültigen.* »Jetzt können wir nie mehr ertrinken«, sagte er irgendwann noch, jedenfalls steht das hinten in dem Moravia, der noch mit in die frühere Tennistasche kommt, und daneben steht ein Datum, 20. 6. 64.

30

Zurück am unversteckten See (nach einem Stopp im Kreuther Tal – der Kellerspaziergang). Die Tage vor Beginn der
großen Ferien, mit dabei nur das Tier, das die letzten Sätze
einer Freundschaft bestimmt hat, genau ein Jahr her; wir
saßen nachts auf dem Hausdach, das Tier mit einem Knochen, der Mensch mit Telefon, und aus den Olivenbäumen
ein leises, beharrliches Zirpen in der Frühsommerhitze.
M. hatte von seinem morgendlichen Rudern erzählt, von
der Kühle in den kleinen Buchten, die auch schon eine
Wärme war, durch das Licht und die Stille und die Farbe
des Wassers, und auf einmal sagte er, bloß einen Hund
hätte er sich manchmal gewünscht, als Gefährten im Boot
oder beim Weg durch den Wald zum See, nur könnte er
eben nicht mehr so laufen, als dass ein Hund neben ihm
Freude hätte, und in Berlin müsste er ja auch mit ihm auf
die Straße hinunter, vier Etagen, und wieder hinauf, also
sei's für einen Hund zu spät. Und hier entstand eine Pause,
er steckte sich eine an, aber leise, als sollte der Freund nicht
hören, dass er trotz seines Lungenchaos noch rauchte,
und ich sagte, um gar nicht erst auf das Thema zu kommen, ich könnte ihn doch mit unserem Hund besuchen,
der würde auch mit aufs Wasser gehen. Ich hatte vorher
nie von dem Hund erzählt, und ich sagte *der*, obwohl es
gar kein Rüde ist, sondern das kleine Zottelweibchen, das
neben mir sitzt, und M. sprang sofort darauf an. Er wollte
alles über ihn wissen, seinen Namen, die Größe, die Kopf-
form, die Farbe und die Art des Fells, vor allem aber, wie

sein Blick sei und wie er sich Fremden gegenüber verhalte,
und ich beantwortete all das wahrheitsgemäß, nur nicht
die Frage nach dem Namen. Er heißt Lorca, sagte ich (und
musste nicht nachdenken, weil dieser Hundename in
einem Buch vorkam, das ich mit mir herumtrug, *Die kleine
Garbo*). M. wiederholte den Namen, er rief ihn, als sei ihm
der Hund morgens im Wald davongerannt, Lorca!, und
brach darüber in einen Husten aus, der die letzten zwei,
drei Minuten, die uns noch blieben, begleitet hat. Ob
Lorca gern schwimmen würde, fragte er hustend und ich
darauf: Er sei eine Wasserratte und sehe auch im Wasser
so aus, klein und glatt, und nach dem Baden, wenn er sich
schüttle, klein und gerupft, und M. brachte eins seiner
Lieblingsworte, *erbärmlich* – dann sähe Lorca erbärmlich
aus, drang es aus einem Lachhustenanfall, genau wie wir,
nach dem Schwimmen über den See, als wir abends ans
Ufer gekrochen seien, ob ich mich erinnern würde, und
ich sagte nur, er hätte mich drüben eingeladen, zu Schweizer Schokolade und Cola und zwei Zigaretten, und da
kam er mit seiner Bitte oder dem Appell, unsere Dinge in
einen Roman zu packen, als könne dieses Buch noch einmal das Floß unserer Körper und unserer Geschichten sein,
das uns zurück über den See gebracht hat. Dann schon
sein Halt die Ohren steif, knapp, und von mir ein Du
auch, ebenso knapp, und von ihm ein bejahendes Husten,
das wohl ein verneinendes Husten war, das Letzte, was ich
von ihm gehört habe.

Und die kleine Hündin, der es egal ist, ob man aus ihr
einen Hund macht, liegt auf dem Stuhl, auf dem sonst die

Tochter sitzt, den warmen Kopf an meinem Arm, und ohne ihre Gesellschaft wäre es sicher noch schwerer, etwas nachzuholen, das vor drei Monaten, am Beginn dieser Freundschaftsarbeit, noch unmöglich war. In der Musikanlage auf der Terrasse dreht sich die selbstgebrannte CD, die M. in der Zeit seiner Verflüchtigung täglich beim Rauchen im Bad gehört hat, und auf die er in seiner abenteuerlichen Schnellschrift, hinter der, glaube ich, nur eine Frauenhandschrift versteckt war, den Namen des Sängers geschrieben hat, *Antony*. Und schon nach einem Klavierton, als gäb's keine anderen, bricht dessen knabenhafte Klage aus, I find you with red tears in your eyes, wie aus einem fremden Leib, in dem sie eingesperrt war. Nur drei Lieder sind auf der Scheibe, Ergebnis einer Destillation, die M. auch schon beim Zusammenstellen seiner Tonbänder betrieben hatte; drei schmerz- und glückverströmende Kantaten spät am Abend, während die Fledermäuse über dem Pool ihre lautlosen Kunststücke vollführen, Anflug, Abflug, dazwischen die Mücke, und der schreibende Freund auf eins der letzten Fotos sieht, das die Gefährtin aufgenommen hat. M. lacht da mit schrägem Kopf in die Sonne, fast ein Grinsen, am Mund die Zigarette mit der Spitze, die das Rauchen schonender macht, aber dem Rauchenden etwas Zerbrechliches gibt, die zwei Züge des Lasters vereint, den starken und den schwachen. So und nicht anders sah er dem Ende entgegen, unerträglich wie das Sonnenlicht und doch auszuhalten, die Lippen an dem Zigarettenvorsatz, im Ohr die Spitze der Musik. I am a bird, singt der Knabe im Männerleib, nicht wissend, wo er hingehört, und wer er ist. Glockenhell erzählt er vom

Elend des Nichtankommens bei sich, und von dem kranken Glück, in dieser Schwebe zu zerfließen – Should I call a doctor? –, einem Glück, das Michael so lange wie möglich ausgekostet hatte, bis er dann doch noch ankam, in einem erbärmlichen, aber wahren Körper, Resten einer zerstörten Schönheit, die so männlich wie weiblich war, und von der sich viele haben anstecken lassen, auch der Freund. One day I'll grow up, I'll be a beautiful girl, but for today I am a boy. Er war dieser Junge, der ein anderer sein wollte, lebenslang, und ganz am Schluss, als er nur noch Haut und Knochen war wie auf dem Foto, kam das andere zum Vorschein: der Mensch als sein eigenes, rückhaltlos ehrliches Werk, das einen Freund in die Knie zwingt, wie jede sich selbst zerstörende Schöpfung, die ohne Ergriffenheit verloren wäre.

Wer übrigbleibt, kniet und weint, das eine symbolisch, das andere tatsächlich. Und ein einziges Mal nur hat der Übriggebliebene den anderen ergriffen gesehen, am Rande des Weinens, so gut wie auf den Knien, in einem Schweizer Krankenhaus, Abteilung Frauen, nachdem die eine der Schwestern, die mit in dem römischen Kloster waren, ihr Kind verloren hatte. Der Nichtvater war von Karlsruhe herangeeilt, er kam mit einer frischen Glatze, selbstrasiert, ohne Rücksicht auf die Kopfhaut, und nachdem wir das Krankenzimmer verlassen hatten und er mir stumm einen Artikel über den Blumenaufruhr von San Francisco hinhielt – ohne Haar, um darin irgendwelche Blumen zu tragen –, sah ich Tränen in seinen Augen, und der kahle Schädel hatte etwas Vernarbtes und zugleich Kindliches in meiner Erinnerung. Aber wer weinte da fast, der Liebende oder der Romantiker? Weder noch. Es waren die Tränen eines früh Verlorenen, die ihm und mir beweisen sollten, dass sein Schmerz über das Verlorene (das verlorene Kind in ihm) keine Illusion war. Und er vergoss sie in dem Krankenhausflur ja auch nicht, sie waren kein Signal der Einwilligung, für Sekunden zu tun, was Kinder eben gelegentlich tun, kein Geschenk an sich selbst, sondern nur Zeichen dafür, dass er in Dornen gegriffen hatte. Es war die Trauer, die sein Sänger besingt – dem ich immer noch zuhöre, die Fernbedienung in der Hand, während ich mit der anderen schreibe und beide Augen wieder mitmachen, so, wie es sein sollte. Sie sehen jede Silbe, wie gewaschen von der Sorte Tränen, die ein Geschenk sind, das einem nur das Erinnern geben kann – noch einmal an die hellen Tage und Nächte der endenden Schulzeit, als unsere Freundschaft am spürbarsten war, schon mit dem ersten Wort beim Aufstehen und abends mit dem letzten.

Peter Henisch im dtv

Die schwangere Madonna
Roman
ISBN 978-3-423-**13591**-7

Josef Urban will nichts als weg,
da kommt ihm das Auto, an
dem der Schlüssel steckt, gerade recht. Dass es nicht seines
ist und er keinen Führerschein
besitzt, berührt ihn wenig,
schon eher, dass auf dem
Rücksitz ein Mädchen schläft.

Die kleine Figur meines Vaters
Roman
ISBN 978-3-423-**13673**-0

Peter Henisch versucht das
Leben seines Vaters zu erzählen, sich ihm anzunähern – kri-
tisch, zuweilen ablehnend und
doch mit viel Zuneigung. Ein
Klassiker der österreichischen
Literatur.

Eine sehr kleine Frau
Roman
ISBN 978-3-423-**13866**-6

1945, auf Spaziergängen durch
das zerbombte Wien erzählt
Peter Henischs Großmutter
ihrem Enkel Geschichten, die
für sein Leben bestimmend
waren.

Schwarzer Peter
Roman
ISBN 978-3-423-**13975**-5

Peter, Sohn einer Wiener
Straßenbahnschaffnerin und
eines US-Soldaten, ist nicht
völlig schwarz, aber schwarz
genug, um ein Außenseiter zu
werden – in Wien, aber auch
am Mississippi.

Der verirrte Messias
Roman
ISBN 978-3-423-**14111**-6

»Im neuen Roman des mit
allen heiligen Wassern der Er-
zählkunst gewaschenen Peter
Henisch kehrt Jesus nicht nur
unerkannt auf die Erde zurück,
sondern gar als Heimatloser,
der seiner Identität nicht sicher
ist.« (Karl-Markus Gauß in der
›NZZ‹)

Mortimer & Miss Molly
Roman
ISBN 978-3-423-**14431**-5

Die Liebesgeschichte von
Mortimer und Miss Molly
und von Julia und Marco, die
es in die Toskana verschlagen
hat. Zwei Liebesgeschichten
durchmischen sich in diesem
heiteren, feinsinnigen Roman.

Ernst Augustin im <u>dtv</u>

Die Schule der Nackten
Roman
ISBN 978-3-423-**13344**-9

Ein Jahrhundertsommer in
München. Im FKK-Gelände
eines Freibades erfüllt sich das
Geschick eines älteren Herrn,
dessen erstes zaghaftes Betreten
der weißen Flecke einer Stadt-
landschaft in einem erbitterten
Existenzkampf und einem auf-
regenden Beziehungsdrama
mündet…

Mahmud der Bastard
Roman
ISBN 978-3-423-**13590**-0

Afghanistan im Jahr 1000.
Mahmud, illegitimer Sohn
eines Dorffürsten, zieht mit
einer Handvoll Männer über
den Khyber-Pass, um ein
großes Reich zu zerstören
und neu zu errichten.

Eastend
Roman
ISBN 978-3-423-**13653**-2

Der Schriftsteller Almund lässt
sich von seiner Frau dazu über-
reden, mit ihr »in die Gruppe«

zu gehen, nicht ahnend, dass
solche Gruppenerfahrungen
bisweilen Ausmaße griechi-
scher Tragödien annehmen…

**Raumlicht: Der Fall der
Evelyne B.**
Roman
ISBN 978-3-423-**13741**-6

»Ich werde immerfort ange-
leuchtet, kann man das nicht
sehen, ganz deutlich mit
Raumlicht.« Evelyne B., eine
an Schizophrenie leidende
Patientin, weckt in ihrem jungen Arzt eine Faszination für
diese Krankheit. Eine Reise
ins Innere der Seele.

Der amerikanische Traum
Roman
ISBN 978-3-423-**13802**-4

Privatermittler Steen wird
zum Rächer eines kleinen
Jungen. Dieser liegt auf einer
mecklenburgischen Chaussee
im Sterben, getroffen von den
Schüssen eines gelangweilten
amerikanischen Bomberpilo-
ten am Ende des Zweiten
Weltkriegs…

Bitte besuchen Sie uns im Internet: www.dtv.de

Ernst Augustin im <u>dtv</u>

»Ernst Augustin entwöhnt uns angenehm
des Alltags.«
Frankfurter Rundschau

Badehaus Zwei
Roman
ISBN 978-3-423-13864-2
Als fantasievolles Gauner-
stück erzählt Augustin in drei
Varianten die Geschichte vom
verlorenen Sohn.

Schönes Abendland
Roman
ISBN 978-3-423-13973-1
Ein ausgekochter Händler, ein
sich bis in den Offiziersrang
hochbuckelnder Soldat und
ein autodidaktischer Chirurg:
Jeder von Mamas Drillingen
hat eine so skurrile wie erfolg-
reiche Biographie vorzuwei-
sen, die den Leser quer durch
die abendländische Kultur-
und Sittengeschichte führt.
»Ein so frech wie stilistisch
perfekt konstruiertes
Märchen.« (NZZ)

Der Künzler am Werk
Eine Menagerie
ISBN 978-3-423-14092-8
Die SZ hätte dieser Sammlung
von Kurztexten gern die Aus-
zeichnung »bestgelauntes Buch
des Jahres« verliehen. Dabei
ist Augustins »poetischer
Journalismus« mehr als nur
unterhaltsam: Ganz beiläufig
erfährt man Essenzielles über
Angela Merkels Gesicht, den
Kursverfall des Dollar und die
Herstellung von Falschgeld.

Robinsons blaues Haus
Roman
ISBN 978-3-423-14410-0
Ein sympathischer Sonderling
ist auf einer abenteuerlichen
Flucht durch Raum und Zeit
unter dem Pseudonym
Robinsonsuchtfreitag im welt-
weiten Netz unterwegs – und
auf der ganzen Welt.

Bitte besuchen Sie uns im Internet: www.dtv.de